तीन गोले

मण्टो अब तक-24

तीन गोले

सआदत हसन मण्टो

वाणी प्रकाशन

वाणी प्रकाशन

4695, 21-ए, दरियागंज, नयी दिल्ली 110 002

फ़ोन : +91 11 23273167 फ़ैक्स : +91 11 23275710

शाखाएँ

अशोक राजपथ, पटना 800 004, बिहार

कॉफ़ी हाउस कैम्पस, महात्मा गांधी मार्ग, इलाहाबाद 211 001, उत्तर प्रदेश

महात्मा गांधी अन्तरराष्ट्रीय हिन्दी विश्वविद्यालय, वर्धा 442 001, महाराष्ट्र

www.vaniprakashan.in
marketing@vaniprakashan.in
sales@vaniprakashan.in

TEEN GOLE
by Saadat Hasan Manto

ISBN : 978-93-5072-343-2
Collection of Short Stories

संस्करण 2012
आवृत्ति 2018

मूल्य : ₹ 125

एम.एस. प्रिंटर्स, दिल्ली-110 095 में मुद्रित

वाणी प्रकाशन का लोगो मक़बूल फ़िदा हुसेन की कूची से

भूमिका

समाज और व्यक्ति के खरे आलोचक के इलावा मण्टो का एक दूसरा रूप ज़िन्दगी के दबे छिपे कोने उघाड़ने वाले, ज़िन्दगी की हास्य-व्यंग्य भरी स्थितियाँ चित्रित करने वाले कहानीकार का भी था। मन्त्र, मैडम डिकॉस्टा, मम्मी, प्रगतिशील, ब्लाउज़, बू, खुशिया और बाबू गोपीनाथ ऐसी कहानियाँ हैं, इन्हें हालाँकि मण्टो की अपार मानवीयता का स्पर्श तो मिला है, लेकिन इनमें आक्रोश का सर्वथा अभाव है। दरअसल ये कहानियाँ अपने आप में एक बिल्कुल ही अलग वर्ग निर्मित करती हैं। इनमें कहानीपन ज़्यादा है, नाटकीयता कम है और जुम्लेबाज़ी की वह चुस्ती दिखायी पड़ती है जो मण्टो की अपनी ही विशेषता है।

मण्टो की कहानियों में नाटकीयता दरअस्ल वहाँ आती है, जहाँ वह आवेग और आक्रोश में बह कर मन की हदों को छूने लगता है। यही वजह है कि स्वराज के लिए, नंगी आवाज़ें और हतक के अन्त नाटकीयता की ओर झुकते हैं। 'स्वराज के लिए' की अन्तिम पंक्तियाँ, जहाँ गुलाम अली अपने बच्चे के हाथों से गुब्बारा छीन कर उसे फोड़ कर फेंक देता है, ग़ैर-ज़रूरी है, क्योंकि कहानी उससे पहले ही ख़त्म हो जाती है। 'नंगी आवाज़ें' और हतक में यह कमज़ोरी कुछ हद तक सँभाल ली गयी है। हालाँकि नंगी आवाज़ें में कहानी वहीं ख़त्म हो जाती है जहाँ भोला के भाई-भाभी में बातचीत होती है और हतक में वहाँ, जब सुगन्धी सेठ द्वारा नापसन्द की जाने के बाद अपने कमरे की तरफ़ मुड़ती है। लेकिन मण्टो का ध्यान इन तीनों कहानियों में इनके कहानीपन की तरफ़ नहीं है, कहानी की कला से कहीं ज़्यादा उसके दिमाग़ पर विचारों और अनुभूतियों का वह बोझ है जिसे कलम की नोक पर रखना अपना कर्तव्य समझता है, भले ही इसके लिए उसे शैली और शिल्प के ख़तरे ही क्यों न उठाने पड़ें।

लेकिन ऊपर मैंने जिन कहानियों का ज़िक्र किया है, उनमें यह विशेषता नहीं है बल्कि एक दूसरी ही विशेषता है। मण्टो ने ज़िन्दगी को जैसे देखा है, महसूस किया है, वैसे ही पाठक उसे इन कहानियों के माध्यम से देखते हैं। इनमें विचारों की खलबलाहट नहीं है; वरन एहसासों की गर्मी और उन हल्के-फुल्के विचारों का पुट है, जिन्हें हम अक्सर अपने दिमाग़ की गहराई में ही दबा लेते हैं।

मुस्टेन वाला, ब्लाउज़, बू, और ख़ुशिया—इन सभी कहानियों की पृष्ठभूमि सेक्स की है, लेकिन मण्टो सेक्स का चित्रण करते हुए भी उसे अश्लील नहीं होने देता। बहुत-सी दूसरी अनुभूतियों की तरह सेक्स को भी मण्टो एक स्वाभाविक प्रक्रिया मान कर उसका सहज चित्रण करता है। चूँकि मण्टो का उद्देश्य पाठक को गर्माना भर नहीं है, वरन कहानी के माध्यम से गहरे, दबे-ढके एहसासों का चित्रण करना है इसलिए उसकी ऐसी तमाम कहानियों में कहीं भी जुगुप्सा नहीं है।

'मन्त्र' शायद एक ऐसी कहानी है जो अपने आप में एक वर्ण बनाती है। बच्चों को माता-पिता द्वारा जिस तरह फुसलाया जाता है और अगर बच्चा उन्हीं तरीको को अपने माता-पिता पर लागू करे तो जैसी दिलचस्प स्थिति पैदा हो सकती है, इसका बड़ा ही नाज़ुक चित्रण मन्त्र में मण्टो ने किया है।

मम्मी, प्रगतिशील, चुग़द, मैडम डिकॉस्टा और बाबू गोपीनाथ में मण्टो ने उन पात्रों और उस ज़िन्दगी की झलक दी है, जिसे उसने बहुत करीब से देखा था। ख़ास तौर पर मम्मी, मैडम डिकॉस्टा और बाबू गोपीनाथ को मण्टो की दर्द-भरी मानवीयता का स्पर्श मिला है। प्रगतिशील अलबत्ता एक बहुत ही बढ़िया लतीफ़ा है जिसे मण्टो ने बड़ी खूबी से कहानी का जामा पहना दिया है।

ऊपर मैंने मण्टो की जुमलेबाज़ी का ज़िक्र किया था। जुमले गढ़ना और उन्हें कहानियों में नगीनों की तरह जड़ना भी मण्टो की अपनी ही विशेषता है, जिसका अगर कोई जोड़ है तो वह बेदी है, जो अपनी कहानियों में इसी ख़ूबी के साथ जुमले चस्पां करते हैं। जुमले ईजाद करने में महेन्द्र भल्ला, रवीन्द्र कालिया और ज्ञानरंजन भी बहुत दक्ष हैं, लेकिन जहाँ रवीन्द्र कालिया सही जुमले को सही जगह फ़िट करने के लिए इन्तज़ार नहीं कर सकता और उसके जुमले महज़ जुमले हो कर रह जाते हैं वहीं मण्टो, बेदी और ज्ञानरंजन की कहानियों में ये जुमले कहानी की विषय-वस्तु को और भी अधिक प्रभावशाली बनाने में भरपूर योग देते हैं।

नीलाभ

अनुक्रम

1. आग़ा हश्र से दो मुलाक़ातें 9
2. तीन गोले 20
3. अख़्तर शीरानी से चन्द मुलाक़ातें 31
4. बारी साहब 41
5. चिराग़ हसन हसरत 64
6. बलवन्त सिंह मजीठिया 77
7. दीवान सिंह मफ़तून 87
8. मेरा साहब 98

आग़ा हश्र से दो मुलाक़ातें

तारीख़ें और सन मुझे याद नहीं रहे, यही वजह है कि यह मज़मून लिखते वक़्त मुझे काफी उलझन हो रही है। ख़ुदा मालूम कौन-सा सन था और मेरी उम्र क्या थी, लेकिन सिर्फ़ इतना याद है कि बसद मुश्किल इण्ट्रेंस पास करके और दो दफ़ा एफ.ए. में फ़ेल होने के बाद मेरी तबीयत पढ़ाई से बिलकुल उचाट हो चुकी थी और जुये से मेरी दिलचस्पी दिन-ब-दिन बढ़ रही थी। कटरा जयमल सिंह में दीनू या फ़ज़लू कुम्हार की दुकान के ऊपर एक बैठक थी, जहाँ दिन रात जुआ होता था। फ़्लश खेली जाती थी। शुरू-शुरू में तो यह खेल मेरी समझ में न आया, लेकिन जब आ गया तो फिर मैं उसी का हो रहा...रात को जो थोड़ी बहुत सोने की फ़ुर्सत मिलती थी उसमें भी ख़्वाब राउण्डरों और ट्रेलों ही के आते थे।

एक बरस के बाद जुये से मुझे कुछ उकताहट होने लगी। तबीयत अब कोई और शग़ल चाहती थी...क्या?...यह मुझे मालूम नहीं था...दीनू या फ़ज़लू कुम्हार की बैठक में एक रोज़ इब्राहीम ने जो कि अमृतसर म्यूनिसिपैलटी में ताँगों का दारोग़ा था, आग़ा हश्र का ज़िक्र किया और बताया कि वह अमृतसर आये हुए हैं। मैंने यह सुना तो मुझे स्कूल के वह दिन याद आ गये, जब तीन-चार पेशावर लफ़ंगों के साथ मिलकर हमने एक ड्रामेटिक क्लब खोली थी और आग़ा हश्र का एक ड्रामा स्टेज करने का इरादा किया था। यह क्लब सिर्फ़ पन्द्रह-बीस रोज़ क़ायम रह सकी थी। इसलिए कि वालिद साहब ने एक रोज़ धावा बोलकर हार्मोनियम और तबले सब तोड़-फोड़ दिये थे और वाज़ह अल्फ़ाज़ में हमको बता दिया था कि ऐसे वाहियात शग़ल उन्हें बिलकुल पसन्द नहीं।

उस क्लब के वाक़ियात आग़ा हश्र के उस ड्रामे के चन्द अल्फ़ाज़ हैं, जो मेरे ज़ेहन के साथ अभी तक चिपके हुए हैं। "अर्थात उसके करम हैं।" मेरा ख़याल है जब दारोग़ा इब्राहीम ने आग़ा हश्र का ज़िक्र किया तो मुझे उस वक़्त ड्रामे का पूरा एक पैरा याद था, चुनांचे मुझे उस ख़बर से एक गूना दिलचस्पी पैदा हो गयी कि आग़ा हश्र अमृतसर में हैं।

आग़ा साहब का कोई ड्रामा देखने का मुझे इत्तफ़ाक़ नहीं हुआ था। इसलिए कि रात को घर से बाहर रहने की मुझे क़तअन इजाज़त नहीं थी। उनके ड्रामे भी

मैंने पढ़े थे, इसलिए कि मुझे मिस्ट्रेज ऑफ़ कोर्ट ऑफ लंदन और तीर्थ राम फ़िरोज़पूरी के तर्जुमा क़र्दा अंग्रेज़ी जासूसी नाविल जैसी किताबें पढ़ने का शौक़ था। लेकिन इसके बावजूद अमृतसर में आग़ा साहब की आमद की ख़बर ने मुझ काफ़ी मुतास्सिर किया।

आग़ा साहब के मुताल्लिक़ बेशुमार बातें मशहूर थीं। एक तो यह कि वह कूचाओ-कीलाँ में रहा करते थे जो हमारी गली थी, जिसमें हमारा मकान था। आग़ा साहब बहुत बड़े आदमी थे...कश्मीरी थे यानी मेरे हमक़ौम...और फिर मेरी गली में वह कभी अपने बचपन के अयाम गुज़ार चुके थे। इन तमाम बातों का नफ़सियाती असर जो मुझ पर हुआ आप उसे बख़ूबी समझ सकते हैं।

दारोग़ा इब्राहीम से जब मैंने आग़ा साहब के मुताल्लिक़ कुछ और पूछा तो उसने वही बातें बताईं जो मैं औरों से हज़ार मर्तबा सुन चुका था कि वह परले दर्जे के अय्याश हैं। दिर-रात शराब के नशे में धुत रहते हैं। बेहद गन्दा दहन हैं... ऐसी-ऐसी गालियाँ ईजाद करते हैं कि मुग़ल्लज़ात में जिनकी कोई मिसाल नहीं मिलती। बड़े-से-बड़े आदमी को भी ख़ातिर में नहीं लाते...कम्पनी के फ़लाँ-फ़लाँ सेठ ने जब उनसे एक बार ड्रामे का तक़ाज़ा किया तो उन्होंने उसको इतनी मोटी गाली दी जो हमेशा के लिए उसके दिल में आग़ा साहब के ख़िलाफ़ नफ़रत पैदा करने के लिए काफ़ी थी। लेकिन हैरत है कि सेठ ने उफ़ न की और हाथ जोड़ कर कहने लगा..."आग़ा साहब हम आपके नौकर हैं"...बदीह गो थे...एक मर्तबा रिहर्सल हो रही थी, गर्मी के बायस एक ऐक्टर्स बार-बार माथे पर से उँगली के साथ पसीना पोंछ रही थी आग़ा साहब झुँझलाये और एक शे'र मौज़ूँ हो गया।

अबरू न सँवारा करो कट जायेगी उँगली
नादान हो तलवार से खेला नहीं करते

रिहर्सल हो रही थी। लफ़्ज़ "फ़ण्ड" एक ऐक्टर्स की ज़बान पर नहीं चढ़ता था। आग़ा साहब ने ग़रज़ कर "फ़ण्ड" का एक हम क़ाफ़िया लफ़्ज़ लुढ़का दिया... ऐक्टर्स की ज़बान पर फ़ौरन "फ़ण्ड" चढ़ गया।

आग़ा साहब के कान तक यह बात पहुँची कि हासिद यह प्रोपेगण्डा कर रहे हैं कि हिन्दी के ड्रामे उन के अपने लिखे हुए नहीं। क्योंकि वह हिन्दी ज़बान से बिलकुल नावाक़िफ़ हैं। आग़ा साहब स्टेज पर ड्रामा शुरू होने से पहले आये और हाज़रीन से कहा..."मेरे मुताल्लिक़ चन्द मुफ़सदा परदाज़ यह बात फैला रहे हैं कि मैंने अपने हिन्दी के ड्रामें किराये के पण्डितों से लिखवाए हैं...मैं अब आपके सामने शुद्ध हिन्दी में तक़रीर करूँगा"...चुनांचे आग़ा साहब दो घण्टे तक हिन्दी में तक़रीर करते रहे जिसमें एक लफ़्ज़ भी उर्दू या फ़ारसी का नहीं था।

आग़ा साहब जिस ऐक्ट्रेस की तरफ़ निगाह उठाते थे, वह फ़ौरन ही उनके साथ ख़िलवत में चली जाती थी।

आग़ा साहब मुंशियों को हुक्म देते थे कि "तैयार हो जाओ" और शराब पी कर टहलते-टहलते बयक वक़्त कामेडी और ट्रेजिडी लिखवाना शुरू कर देते थे।

आग़ा साहब ने कभी किसी औरत से इश्क़ नहीं किया...लेकिन मुझे दारोग़ा इब्राहीम की ज़बानी मालूम हुआ कि यह बात झूठ है क्योंकि वह अमृतसर की मशहूर तवायफ़ मुख़्तार पर आशिक हैं। वही मुख़्तार जिसने "औरत का प्यार" फ़िल्म में हिरोइन का पार्ट अदा किया है।

मुख़्तार को मैंने देखा हुआ था। हाल बाज़ार में अनवर पेंटर की दुकान पर बैठकर हम क़रीब-क़रीब हर जुमरात की शाम को मुख़्तार उर्फ़ वारी को नये से नये फ़ैशन के कपड़ों में मलबूस दूसरी तवायफ़ों के हमराह "ज़ाहरा पीर" की दरगाह की तरफ़ जाते देखा करते थे।

आग़ा साहब शक्ल-ओ-सूरत के कैसे थे यह मुझे मालूम नहीं था। कुछ छपी हुई तस्वीरें देखने में आयी थीं। मगर उनकी छपायी इस क़दर वाहियात थी कि सूरत पहचानी ही नहीं जाती थी। उम्र के मुताल्लिक़ सिर्फ़ इतना मालूम था कि वह अब ज़यीफ़ हो चुके हैं...इस ज़माने में यानी उम्र के आख़री वक़्त में उनको मुख़्तार से कैसे इश्क़ हुआ इस पर हम सब को जो दीनू या फ़ज़लू कुम्हार की बैठक में जुआ खेल रहे थे, सख़्त ताज्जुब हुआ था...मुझे याद है नाल के पैसे निकालते हुए दीनू या फ़ज़लू कुम्हार ने गर्दन हिला कर बड़े फ़लसफ़याना अन्दाज़ में कहा था, "बुढ़ापे का इश्क़ बड़ा क़ातिल होता है।"

एक बार आग़ा साहब का ज़िक्र बैठक पर हुआ तो फिर क़रीब-क़रीब हर रोज़ उनकी बातें होने लगीं। हम में से सिर्फ़ दारोग़ा इब्राहीम आग़ा साहब को ज़ाती तौर पर जानता था। एक रोज़ उसने कहा..."कल रात हम मुख़्तार के कोठे पर थे... आग़ा साहब गावतकिए का सहारा लिये बैठे थे। हम में से बारी-बारी हर एक ने उनसे पुरज़ोर दरख़्वास्त की कि वह अपने नये फ़िल्मी ड्रामे "रुस्तम-ओ-सोहराब" का कोई क़िस्सा सुनाएँ मगर उन्होंने इंकार कर दिया। हम सब मायूस हो गये। एक ने मुख़्तार की तरफ़ इशारा किया। वह आग़ा साहब की बग़ल में बैठ गयी और उनसे कहने लगी... "आग़ा साहब हमारा हुक्म है कि आप 'रुस्तम-ओ-सोहराब' सुनाएँ।"...आग़ा साहब मुस्कराए और बैठ कर रुस्तम का पुरज़ोर मुकालमा अदा करना शुरू कर दिया। अल्लाह-अल्लाह क्या गरजदार आवाज़ थी। मालूम होता था कि पानी की तेज धारा पहाड़ के पत्थरों को बहाए लिए जा रहा है।"

एक दिन इब्राहीम ने बताया कि आग़ा साहब ने पीना यक क़लम तर्क कर दिया है। जो आग़ा साहब के मुताल्लिक़ ज़्यादा जानते थे, उनको बहुत ताज्जुब हुआ। इब्राहीम ने कहा कि यह फ़ैसला उन्होंने हाल ही में मुख़्तार से इश्क़ होने की वजह से किया है। यह इश्क़ भी क्या बला थी। हम समझ न सके। लेकिन दीनू या फ़ज़लू ने नाल के कुल पैसे अपने तहमत के डब में बाँधते हुए एक बार

फिर कहा..."बुढ़ापे के इश्क़ से ख़ुदा बचाए...बड़ी ज़ालिम चीज़ होती हैं।"

जुये से तबियत उकता ही चुकी थी। मैंने बैठक जाना आहिस्ता-आहिस्ता छोड़ दिया। इस दौरान में मेरी मुलाक़ात बारी साहब और हाजी लक़-लक़ से हुई, जो रोज़नामा "मुसावात" के एडीटर मुक़र्रर हो कर अमृतसर आये हुए थे। जीजे के होटल 'शीराज़' में दोनों चाय पीने आते थे और अदब और सियासत पर बातें करते थे। उनसे मेरी मुलाक़ात हुई। बारी साहब को मैंने बहुत पसन्द किया। उसी दौरान में जीजे ने अख़्तर शीरानी मरहूम को मदअऊ किया। दिन-रात ठर्रे के दौर चलने लगे। शे'र-ओ-अदब से मेरी दिलचस्पी बढ़ने लगी। जो वक़्त पहले फ़्लश खेलने में कटता था, अब 'मुसावात' के दफ़्तर में कटने लगा। कभी-कभी बारी साहब एक-आध ख़बर तर्जुमे के लिए मुझे दे देते, जो मैं टूटी-फूटी उर्दू से कर दिया करता था। आहिस्ता-आहिस्ता मैंने फिल्मी ख़बरों का एक कॉलम सँभाल लिया। बाज़ दोस्तों ने कहा कि महज़ खुराफ़ात होती है, लेकिन बारी साहब ने कहा..."बकवास करते हैं। तुम अब अज़ाद मज़मून लिखने शुरू करो।"

तबअज़ाद मज़मून तो मुझसे लिखे न गये। लेकिन फ्रांसीसी नाविल-निगार की एक किताब "लास्ट डेज़ ऑफ कण्डेम्ड" मेरी अलमारी में पड़ी थी। बारी साहब उठा कर ले गये। दूसरे रोज़ दोपहर के क़रीब मैं 'मुसावात' के दफ़्तर में गया तो कातिबों से मालूम हुआ कि बारी साहब को सरसाम हो गया है। एक किताब सुबह से बुलन्द आवाज़ में पढ़ रहे हैं। थोड़े-थोड़े वक़्फ़े के बाद यहाँ आते हैं और एक लोटा ठण्डे पानी को सिर पर डलवा कर अपने कमरे में चले जाते हैं। मैं उधर गया तो दरवाज़े बन्द थे और वह ख़तीबाना अन्दाज़ में अंग्रेज़ी की कोई निहायत ही ज़ोरदार इबारत पढ़ रहे थे। मैंने दस्तक दी। दरवाज़ा खुला। बारी साहब कुर्ते पाजामे बग़ैर बाहर आये। हाथ मे विक्टर ह्यूगो की किताब थी। उसे मेरी तरफ़ बढ़ाकर अंग्रेज़ी में कहा...'इट इज़ ए वेरी हाट बुक' और जब किताब पढ़ने की गर्मी दूर हुई तो मुझे मशविरा दिया कि मैं इसका तर्जुमा करूँ।

मैंने किताब पढ़ी। लिखने का अन्दाज़ बहुत ही मुवस्सर और ख़तीबाना था। शराब पी कर तर्जुमा करने की कोशिश की। मगर नज़रों के सामने सतरें गड्डमड्ड हो गयीं। सेहन में पलँग बिछवा कर हुक्के की नय मुँह में ले कर अपनी बहन को तर्जुमा लिखवाने की कोशिश की। मगर उसमें भी नाकाम रहा। आख़िर मैं अकेले बैठकर दस-पन्द्रह दिनों के अन्दर-अन्दर डिक्शनरी सामने रखकर सारी किताब का तर्जुमा कर डाला। बारी साहब ने बहुत पसन्द किया। उसकी इसलाह की और यासूब हसन मालिक उर्दू बुक स्टाल के पास तीस रुपये में बिकवा दिया। यासूब हसन ने उसे बहुत ही क़लील अर्से में छाप कर शाया कर दिया...अब मैं साहब-ए-किताब था।

"मुसावात" बन्द हो गया। बारी साहब लाहौर किसी अख़बार में चले गये।

जीजे का होटल सूना हो गया। मेरे लिए कोई शग़ल न रहा। लिखने की चाट पड़ गयी थी, लेकिन चूँकि दोस्तों से दाद न मिलती थी। इसलिए उधर कोई तवज्जह न दी। अब फिर दीनू या फ़ज़लू कुम्हार की बैठक थी। जुआ खेलता था। मगर इसमें अब वह पहला-सा लुत्फ़ और पहली सी हरारत नहीं थी।

एक दिन दारोगा इब्राहीम ने फ़्लश खेलने के दौरान में बताया कि आगा हश्र आये हुए हैं और मुख़्तार के यहाँ ठहरे हुए हैं। मैंने उससे कहा किसी रोज़ मुझे वहाँ ले चलो। इब्राहीम ने वादा तो कर लिया मगर पूरा न किया। जब मैंने तकाज़ा किया तो उसने यह कहकर टरखा दिया, "आग़ा साहब लाहौर चले गये हैं।"

मेरा एक दोस्त था हरी सिंह। अल्लाह बख़्शे ख़ूब आदमी था। पाँच मकान बेचकर दो मर्तबा सारे यूरप की सैर कर चुका था और इन दिनों छठे और आख़री मकान को आहिस्ता-आहिस्ता बड़े सलीक़े के साथ खा रहा था। फ्रांस में सिर्फ़ छह महीने रहा था, लेकिन फ्रांसीसी ज़बान बड़ी बेतकल्लुफ़ी से बोल लेता था। बहुत ही दुबला-पतला मरियल-सा इंसान था, मगर बला का फुर्तीला। चर्ब ज़बान और धाँसू यानी बर्मे की तरह अन्दर धँस जाने वाला। एक रोज़ मैंने उससे आग़ा हश्र का ज़िक्र किया। उसने फ़ौरन ही पूछा, "क्या तुम उससे मिलना चाहते हो?" मैंने कहा, "बहुत देर से मेरी ख़्वाहिश है कि उनको एक नज़र देखूँ..." हरी सिंह ने फ़ौरन ही कहा..."इसमें क्या मुश्किल है। जब से वह यहाँ अमृतसर में पण्डित मोहसिन के यहाँ ठहरा हुआ है, क़रीब-क़रीब हर रोज़ मेरी उससे मुलाक़ात होती है"...मैं उछल पड़ा..."तो हरी कल शाम को तुम मुझे उनके पास ले चलो।" हरी ने अपना व्हिस्की का गिलास अपने पतले होंटों से लगाया और बड़ी नज़ाकत से एक छोटा-सा घूँट भर के फ्रांसीसी ज़बान में कुछ कहा। जिसका मतलब था..."यक़ीनन मेरे दोस्त।"

और हरी सिंह दूसरे रोज़ शाम को मुझे आग़ा हश्र काश्मीरी के पास ले गया।

पण्डित मोहसिन जैसा कि नाम से ज़ाहिर कश्मीरी पण्डित थे। नाम उनका जाने क्या था। मोहसिन उनका तख़ल्लुस था। मुशायरों में पुरानी दक़ियानूसी शायरी के नमूने के तौर पर पेश हुए थे। आपका कारोबारी ताल्लुक कटरा घुन्नियाँ के अमृत सिनेमा से था।

आग़ा साहब से पण्डित जी की दोस्ती मालूम नहीं शायरी की वजह से थी या सिनेमा की वजह से। या कटरा घन्नियाँ उसका बायस था। जिसमें अमृत सिनेमा और मुख़्तार का बाला ख़ाना बिलकुल आमने-सामने थे। सबब कुछ भी हो आग़ा साहब पण्डित मोहसिन के यहाँ ठहरे हुए थे और जैसा कि मुझे उनकी बाहम गुफ़्तगू से पता चला, दोनों एक-दूसरे से बेतकल्लुफ़ थे।

पण्डित मोहसिन की बैठक या दफ़्तर कटरा घुन्नियाँ के पास पश्म वाले बाज़ार से निकलकर आगे जहाँ सब्ज़ी की दुकानें शुरू होती हैं एक बड़ी-सी डेवढ़ी

के ऊपर वाक़ा था। हरी सिंह आगे था मैं उसके पीछे। सीढ़ियाँ चढ़ते वक़्त मेरा दिल धक-धक करने लगा। मैं आगा हश्र को देखने वाला था।

बाहर सेहन में कुर्सियों पर कुछ आदमी बैठे थे। एक कोने में तख़्त पर पण्डित मोहसिन बैठे गुड़गुड़ी पी रहे थे। सब से पहले एक अजीब-ओ-ग़रीब आदमी मेरी निगाहों से टकराया। चीख़ते हुए लाल रंग की चमक़दार साटन का लाचा, दो घोड़े की बोस्की की कालर वाली सफ़ेद कमीज़, कमर पर गहरे नीले रंग का फुन्दनों वाला अज़ारबन्द बड़ी-बड़ी बेहंगम आँखें...मैंने सोचा कटरा घन्नियाँ का कोई पीर होगा। लेकिन फ़ौरन ही किसी ने उसको "आग़ा साहब" कह कर मुख़ातिब किया। मुझे धक्का-सा लगा।

हरी सिंह ने बढ़ कर उस अजीब-ओ-ग़रीब आदमी से मुसाफ़ह किया और मेरी तरफ़ इशारा करके उससे कहा..."मेरे दोस्त सआदत हसन मंटो...आपसे मिलने के बहुत मुश्ताक़ थे।"

आग़ा साहब ने अपनी बड़ी-बड़ी बेहंगम आँखें मेरी तरफ़ घुमाईं और मुस्करा कर कहा..."लार्ड मंटो से क्या रिश्ता है तुम्हारा।"

मैं तो जवाब न दे सका। लेकिन हरी सिंह ने कहा..."आप मिण्टो नहीं मण्टो हैं...कश्मीरी।"

आग़ा साहब ने एक लम्बी "ओह" की और पण्डित मोहसिन से कश्मीरियों की "अल" के मुताल्लिक़ तवील गुफ़्तगू शुरू कर दी। मैं पास ही बेंच पर बैठ गया। पण्डित जी को क़तअन आग़ा साहब की उस गुफ़्तगू से दिलचस्पी नहीं थी। क्योंकि वह बार-बार उनसे कहते थे..."आग़ा साहब, इसको छोड़िए। यह बताइए कि आप कब मेरे लिए दो रील का मज़ाहिया ड्रामा लिखेंगे।"

आग़ा साहब को उस मज़ाहिया ड्रामे से कोई दिलचस्पी नहीं थी। वह गुफ़्तगू तो कश्मीरियों की "अल" के बारे में कर रहे थे। मगर ऐसा मालूम होता था कि दिमाग़ कुछ और ही सोच रहा है। एक-दो बार उन्होंने दौरान-ए-गुफ़्तगू में अपने नौकर को मोटी-मोटी गालियाँ दे कर याद किया कि वह अभी तक आया क्यों नहीं।

आग़ा साहब जब ख़ामोश हुए तो पण्डित मोहसिन ने उनसे कहा..."आग़ा साहब इस वक़्त आपकी तबियत मौज़ूँ है। मैं काग़ज़ क़लम लाता हूँ, आप वह कॉमेडी लिखवाना शुरू कर दीजिए।"

आग़ा साहब की एक आँख भेंगी थी। आपने उसे घुमा कर कुछ अजीब अन्दाज़ से पण्डित जी की तरफ़ देखा, "अबे चुप कर। आग़ा साहब की तबियत हर वक़्त मौज़ूँ होती है।"

पण्डित जी ख़ामोश हो गये और अपनी गुड़गुड़ी गुड़गुड़ाने लगे। दफ़अतन मुझे महसूस हुआ कि मेरा सिर चकरा रहा है। तेज़ ख़ुश्बू के भभके आ रहे थे।

मैंने देखा आग़ा साहब के दोनों कानों में इत्र के फाये ठुँसे हुए थे और ग़ालबन सिर भी इत्र ही से चुपड़ा हुआ था। मैं कुछ तो उस तेज़ ख़ुश्बू और कुछ आग़ा साहब के लाचे और अज़ारबन्द के शोख़ रंगों में क़रीब-क़रीब ग़र्क़ हो चुका था।

बाज़ार में दफ़अतन शोर-ओ-गुल बरपा हुआ। एक साहब ने उठकर बाहर झाँका और आग़ा साहब से कहा आग़ा साहब तशरीफ़ लाइए। मेंहदी का जुलूस आ रहा है।

आग़ा साहब ने कहा, "बकवास है" और हादसा-ए-करबला पर निहायत ही मुहक़्क़िक़ाना लेक्चर देना शुरू कर दिया। ऐसे-ऐसे नुक़्ते निकाले कि सब दंग रह गये। आख़िर में बड़े ड्रामाई अन्दाज़ में कहा, "दजले का मुँह बन्द था। फ़रात ख़ुश्क पड़ी थी। पानी को पीने की एक बूँद नहीं थी। मेंहदी गूँधी किस से गयी ...आग़ा हश्र..." इससे आगे कहते-कहते रुक गये। एक साहब जो ग़ालिबन शिया थे। महफ़िल से उठकर चले गये। आग़ा साहब ने मौज़ू बदल दिया।

पण्डित मोहसिन को मौक़ा मिला। चुनांचे उन्होंने फिर दरख़्वास्त की..."आग़ा साहब दो रील की कॉमेडी आपको लिखनी होगी।"

आग़ा साहब ने यह मोटी गाली दी..."कॉमेडी की...यहाँ ट्रेजिडी की बातें हो रही थीं और तुम अपनी कॉमेडी ले आये हो।" यह कहकर आगा साहब ने हादसा-ए-करबला के बारे में फिर आलिमाना अन्दाज़ में बहस शुरू कर दी। क्योंकि वह जी'भर के इस मौज़ू पर अपनी मालूमात और ख़यालात का इज़हार नहीं कर सके थे। मगर फ़ौरन ही जाने क्या जी मैं आयी कि एकदम अपने नौकर को गालियाँ देना शुरू कर दीं कि वह अभी तक आया क्यों नहीं। चुनांचे वह सिलसिला मुन्क़तअ हो गया।

थोड़ी देर के बाद इधर-उधर की बातें शुरू हुईं। किसी ने आग़ा साहब से मौलाना अबुलकलाम के तज़्र इल्म के बारे में पूछा तो आपने उसका जवाब यूँ दिया..."मुहीउद्दीन के मुताल्लिक़ पूछते हो। हम दोनों इकट्ठे अमरीकी और ईसाई मुबलिगों से मुनाज़रे लड़ते रहे हैं। घण्टों अपना गला फाड़ते थे। अजीब दिन थे वह भी।"

यह कहकर आग़ा साहब लाचे और अज़ारबन्द के भड़कीले रंगों और कानों में अड़से हुए फाये और सिर में चुपड़े हुए इत्र की तेज़ ख़ुश्बू समेत बीते हुए दिनों की याद में कुछ अर्से के लिए खो गये। आपने अपनी मोटी-मोटी आँखें बन्द कर लीं। जो हयत आपने बना रखी थी, उससे गो आप रण्डियों के पैर दिखायी देते थे। लेकिन उनका चेहरा बहुत ही बा ऐ'ब था। आँखें बन्द थीं। बुझे हुए पपोटों की झुर्रियों वाली पतली जिल्द के नीचे मोटी-मोटी काँच की गोलियाँ-सी हौले-हौले हरकत कर रही थीं। उन्होंने जब आँखें खोलीं तो मैंने सोचा कितने बरसों का नशा इनमें मुनजमिद है। किस क़दर सुर्ख़ी इनके डोरों में जज़्ब हो चुकी है।

आग़ा साहब ने फिर कहा..."अजीब दिन थे वह...आज़ाद ढील के पेच लड़ाने का आदी था। मुझे आता था मज़ा खींच के पेच लड़ाने में। एक हाथ मारा और पेटा काट लिया कि हरीफ़ मुँह देखते रह गये। एक दफ़ा आज़ाद बहुत बुरी तरह घिर गया। मुक़ाबला चार निहायत ही हठ धरम ईसाई मिशनरियों से था। मैं पहुँचा तो आज़ाद की जान मैं जान आयी। उसने उन मिशनरियों को मेरे हवाले किया। मैंने दो-तीन ऐसे अड़ंगे दिये कि बौखला गये। मैदान हमारे हाथ रहा लेकिन मेरा हलक़ सूख गया। क़यामत की गर्मी थी। मस्जिद दोज़ख़ बनी हुई थी। मैंने आज़ाद से कहा, "वह बोतल कहाँ है?" उसने जवाब दिया..."मेरी जेब में।" मैंने कहा, "ख़ुदा के लिए चलो। मेरा हलक़ सूख के लकड़ी हो गया है।" दूर जाने की ताब नहीं थी, वहीं मस्जिद में एक गुसलख़ाने के अन्दर झक मारनी पड़ी।"

इतने में आग़ा साहब का नौकर आ गया। आग़ा साहब ने अपने मख़सूस अन्दाज़ में उसको गालियाँ दीं और वजह पूछी कि उसने इतनी देर क्यों की। नौकर ने जो गालियों का आदी मालूम होता था काग़ज़ का एक बण्डल निकाला और खोलकर आगे बढ़ाया, "ऐसी चीज़ लाया हूँ कि आपकी तबियत खुश हो जाय।"

आग़ा साहब ने खुला हुआ बण्डल हाथ में लिया। शोख़ रंग के चार अज़ारबन्द थे। आग़ा साहब ने एक नज़र उनको देखा और आँखों को बहुत ही ख़ौफ़नाक अन्दाज़ में ऊपर उठा कर अपने नौकर पर गरज़े..."यह चीज़ लाया है तू...ऐसे वाहियात अज़ारबन्द तो इस शहर के कुंजड़े भी नहीं पहनते।" यह कह कर उन्होंने बण्डल फ़र्श पर दे मारा। कुछ देर नौकर पर बरसे। फिर जेब में ग़ालबन दो-तीन हज़ार रुपये के नोट निकाले और उसे हुक्म दिया..."जाओ, पान लाओ।"

पण्डित मोहसिन ने गुड़गुड़ी एक तरफ़ रखी और कहा..."नहीं-नहीं आग़ा साहब मैं मँगवाता हूँ।"

आग़ा साहब ने सब नोट तमाशबीनों के अन्दाज़ में अपनी जेब में रखे और कहा, "जाओ तुम्हारे पास कुछ बाक़ी बचा हुआ है।"

नौकर जाने लगा तो उन्होंने उसे रोका, "ठहरो...वहाँ से पता भी लेते आओ कि वह अभी तक क्यों नहीं आयी।"

नौकर चला गया। थोड़ी देर के बाद सीढ़ियों की जानिब से हल्की सी महक आयी। फिर रेशमीं सरसराहटें सुनाई दीं...आग़ा साहब का चेहरा बरशारा हो गया ...मुख़्तार जो हर्गिज़-हर्गिज़ हसीन नहीं थी, खुश वज़अ कपड़ों में अलबूस सेहन में दाख़िल हुई। आग़ा साहब और हाज़रीन को तसलीमात अर्ज़ की और अन्दर कमरे में चली गयी। आग़ा साहब की आँखें उसको वहाँ तक छोड़ने गयीं।

इतने में पान आ गये, जो अख़बार के काग़ज़ में लिपटे हुए थे। नौकर अन्दर चला तो आग़ा साहब ने कहा, "काग़ज़ फेंकना नहीं सँभाल के रखना।"

मैंने एकदम हैरत से पूछा..."आप उस काग़ज़ को क्या करेंगे आगा साहब?"

आग़ा साहब ने जवाब दिया..."पढ़ूँगा। छपे हुए काग़ज़ का कोई भी टुकड़ा जो मुझे मिला है, मैंने ज़रूर पढ़ा है।" यह कहकर वह उठे। "माफ़ी चाहता हूँ, अन्दर एक मा'शूक मेरा इन्तज़ार कर रहा है।"

पण्डित मोहसिन ने गुड़गुड़ी उठाई और उसे गुड़गुड़ाने लगे। मैं और हरी सिंह थोड़ी देर के बाद वहाँ से चल दिये।

मैं कई दिनों तक उस मुलाक़ात पर ग़ौर करता रहा। आग़ा साहब अजीब-ओ-ग़रीब हज़ार पहलूदार शख़्सियत के मालिक थे। मैंने उनके चन्द ड्रामे पढ़े जो अग़लात से पुर थे और निहायत ही अदना काग़ज़ पर छपे हुए थे। जहाँ-जहाँ कामेडी आती थी वहाँ फक्कड़पन मिलता था। ड्रामाई मक़ाओं पर मुकालमा बहुत ही ज़ोरदार था। बाज अश'आर सूफ़ियाना थे बाज़ निहायत ही लतीफ़। सब से पुर लुत्फ़ बात यह है कि उन ड्रामों का मौज़ू तवायफ़ था जिनमें आग़ा साहब ने उसके वजूद को सोसाइटी के हक़ में ज़हर साबित किया था।... और आग़ा साहब उम्र के इस आख़री हिस्से में शराब छोड़ कर एक तवायफ़ से बहुत ही पुरजोश क़िस्म का इश्क़ फ़रमा रहे थे। पण्डित मोहसिन से एक दफ़ा मुलाक़ात हुई तो उन्होंने कहा..."इश्क़ के मुताल्लिक़ तो मैं नहीं जानता, लेकिन तर्क-ए-शराब नोशी बहुत जल्द उनको ले मरेगी।"

आगा साहब तो कुछ देर ज़िन्दा रहे, लेकिन पण्डित मोहसिन यह फ़रमाने के तक़रीबन एक माह बाद इस दुनिया से चल बसे।

मैंने अब मुख़्तलिफ़ अख़बारों में लिखना शुरू कर दिया था। चन्द महीने गुज़र गये। लोगों से मालूम हुआ कि आग़ा हश्र लाहौर में "रुस्तम-ओ-सोहराब" नाम की एक फ़िल्म बना रहे हैं जिसकी तैयारी पर रुपया पानी की तरह बहाया जा रहा है। उस फ़िल्म की हीरोइन जैसा कि ज़ाहिर है मुख़्तार थी।

अमृतसर से लौहार सिर्फ़ एक घंटे का सफ़र है। आग़ा साहब से फिर मिलने को जी तो बहुत चाहता था मगर ख़ुदा मालूम ऐसी कौन-सी रुकावट थी लाहौर जाना ही न हो सका।

बहुत दिनों के बाद बारी साहब ने बुलाया तो मैं लाहौर गया। वहाँ पहुँचकर कुछ ऐसा मशग़ूल हुआ कि आग़ा साहब को भूल ही गया। शाम के क़रीब हमने सोचा कि चलो उर्दू बुक स्टाल चलें। चुनांचे मैं और बारी साहब दोनों अरब होटल से चाय पी कर उधर रवाना हुए। उूर्द बुक स्टाल पहुँचे तो मैंने देखा आग़ा साहब यासूब के मेज़ के पास कुर्सी पर बैठे हैं। मैंने बारी साहब को बताया कि आग़ा हश्र हैं। उन्होंने ग़ौर से उनकी तरफ़ देखा, "यह है आगा हश्र?"

आग़ा साहब का लिबास इसी क़िस्म का था। सफ़ेद बोस्की की क़मीज, गहरे नीले रंग का रेशमी लाचा, सिर से नंगे बैठे एक किताब की वरक़ गरदानी कर रहे थे। पास पहुँचा तो एकदम मेरा दिल धड़कने लगा। क्योंकि आग़ा साहब के हाथ

में मेरी तर्जुमा की हुई किताब "सर गुज़श्त-ए-असीर" थी।

यासूब ने उठकर मेरा और बारी साहब का आग़ा हश्र से तआरूफ़ कराया और कहा..."यह किताब जो आप देख रहे हैं मिस्टर मंटो की तर्जुमा की हुई है।" आग़ा साहब ने अपनी मोटी-मोटी आँखों से मुझे देखा। मेरा ख़याल था कि वह मुझे पहचान लेंगे। लेकिन उन्होंने मुझे देखने के बाद किताब के चन्द अवराक़ पलटे और कहा..."कैसा लिखने वाला है विक्टर ह्यूगो?"

बारी साहब ने जवाब दिया..."फ्रांसीसी अदब में विक्टर ह्यूगो का रुत्बा बहुत बुलन्द है।"

आग़ा साहब वरक़ पलटते रहे, "ड्रामाटिस्ट था?"

अब की फिर बारी साहब ने जवाब दिया, "ड्रामाटिस्ट भी था।"

आग़ा साहब ने पूछा..."क्या मतलब?"

बारी साहब ने उन्हें बताया कि "ह्यगो असल में शायर था। फ्रांस की रोमानी तहरीक का इमाम। उसने ड्रामें और नाविल भी लिखे। एक नाविल "मुसीबत ज़दा" इतना मशहूर हुआ कि उसकी शायरी को लोग भूल गये और उसे नावलिस्ट की हैसियत से जानने लगे।" आग़ा साहब यह मालूमात बड़ी दिलचस्पी से सुनते रहे। आख़िर में उन्होंने यासूब से कहा, "सर गुज़श्त-ए-असीर" भी उन किताबों में शामिल कर ली जाय जो वह ख़रीद रहे थे। मैं बहुत खुश हुआ।

उसके बाद बारी साहब से बातें करते-करते उठे और अन्दर शो-रूम में चले गये। बारी साहब की गुफ़्तगू से आग़ा साहब मुतास्सिर हुए थे। चुनांचे उन्होंने बारी साहब की सिफ़ारिश पर कई किताबें ख़रीदीं। उस दौरान में बारी साहब ने उनसे कहा..."आग़ा साहब आप हिन्दोस्तानी ड्रामे की तारीख़ क्यों नहीं लिखते। ऐसी किताब की अशद ज़रूरत है।"

आग़ा साहब ने जवाब दिया..."ऐसी किताब सिर्फ़ आग़ा हश्र ही लिख सकता है। उसका इरादा भी था। मगर वह कमबख़्त आजकल क़ब्र में पाँव लटकाए बैठा है...उसके दरवाज़े पर मौत दस्तक दे रही है।"

मैंने उनसे पूछा..."आग़ा साहब, आपके ड्रामे जो बाज़ार में बिकते हैं..."

मैंने अभी अपना जुमला पूरा भी न किया था कि आग़ा साहब ने बुलन्द आवाज़ में कहा..."लाहौल वला...आग़ा हश्र के ड्रामे और...के चीथड़ों पर छपीं... बग़ैर इजाज़त के इधर-उधर से सुन सुना कर छाप देते हैं।" इसके बाद उन्होंने बहुत ही मोटी गाली उन पब्लिशरों को दी, जिन्होंने उनके ड्रामे छापे थे।

मैंने उनसे कहा, "आप उन पर दावा दायर क्यों नहीं करते।"

आग़ा साहब हँसे, "क्या वसूल कर लूँगा उन टटपूँजियों से।"

बात दुरुस्त थी। मैं ख़ामोश हो गया।

आग़ा साहब ने बाहर आ कर यासूब से बिल तलब किया और जेब से

तमाशबीनों के अन्दाज़ में तीन-चार हज़ार रुपये के बिलकुल नये नोट निकाले। उन दिनों दस-दस और पाँच-पाँच के नये नोट निकले थे। जो पहले नोटों की बनिस्बत छोटे थे...आग़ा साहब ने बताया कि चेक कैश कराने के लिए जब बैंक गये तो वक़्त हो चुका था। आपने क्लर्क से कहा, "आग़ा हश्र का वक़्त अभी पूरा नहीं हुआ। जल्दी चेक कैश कराओ।" क्लर्क को जब मालूम हुआ कि आग़ा हश्र हैं तो भागता हुआ मैनेज़र के पास गया। फ़ौरन ही मैनेजर दौड़ा-दौड़ा उनके पास आया और अपने कमरे में ले गया। नये नोट मँगवा कर उसने बड़े अदब से आग़ा साहब को पेश किये और कहा "मैं आपकी और कोई सेवा तो नहीं कर सकता। यह नये नोट आयें हैं। सबसे पहले आपकी ख़िदमत में पेश करता हूँ।"

बारी साहब ने एक नोट आग़ा साहब से लिया और उसको उँगलियों में पकड़ कर कहा, "आग़ा साहब गिरफ़्त कुछ कम हो गयी है, ठीक उसी तरह जिस तरह हुकूमत की।"

आग़ा साहब ने उस फ़िक़रे की बहुत दाद दी, "ख़ूब बहुत ख़ूब...गिरफ़्त कुछ कम हो गयी है। ठीक उसी तरह जिस तरह हुकूमत की...मैं किसी न किसी ड्रामे में इसे इस्तेमाल करूँगा।"

बारी साहब बहुत खुश हुए। इतने में वह नौकर आया। वही जो पण्डित मोहसिन के दफ़्तर में अज़ारबन्द लाया था। उसके हाथों में चार कन्धारी अनार थे। आग़ा साहब ने एक अनार लिया और नाक भौं चढ़ा कर गाली दी..."निहायत ही वाहियात अनार हैं।"

नौकर ने पूछा..."वापस कर आऊँ?"

आग़ा साहब बोले..."नहीं बे, तू खा ले।" इसके बाद उन्होंने एक वज़नदार गाली लुढ़का दी।

आग़ा साहब जाने लगे तो मैंने ऑटोग्राफ़ बुक निकाल कर उनके दस्तख़त लिए। आग़ा साहब जब काँपते हुए हाथ से अपना नाम लिख चुके तो कहा... "एक ज़माने के बाद मैंने यह चन्द हर्फ़ लिखे हैं।"

मैं अमृतसर चला आया। कुछ अर्से के बाद यह ख़बर आयी कि लाहौर में मुख्तसर अलालत के बाद आग़ा हश्र काश्मीरी का इन्तक़ाल हो गया है। जनाज़े के साथ गिनती के चन्द आदमी थे।

दीनू या फ़ज़ल कुम्हार की बैठक पर जब आगा साहब को मौत का ज़िक्र हुआ तो उसने नाल के पैसे निकाल कर अपनी जालीदार टोपी में रखते हुए बड़े ही फ़लसफ़ियाना अन्दाज़ में कहा, "बुढ़ापे का इश्क़ बहुत ज़ालिम होता है।"

26 अप्रैल, 1934

तीन गोले

हसन बिल्डिंग्ज़ के फ्लैट नम्बर एक में तीन गोले मेरे सामने मेज़ पर पड़े थे। मैं ग़ौर से उनकी तरफ़ देख रहा था और 'मीराजी' की बातें सुन रहा था। उस शख़्स को पहली बार मैंने यहीं देखा। ग़ालबन सन चालीस था। बम्बई छोड़ कर मुझे देहली आये कोई ज़्यादा अर्सा नहीं गुज़रा था। मुझे याद नहीं कि वह फ़्लैट नम्बर एक वालों का दोस्त था या ऐसे ही चला आया था। लेकिन मुझे इतना याद है कि उसने यह कहा था कि उसको रेडियो स्टेशन से पता चला था कि मैं नकलस रोड पर सआदत हसन बिल्डिंग में रहता हूँ।

उस मुलाक़ात से क़ब्ल मेरे और उसके दरमियान मामूली-सी ख़त-ओ-किताबत हो चुकी थी। मैं बम्बई में था जब उसने अदबी दुनिया के लिए मुझसे एक अफ़साना तलब किया था। मैंने उसकी ख़्वाहिश के मुताबिक़ अफ़साना भेज दिया। लेकिन साथ ही यह भी लिख दिया कि इसका मुआवज़ा मुझे ज़रूर मिलना चाहिए। इसके जवाब में उसने एक ख़त लिखा कि मैं अफ़साना वापस भेज रहा हूँ। इसलिए कि "अदबी दुनिया" के मालिक मुफ़्तख़ोर क़िस्म के आदमी हैं। अफसाने का नाम "मौसम की शरारत" था। इस पर उसने एतराज़ किया था कि इस शरारत का मौज़ू से कोई ताल्लुक़ नहीं। इसलिए इसे तब्दील कर दिया जाय। मैंने इसके जवाब में उसको लिखा कि मौसम की शरारत ही इस अफ़साने का मौज़ू है। मुझे हैरत है कि यह तुम्हें क्यों नज़र न आयी। मीराजी का दूसरा ख़त आया। जिसमें उसने अपनी ग़लती तसलीम कर ली और अपनी हैरत का इज़हार किया कि मौसम की शरारत वह "मौसम की शरारत" में क्यों देख न सका।

मीराजी की लिखायी बहुत साफ़ और वाजह थी। मोटे ख़त की निब से निकले हुए बड़े सही नशिस्त के हरूफ़, तिकोन की सी आसानी से बने हुए, हर जोड़ नुमायाँ। मैं उससे बहुत मुतास्सित हुआ था। लेकिन अज़ीब बात है कि मुझे उसमें मौलाना हामिद अली खाँ मदीर हुमायूँ का ख़ताती की झलक नज़र आयी। यह हल्की सी मगर काफ़ी मरयी मुमासलत-ओ-मुशाबहत अपने अन्दर क्या गहराई रखती है। इस के मुताल्लिक़ मैं अब भी ग़ौर करता हूँ तो मुझे ऐसा कोई शोशा या नुक़्ता सुझाई नहीं देता, जिसपर मैं किसी मफ़रूज़े की बुनियादें

खड़ी कर सकूँ।

हसन बिल्डिंग के फ़्लैट नम्बर एक में तीन गोले मेरे सामने मेज़ पर पड़े थे और 'मीराजी' लम्बे-तड़ंगे और गोल-मटोल शे'र कहने वाला शायर मुझसे बड़े सही क़द-ओ-क़ामत और बड़ी सही नोक-पलक की बातें कर रहा था, जो मेरे अफ़सानों के मुताल्लिक़ थीं। वह तारीफ़ कर रहा था न तनक़ीस। एक मुख़्तसर सा तबसरा था। एक सरसरी-सी तनक़ीद थी। मगर उससे पता चलता था कि मीराजी के दिमाग़ में मकड़ी के जाले नहीं उसकी बातों में उलझाओ नहीं था और यह चीज़ें मेरे लिए बायस-ए-हैरत थीं। इसलिए कि उसकी अक्सर नज़्में इबहाम और उलझाओ की वजह से हमेशा मेरी फ़हम से बालातर रही थीं। लेकिन शक्ल-ओ-सूरत और वज़अ-क़तअ के एतबार से वह बिलकुल ऐसा ही था। जैसा उनका बे क़ाफिया मुबहम कलाम। उसको देख कर उसी की शायरी मेरे लिए और भी पेचीदा हो गयी।

नून.मीम. राशिद बेक़ाफिया शायरी का इमाम माना जाता है। उसको देखने का इत्तफ़ाक़ भी देहली ही में हुआ था। उसका कलाम मेरी समझ में आ जाता था और उसको एक नज़र देखने से उसकी शक्ल-ओ-सूरत भी मेरी समझ में आ गयी। चुनांचे एक बार मैंने रेडियो स्टेशन के बरामदे में पड़ी हुई ग़ैर मडगार्डो के साइकिल देख कर उससे अज़ राह-ए-मज़ाक़ कहा था..."लो यह तुम हो और तुम्हारी शायरी।" लेकिन मीराजी को देख कर मेरे जेहन में सिवाय उसकी मुबहम नज़्मों के और कोई शक्ल नहीं बनती थी।

मेरे सामने मेज़ पर तीन गोले पड़े थे। तीन आहनी गोले। सिगरेट की पन्नियों में लिपटे हुए, दो बड़े एक छोटा। मैंने मीराजी की तरफ़ देखा। उसकी आँखें चमक रही थीं और उनके ऊपर उसका बड़ा भूरे बालों से अटा हुआ सिर... यह भी तीन गोले थे, दो छोटे-छोटे, एक बड़ा। मैंने यह मुमासलत महसूस की तो उसका रद्द-ए-अमल मेरे होंटों पर मुस्कराहट में नमूदार हुआ। मीराजी दूसरों का रद्द-ए-अमल ताड़ने में बड़ा होशियार था। उसने फ़ौरन ही अपनी शुरू की हुई बात अधूरी छोड़ कर मुझसे पूछा..."क्यों भय्या, किस बात पर मुस्कराए?"

मैंने मेज़ पर पड़े हुए उन तीन गोलों की तरफ़ इशारा किया। अब 'मीराजी' की बारी थी। उसके पतले-पतले होंट महीन-महीन भूरी मूँछों के नीचे गोल-गोल अन्दाज़ में मुस्कराए।

उसके गले में मोटे-मोटे गोल मनकों की माला थी। जिसका सिर्फ़ बालाई हिस्सा क़मीज़ के खुले हुए कालर से नज़र आता था...मैंने सोचा..."इस इंसान ने अपनी क्या-क्या हय्यत-ए-कज़ाई बना रखी है...लम्बे-लम्बे ग़लीज़ बाल जो गर्दन से नीचे लटकते थे। फ्रेंच कट सी दाढ़ी, मैल से भरे हुए नाखून। सर्दियों के दिन थे। ऐसा मालूम होता था कि महीनों से उसके बदन ने पानी की शक्ल नहीं देखी।"

यह उस ज़माने की बात है जब शायर, अदीब और एडीटर आम तौर पर लान्ड्री में नंगे बैठकर डबल रेट कर अपने कपड़े धुलवाया करते थे और बड़ी मैली-कुचैली ज़िन्दगी बसर करते थे। मैंने सोचा शायद मीराजी भी इसी क़िस्म का शायर और एडीटर है। लेकिन उसकी ग़लाज़त, उसके लम्बे बाल, उसकी फ्रेंच कट दाढ़ी, गले की माला और वह तीन आहनी गोले...मा'शी हालात के मज़हर मालूम नहीं होते थे। उनके एक दुरवेशानापन था। एक क़िस्म की राहबिय्यत...जब मैंने राहबिय्यत के मुताल्लिक़ सोचा तो मेरा दिमाग़ रूस के दीवाने राहिब रास्पोटीन की तरफ़ चला गया। मैंने कहीं पढ़ा था कि वह बहुत ग़लाज़त पसन्द था। बल्कि यूँ कहना चाहिए कि ग़लाज़त का उंसको कोई एहसास ही नहीं था। उसके नाख़ूनों में भी हर वक़्त मैल भरा रहता था। खाना खाने के बाद उसकी उँगलियों लुथड़ी होती थीं। जब उसे उनकी सफ़ाई मतलूब होती तो वह पास बैठी शहज़ादियों और रईस ज़ादियों की तरफ़ बढ़ा देता। जो उनकी तमाम आलूदगी अपनी जबान से चाट लेती थीं।

क्या मीराजी इसी क़िस्म का दरवेश और राहिब था...? यह सवाल उस वक़्त और बाद में भी कई बार मेरे दिमाग़ में पैदा हुआ...मैं अमृतसर में साई घोड़े शाह को देख चुका था जो अलिफ़ नंगा रहता था और कभी नहाता नहीं था। इसी तरह के और भी कई साई और दरवेश मेरी नज़र से गुज़र चुके थे जो ग़लाज़त के पुतले थे। मगर उनसे मुझे घिन आती थी। 'मीराजी' की ग़लाज़त से मुझे नफ़रत कभी नहीं हुई। उलझन अलबत्ता बहुत होती थी।

घोड़े शाह की क़बील के साई आमतौर पर बक़द्र-ए-तौफ़ीक़ मुग़ल्लज़ात बकते हैं। मरग 'मीराजी' के मुँह से मैंने कभी कोई ग़लीज़ कलमा न सुना। इस क़िस्म के साई बज़ाहिर मुजर्रिद मगर दर-ए-पर्दा हर क़िस्म के जिन्सी फ़े'ल के मुरतकिब होते हैं। 'मीराजी' भी मुजर्रद था, मगर उसने अपनी जिन्सी तसकीन के लिए सिर्फ़ अपने दिल-ओ-दिमाग़ को अपना शरीक-ए-कार बना लिया था। इस लिहाज़ से गो उसमें और घोड़े शाह की क़बील के साइयों में एक गूना मुमासलत थी। मगर वह उनसे बहुत मुख़्तलिफ़ था। वह तीन गोले या...जिनको लुढ़काने के लिए उसको किसी ख़ारजी मदद की ज़रूरत नहीं पड़ती थी। हाथ की ज़रा सी हरकत और तख़य्युल की हल्की-सी जुम्बिश से वह उन तीन अजसाम को ऊँची बुलन्दी और नीची से नीची गहराई की सैर करा सकता था और यह गुर उसको उन्हीं तीन लोगों ने बताया था जो ग़ालबन उसको कहीं पड़े हुए मिले थे। उन ख़ारजी इशारों ही ने उस पर एक अज़ली-ओ-अबदी हक़ीक़त को मुंकशिफ़ किया था। हुस्न, इश्क़ और मौत...इस तसलीस के तमाम अकलीदसी ज़ानिए सिर्फ़ इन तीन गोलों की बदौलत उसकी समझ में आये थे। लेकिन हुस्न और इश्क़ के अंज़ाम को चूँकि उसने शिकस्त ख़ुर्दा ऐनक से देखा था, जिसके शीशों में तरेंड़े थे। इसलिए उसको जिस शक्ल में उसने देखा था, सही नहीं थी। यही वजह है कि उसके सारे वजूद

में एक नाक़ाबिल-ए-बयान इबह्यम का ज़हर फैल गया था। जो एक नुक़्ते से शुरू हो कर एक दायरे में तब्दील हो गया था। इस तौर पर कि उसका हर नुक़्ता उसका नुक़्ता-ए-आग़ाज़ है और नुक़्ता-ए-अंज़ाम। यही वजह है कि उसका इबहाम नोकीला नहीं था। उसका रुख़ मौत की तरफ़ था न ज़िन्दगी की तरफ़। रजाइयत की सिम्त, न कुनूतिय्यत की जानिब। उसने आग़ाज़ और अंज़ाम को अपनी मुट्ठी में इस ज़ोर से भींच रखा था कि इन दोनों को लुहू निचुड़-निचुड़ कर उसमें से टपकता रहता था। लेकिन सादिय्यत पसन्दों की तरह वह उससे मसरूर नज़र नहीं आता था। यहाँ फिर उसके जज़बात गोल हो जाते थे। उन तीन आहनी गोलों की तरह जिनको मैंने पहली मर्तबा हसन बिल्डिंग्ज़ के फ़्लैट नम्बर एक में देखा था।

उसके शे'र का एक मिसरा है—

नगरी-नगरी फिरा मुसाफिर घर का रस्ता भूल गया

मुसाफ़िर को रस्ता भूलना ही था। इसलिए कि उसने चलते वक़्त नुक़्ता-ए-आग़ाज़ पर कोई निशान नहीं बनाया था। अपने बनाए हुए दायरे के ख़त के साथ-साथ घूमता वह यकीनन कई बार उधर से गुज़रा। मगर उसे याद न रहा कि उसने अपना यह तवील सफ़र कहाँ से शुरू किया था और मैं तो समझता हूँ कि 'मीराजी' यह भूल गया था कि वह मुसाफिर है सफ़र है या रास्ता। यह तसलीस भी उसके दिल-ओ-दिमाग़ में ख़लयों में दायरे की शक्ल एख़्तियार कर गयी थी।

उसने एक लड़की 'मीरा' से मुहब्बत की और वह सना उल्लाह से मीरा जी बन गया। इसी मीरा के नाम की रिआयत से उसने मीराबाई के कलाम को पसन्द करना शुरू कर दिया। जब अपनी उस महबूबा का जिस्म मुयस्सर न आया तो कूज़ा गर की तरह चाक घुमा कर अपने तख़य्युल की मिट्टी से शुरू-शुरू में उसी शक्ल-ओ-सूरत के जिस्म तैयार करने शुरू कर दिये। लेकिन बाद में आहिस्ता-आहिस्ता उस जिस्म की साख़्त के तमाम ममज़्ज़यात, उसकी तमाम नुमायाँ खुसूलियतें तेज़ रफ़्तार चाक पर घूम-घूम कर नित नयी हय्यत एख़्तियार करती गयीं और एक वक़्त ऐसा आया कि मीराजी के हाथ, उसके तख़य्युल की नर्म-नर्म मिट्टी और चाक, मुतवातर गर्दिश से बिलकुल गोल हो गये। कोई भी नाटक 'मीरा' की टाँग हो सकती थी। कोई भी चीथड़ा मीरा का पैराहन बन सकता था। कोई भी रहगुज़र 'मीरा' की रहगुज़र में तब्दील हो सकती थी और इन्तहा यह हुई कि तखय्युल की नर्म-नर्म मिट्टी सोंधी-सोंधी बास सड़ाँध बन गयी और वह शक्ल देने से पहले ही उसको चाक से उतारने लगा।

पहले 'मीरा' बुलन्द बाम महलों में रहती थी। 'मीरा जी' ऐसा भटका कि रास्ता भूल कर उसने नीचे उतरना शुरू कर दिया। उसको इस गिरावट का मतलक़न एहसास न था। इसलिए कि उतराई में हर क़दम पर 'मीरा' का तख़य्युल उसके साथ था, जो उसके जूते के तलुवों की तरह घिसता गया। पहले

'मीरा' आम महबूबाओं की तरह बड़ी ख़ूबसूरत थी। लेकिन यह ख़ूबसूरती हर निस्वानी पोशाक में मलबूस देख-देख कर कुछ इस तौर पर उसके दिल-ओ-दिमाग़ में मस्ख़ हो गयी थी कि उसके सही तसव्वुर की अलमनाक जुदाई का भी मीराजी का एहसास न था। अगर एहसास होता तो इतने बड़े अलमिये के जुलूस के चन्द ग़ैर मुबहम निशानात उसके कलाम में यक़ीनन मौजूद होते। जो मीरा से मुहब्बत करते ही उसके दिल-ओ-दिमाग़ में निकलना शुरू हो गया था।

हुस्न, इश्क़ और मौत यह तिकोन पिचक कर 'मीराजी' के वजूद में गोल हो गयी थी। सिर्फ़ यही नहीं दुनिया की हर मुसल्लस उसके दिल-ओ-दिमाग़ में मुदव्वर हो गयी थी। यही वजह है कि उसके अरकान-ए-सुलासा कुछ इस तरह आपस में गड्डमड्ड हो गये थे कि उनकी तरतीब दरहम-बरहम हो गयी थी। कभी मौत पहले हुस्न आख़िर और इश्क़ दरमियान में। कभी इश्क़ पहले मौत उस के बाद और हुस्न आख़िर में और यह चक्कर न महसूस तौर पर चलता रहता था।

किसी भी औरत से इश्क़ किया जाय तगड़ा एक ही क़िस्म का बनता है। हुस्न, इश्क़ और मौत...आशिक माशूक और वस्ल। 'मीरा' से सनाउल्लाह का वसाल जैसा कि जानने वालों को मालूम है न हुआ या न हो सका। इस न होने या न हो सकने का रद्द-ए-अमल 'मीराजी' था। उसने उस मा'शक़े में शिकस्त खा कर उस तसलीस के टुकड़ों को इस तरह जोड़ा था कि उनमें एक सालमियत तो आ गयी। मगर असलियत मस्ख़ हो गयी थी। वह तीन नोकें जिनका रुख़ ख़त-ए-मुसतक़ीम में एक-दूसरे की तरफ़ होता है, दब गयी थीं। वसाल-ए-महबूब के लिए अब यह लाज़िम नहीं था कि महबूब मौजूद हो। वह ख़ुद ही आशिक था, ख़ुद ही माशूक और ख़ुद ही वसाल।

मुझे मालूम नहीं उसने लोहे के यह गोले कहाँ से लिए थे। ख़ुद हासिल किये थे या कहीं पड़े हुए मिल गये थे। मुझे याद है एक मर्तबा उनके मुताल्लिक मैंने बम्बई में उससे इसतफ़सार किया था तो उसने सरसरी तौर पर इतना कहा था, "मैंने यह पैदा नहीं किये अपने आप पैदा हो गये हैं।"

फिर उसने उस गोले की तरफ़ इशारा किया था जो सब से बड़ा था। "पहले यह वजूद में आया था इसके बाद यह दूसरा जो इससे छोटा है इसके पीछे यह कोचक।"

मैंने मुस्करा कर उससे कहा था, "बड़े तो बाबा आदम अलैस्सलाम हुए। ख़ुदा उनको वह जन्नत नसीब करे जिससे वह निकाले गये थे...दूसरे को हम अम्मा हव्वा कह लेते हैं और तीसरे को उनकी औलाद।"

मेरी इस बात पर मीराजी ख़ूब खुलकर हँसा था। मैं अब सोचता हूँ तो मुझे, उन तीन गोलों पर सारी दुनिया घूमती नज़र आती है। तसलीस क्या तख़लीक़ का दूसरा नाम नहीं? वह तमाम मुसल्लसें जो हमारी ज़िन्दगी की उक़लेदस में मौजूद

हैं, क्या उनमें इंसान की तख़लीक़ी कुव्वतों का निशान नहीं है।

ख़ुदा, बेटा और रूहल कुदस, ईसाइयत के अक़ानीम...त्रिशूल महादेव का सह-शाख़ा भाला...तीन देवता ब्रह्मा, विष्णु और त्रिलोक...आसमान, ज़मीन और पाताल...खुश्की, तरी और हवा...तीन बुनियादी रंग, सुर्ख़, नीला और ज़र्द। फिर हमारे रसूम और मज़हबी एहकाम, यह तीजे सोयम और तलेंडियाँ। वजू में तीन मर्तबा हाथ मुँह धोने की शर्त, तीन तलाक़ें और सह गूना मुआनके और जुये में नयी बाज़ी के तीन पाँसों के तीन नुक़्ते यानी तीन काने। मौसीकी के तथ्ये... हयात-ए-इंसानी के मल्बे को अगर खोद कर देखा जाय तो मेरा ख़्याल है ऐसी कई, तसलीसें मिल जायेंगी, इसलिए कि उसके तवालुद-ओ-तनासुल के अफ़आल का महवर भी आज़ा-ए-सलासा है।

उक़लेदस में मुसल्लस बहुत अहम हैसियत रखती है। दूसरी अशकाल के मुक़ाबले में यह ऐसी कट्टर और बे लोच शक्ल है, जिसे आप किसी और शक्ल में तब्दील नहीं कर सकते। लेकिन मीराजी ने अपने दिल-ओ-दिमाग़ और जिस्म में उस तिकोन को जिसका ज़िक्र ऊपर हो चुका है कुछ इस तरह दबाया कि उसके रूकन अपनी जगहों से हट गये। जिसका नतीजा यह हुआ कि आस-पास की दूसरी चीज़ें भी उस तिकोन के साथ मस्ख हो गयीं और मीराजी की शायरी जहूर में आयी।

पहली मुलाक़ात ही में मेरी उसकी बेतकल्लुफ़ी हो गयी थी। उसने मुझे देहली में बताया था कि उसकी जिन्सी अजाबत आमतौर पर रेडियो स्टेशन के स्टुडियोज़ में होती है। जब यह कमरे ख़ाली होते थे तो वह बड़े इत्मीनान से अपनी हाजत रफ़ा कर लिया करता था। उसकी यह जिन्सी ज़लालत ही, जहाँ तक मैं समझता हूँ उसकी मुबहम मन्ज़ूमात का बायस है वरना जैसा कि मैं पहले बयान कर चुका हूँ। आम गुफ़्तगू में वह बड़ा वाज़ह दिमाग़ था। वह चाहता था कि जो कुछ उस पर बीती है अशआर में बयान हो जाय। मगर मुसीबत यह थी कि जो मुसीबत उस पर टूटी थी उसको, उसने बड़े बेढगें तरीक़े से जोड़ कर अपनी निगाहों के सामने रखा था। उसको इसका इल्म था। इस ज़िम्न में वह अपनी बेचारगी अच्छी तरह महसूस करता था। लेकिन आम आदमियों की तरह उसने अपनी इस कमज़ोरी को अपना ख़ास रंग बनाने की कोशिश की और आहिस्ता-आहिस्ता उस 'मीरा' को भी अपनी गुमराही की सूली पर चढ़ा दिया।

बहैसियत शायर के उसकी हैसियत वही है जो गले-सड़े पत्तों की होती है। जिसे खाद के तौर पर इस्तेमाल किया जा सकता है। मैं समझता हूँ उसका कलाम बड़ी उमम्दा खाद है। जिसकी एफ़दियत एक न एक दिन ज़रूर ज़ाहिर हो के रहेगी। उसकी शायरी एक गुमराह इंसान का कलाम है जो इंसानियत की अमीक़ तरीन पस्तियों से मुताल्लिक़ होने के बावजूद दूसरे इन्सानों के लिए ऊँची फ़ज़ाओं में मर्गु-ए-बादनुमा का काम दे सकता है। उसका कलाम एक "जिग सा पज़ल" है

जिसके टुकड़े-टुकड़े इत्मीनान और सुकून से जोड़ कर देखने चाहिए।

बहैसियत इंसान के वह बड़ा दिलचस्प था। परले दर्जे का मुख़लिस, जिसको अपनी उस क़रीब-क़रीब नायाब सिफ़त का मतलक़न एहसास नहीं था। मेरा ज़ाती ख़याल है कि वह अशख़ास जो अपनी ख़्वाहिशात-ए-जिस्मानी का फ़ैसला अपने हाथों को सौंप देते हैं। आमतौर पर इसी क़िस्म के मुख़लिस होते हैं। इसमें कोई शक नहीं कि वह ख़ुद को सरीहन देते हैं मगर उस फ़रेब-दही में जो खुलूस होता है वह जाहिर है।

'मीराज़ी' ने शायरी की, बड़े खुलूस के साथ। शराब पी, बड़े खुलूस के साथ भाँप पी, वह भी बड़े खुलूस के साथ। लोगों से दोस्ती की और उसे निभाया। अपनी ज़िन्दगी की अज़ीम तरीन ख़्वाहिश को जुल देने के बाद वह किसी और से धोखा-फ़रेब करने का अहल ही नहीं रहा था। उस अहलियत के अख़राज के बाद वह इस क़दर बे ज़रर हो गया था कि बे-मसरफ़ सा मालूम होता था। एक भटका हुआ मुसाफ़िर जो नगरी-नगरी फिर रहा है। मंज़िलें क़दम-क़दम पर अपनी आग़ोश उसके लिए वा करती हैं। मगर वह उनकी तरफ़ देखे बग़ैर आगे निकलता जा रहा है...किसी ऐसी जगह, जिसकी कोई सिम्त है न रक़्बा...एक ऐसी तिकोन की जानिब जिसके अरकान अपनी जगह से हटकर तीन दायरों की शक्ल में उसके गिर्द घूम रहे हैं।

मैंने 'मीरा जी' से उसके कलाम के मुताल्लिक़ दो-तीन जुमलों से ज़्यादा कभी गुफ़्तगू नहीं की। मैं उसे बकवास कहा करता था और वह उसे तसलीम करता था उन तीन गोलों और मोटे-मोटे दानों की माला को मैं उसका फ्राड कहता था। उसे भी वह तसलीम करता था। हालाँकि हम दोनों जानते थे कि यह चीज़ें फ्राड नहीं हैं।

एक दफ़ा उसके हाथ में तीन के बजाय दो गोले देख कर मुझे बहुत ताज्जुब हुआ। मैंने जब उसका इज़हार किया तो 'मीराजी' ने कहा, "बर्ख़ुरदार का इन्तक़ाल हो गया है। मगर अपने वक़्त पर एक और पैदा हो जायेगा।"

मैं जब तक बम्बई में रहा, यह दूसरा बर्ख़ुरदार पैदा न हुआ। या तो अम्मा हव्वा अक़ीम हो गयी थीं या बावा आदम मरदुम-ख़ेज़ नहीं रहे थे। यह रही सही ख़ारजी तसलीस भी टूट गयी थी और यह बुरी फ़ाल थी। बाद में मुझे मालूम हुआ कि 'मीराजी' को उसका एहसास था। चुनांचे जैसा कि सुनने में आया है, उसने उसके बाक़ी के वह अक़नून भी अपने हाथ से अलाहिदा कर दिये थे।

मुझे मालूम नहीं मीराजी घूमता-घामता कब बम्बई पहुँचा था। मैं उन दिनों फ़िल्मिस्तान में था। जब वह मुझसे मिलने के लिए आया, बहुत ख़स्ता हालत में था। हाथ में तीन गोले बदस्तूर मौजूद थे। बोसीदा सी कापी भी थी, जिसमें ग़ालबन मीराबाई का कलाम उसने अपने हाथ से लिखा हुआ था। साथ ही एक अजीब शक्ल की बोतल थी जिसकी गर्दन मुड़ी हुई थी। उसमें मीराजी ने शराब डाल रखी थी। ब

वक़्त-ए-तलब वह उसका काग खोलता था और एक घूँट चढ़ा लेता था।

दाढ़ी ग़ायब थी। सिर के बाल बहुत हल्के थे। मगर बदन की ग़लाज़त बदस्तूर मौजूद थी। चप्पल का एक पैर दुरुस्त हालत में था, दूसरा मरम्मत तलब था। यह कमी उसने पाँव पर रस्सी बाँध कर दूर कर रखी थी। थोड़ी देर इधर-उधर की बातें हुई। उन दिनों ग़ालबन "आठ दिन" की शूटिंग हो रही थी। उसकी कहानी मेरी थी, जिसके लिए दो-एक गानों की ज़रूरत थी। मैंने इस ख़याल से कि मीराजी को कुछ रुपये मिल जायें। उससे यह गाने लिखने के लिए कहा जो उसने वहीं बैठे-बैठे लिख दिये। मगर खड़े-खड़े क़िस्म के, निहायत वाहियात जो यक्सर ग़ैर फ़िल्मी थे। मैंने जब उसको अपना फ़ैसला सुनाया तो वह ख़ामोश रहा। वापस जाते हुए उसने मुझसे सात रुपये तलब किये कि उसे एक अद्धा लेना था।

उसके बाद बहुत देर तक उसको हर रोज़ साढ़े सात रुपये देना मेरा फ़र्ज़ हो गया। मैं ख़ुद बोतल का रसिया था। यह मुँह न लगे तो जी पर क्या गुज़रती है। इसका मुझे बख़ूबी इल्म था। इसलिए मैं इस रक़म का इन्तज़ाम कर रखता। सात रुपये में रम का अद्धा आता था। बाक़ी आठ आने उसके आने-जाने के लिए होने थे।

बारिशों का मौसम आया तो उसे बड़ी दिक़्क़त महसूस हुई। बम्बई में इतनी शदीद बारिश होती है कि अनमी की हड्डिया तक भीग जाती हैं। उसके पास फ़ालतू कपड़े नहीं थे। इसलिए यह मौसम उसके लिए और भी ज़्यादा तकलीफ़देह था। इत्तफ़ाक़ से मेरे पास एक बरसाती थी, जो मेरा एक हट्टा-कट्टा फ़ौजी दोस्त सिर्फ़ इसलिए मेरे घर भूल गया था कि वह बहुत वज़नी थी और उसके कन्धे शल कर देती थी। मैंने उसका ज़िक्र मीराजी से किया और उसके वज़न से भी उसको आगाह कर दिया। 'मीराजी' ने कहा, "कोई परवाह नहीं, मेरे कन्धे उसका बोझ बर्दाश्त कर लेंगे।" चुनांचे मैंने वह बरसाती उसके हवाले कर दी। जो सारी बरसात उसके कन्धों पर रही।

मरहूम को समुन्दर से बहुत दिलचस्पी थी। मेरा एक दूर का रिश्तेदार अशरफ़ है। वह उन दिनों पायलट था। जूहू में समुन्दर के किनारे रहता था। यह मीराजी का दोस्त था। मालूम नहीं उनकी दोस्ती की बिना क्या थी, क्योंकि अशरफ़ को शे'र-ओ-शायरी से दूर का वास्ता भी नहीं हैं। बहरहाल मीराजी उसके यहाँ रहता था और दिन को उसके हिसाब में पीता था।

अशरफ़ जब अपने झोंपड़े में नहीं होता था तो 'मीराजी' साहिल की नर्म-नर्म और गीली-गीली रेत पर वह बरसाती बिछाकर लेट जाता और मुबहम शे'र फ़िक्र किया करता था।

उन दिनों हर इतवार को जूहू जाना और दिन भर पीना मेरा मामूल सा हो गया था। दो-तीन दोस्त इकट्ठे हो कर सुबह निकल जाते और सारा दिन साहिल पर गुज़ारते। मीराजी वहीं मिल जाता। ऊट-पटाँग क़िस्म के मशाग़ल

रहते। हमने इस दौरान में शायद ही कभी अदब के बारे में गुफ़्तगू की हो। मर्दों और औरतों के तीन चौथाई नंगे जिस्म देखते थे। दही-बड़े और चाट खाते थे, नारियल के पानी के साथ शराब मिला कर पीते थे और मीराजी को वहीं छोड़ कर वापस घर चले आते थे।

अशरफ़ कुछ अर्से के बाद मीराजी का बोझ महसूस करने लगा था। वह ख़ुद पीता था मगर मुकर्रर हद से आगे नहीं बढ़ता था, लेकिन मीरा जी के मुताल्लिक़ उसे शिकायत थी कि वह अपनी हद से गुज़र कर एक और हद क़ायम कर लेता है, जिसकी कोई हद नहीं होती। बेहोश पड़ा है मगर और माँगे जा रहा है। अपनी उस तलब का दायरा बना लेता है और भूल जाता है कि यह कहाँ से शुरू हुई थी और इसे कहाँ ख़त्म होना था।

मुझे उसकी शराब नोशी के उस पहलू का इल्म नहीं था। लेकिन एक दिन उसका तजरुबा भी हो गया जिसको याद करके मेरा दिल आज भी अफ़सुर्दा हो जाता है।

सख़्त बारिश हो रही थी जिसके बायस बर्क़ी गाड़ियों की नक़ल-ओ-हरकत का सिलसिला दरहम-बरहम हो गया था। "खुश्क दिन" होने की वजह से शहर में शराब की दुकानें बन्द थीं। मज़ाफ़ात में सिर्फ़ बांदरा ही एक ऐसी जगह थी, जहाँ से मुक़र्रर दामों पर वह चीज़ें मिल सकती थीं। मीराजी मेरे साथ था। उसके अलावा मेरा पुराना लंगोटिया हसन अब्बास जो देहली से मेरे साथ चन्द दिन गुज़ारने के लिए आया था। हम तीनों बांदरा उतर गये और डेढ़ बोतल रम ख़रीद ली। वापस स्टेशन पर आये तो राजा मेहदी अली खाँ मिल गया। मेरी बीवी लाहौर गयी हुई थी। इसलिए प्रोग्राम यह बना कि 'मीराजी' और राजा रात मेरे ही यहाँ रहेंगे।

एक बजे तक रम के दौर चलते रहे। बड़ी बोतल ख़त्म हो गयी। राजा के लिए दो पेग काफ़ी थे। उनको ख़त्म करके वह एक कोने में बैठ गया और फ़िल्मी गीत लिखने की प्रेक्टिस करता रहा। मैं, हसन अब्बास और मीराजी पीते और फुजूल-फुजूल बातें करते रहे, जिनका सिर था न पैर। कर्फ़्यू के बायस बाज़ार सुनसान था। मैंने कहा अब सोना चाहिए। अब्बास और राजा ने मेरे इस फ़ैसले पर साद किया। मीराजी न माना। अद्धे की मौजूदगी उसके इल्म में थी। इसलिए वह और पीना चाहता था। मालूम नहीं क्यों मैं और अब्बास ज़िद में आ गये और वह अद्धा खोलने से इंकार कर दिया। मीराजी ने पहले मिन्नतें कीं, फिर हुक्म देने लगा। मैं और अब्बास दोनों इन्तिहा दर्जे के सिफ़ले हो गये। हमने उससे ऐसी बातें की कि उनकी याद से मुझे निदामत महसूस होती है। लड़-झगड़ कर हम दूसरे कमरे में चले गये।

मैं सुबह ख़ेज़ हूँ सबसे पहले उठा और साथ वाले कमरे में गया। मैंने रात को राजा से कह दिया था कि वह मीराजी के लिए स्ट्रेचर बिछा दे और ख़ुद सोफे पर

सो जाय। राजा स्ट्रेचर में लबालब भरा था, मगर सोफ़े पर मीराजी मौजूद नहीं था। मुझे सख़्त हैरत हुई। गुसलख़ाने और बावर्ची-ख़ाने में देखा वहाँ भी कोई नहीं था। मैंने सोचा शायद वह नाराज़ी की हालत में चला गया है। चुनांचे वाक़आत मालूम करने के लिए मैंने राजा को जगाया। उसने बताया कि मीराजी मौजूद था। उसने ख़ुद उसे सोफ़े पर लिटाया था। हम यह गुफ़्तगू कर ही रहे थे कि मीराजी की आवाज़ आयी, "मैं यहाँ मौजूद हूँ।"

वह फ़र्श पर राजा मेहदी अली खाँ के स्ट्रेचर के नीचे लेटा हुआ था। स्ट्रेचर उठाकर उसको बाहर निकाला गया। रात की बात हम सब के दिल-ओ-दिमाग़ में औद कर आयी। लेकिन किसी ने उसपर तबसरा न किया। मीराजी ने मुझसे आठ आने लिए और भारी भरकम बरसाती उठाकर चला गया। मुझे उस पर बहुत तरस आया और अपने पर बहुत ग़ुस्सा। चुनांचे मैंने दिल ही दिल में ख़ुद की बहुत लानत मलामत की कि मैं रात को एक निकम्मी सी बात पर उसको दुख पहुँचाने का बायस बना।

उसके बाद भी मीराजी मुझसे मिलता रहा। फ़िल्म इण्डस्ट्री के हालात मुनक़लब हो जाने के बायस मेरा हाथ तंग हो गया था। अब मैं हर रोज़ मीराजी की शराब का ख़र्च बर्दाश्त नहीं कर सकता था। मैंने उससे कभी इसका ज़िक्र नहीं किया। लेकिन उसको इल्म हो गया था। चुनांचे एक दिन मुझे उससे मालूम हुआ कि उसने शराब छोड़ने के क़सद से भाँग खानी शुरू कर दी है।

भाँग से मुझे सख़्त नफ़रत है। एक-दो बार इस्तेमाल करने से मैं उसके ज़िल्लत आफ़रीन नशे और उसके रद्द-ए-अमल का तजरुबा कर चुका हूँ। मैंने मीराजी से जब उसके बारे में गुफ़्तगू की तो उसने कहा, "नहीं...मेरा ख़याल है यह नशा भी कोई बुरा नहीं उसका अपना रंग है, अपनी कैफ़ियत है, अपना मिज़ाज है।"

उसने भाँग के नशे की खुसूसयात पर एक लेक्चर-सा शुरू कर दिया... अफ़सोस है कि मुझे पूरी तरह याद नहीं कि उसने क्या कहा था। उस वक़्त मैं अपने दफ़्तर में था और "आठ दिन" के एक मुश्किल बाब की मंज़र नवीसी में मशग़ूल था और मेरा दिमाग़ एक वक़्त में सिर्फ़ एक काम करने का आदी है। वह बातें करता रहा और मैं मनाज़र सोचने में मशग़ूल रहा।

भाँग पीने के बाद दिमाग़ पर क्या गुज़रती है। मुझे उसके मुताल्लिक़ सिर्फ़ इतना ही मालूम था कि गिर्द-ओ-पेश की चीज़ें या तो बहुत छोटी हो जाती हैं या बहुत बड़ी। आदमी हद से ज़्यादा ज़कीउल हिस हो जाता है। कानों में ऐसा शोर मचता है जैसे उनमें लोहे के कारखाने खुल गये हैं। दरिया पानी की हल्की-सी लकीर बन जाते हैं और पानी की हल्की सी लकीरें बहुत बड़े दरिया। आदमी हँसना शुरू करे तो हँसता ही जाता है रोये तो रोते नहीं थकता।

मीराजी ने उस नशे की जो कैफ़ियत बयान की वह मेरा ख़याल है उससे

बहुत मुख़्तलिफ़ थी। उसने मुझे उसके मुख्तलिफ़ मदारिज बताए थे। उस वक़्त जबकि वह भाँग खाए हुए था, ग़ालबन लहरों की बात कर रहा था..."लो वह कुछ गड़बड़-सी हुई...कोई चीज़ इधर-उधर की चीज़ों से मिल-मिला करऊपर को उठी...नीचे आ गयी...फिर गड़बड़-सी हुई...और...आहिस्ता-आहिस्ता आगे बढ़ने लगी...दिमाग़ की नालियों में रेंगने लगी, सुरसुराहट महसूस हो रही है...पर बड़ी नर्म-नर्म...पहले नून था...पूरे एलान के साथ...अब यह गुन्ने में तब्दील हो रहा है. ..धीरे-धीरे...हौले-हौले...जैसे बिल्ली गुदगुदे पंजों पर चल रही है...ओह...ज़ोर से म्याऊँ हुई...लहर टूट गयी...ग़ायब हो गयी।" और वह चौंक पड़ता।

थोड़े वक़्फ़े के बाद वह फिर यही कैफ़ियत नये सिरे से महसूस करता..."लो, अब फिर नून के एलान की तैयारियाँ होने लगीं। गड़बड़ शुरू हो गयी है... आसपास की चीज़ें यह एलान सुनने के लिए जमा हो रही हैं। कानाफूसियाँ भी हो रही हैं...हो गया...एलान हो गया...नून ऊपर को उठा...आहिस्ता-आहिस्ता नीचे आया...फिर वही गड़बड़...वही कानाफूसियाँ...आसपास की चीज़ों के हुजूम में नून ने अँगड़ाई ली और रेंगने लगा...गुन्ना खींच कर लम्बा होता जा रहा है...कोई उसे कूट रहा है, रूई के हथौड़ों से...ज़र्बें सुनाई नहीं देती, लेकिन उनका, नन्हा-मुन्ना, पर से भी हल्का लम्स महसूस हो रहा है...गूँ, गूँ, गूँ...जैसे बच्चा माँ का दूध पीते-पीते सो रहा है...ठहरो, दूध का बुलबुला बन गया है...लो वह फट भी गया..." और वह फिर चौंक पड़ता।

मुझे याद है, मैंने उससे कहा था कि वह अपने इस तजरुबे, अपनी इस कैफ़ियत को अशआर में मन-ओ-अन बयान करे। उसने वादा किया था मालूम नहीं उसने उधर तवज्जो दी या भूल गया।

कुरेद-कुरेद कर मैं किसी से कुछ पूछा नहीं करता। सरसरी गुफ़्तगुओं के दौरान मैं मीराजी से मुख़्तलिफ़ मौजुओं पर तबादला-ए-ख़यालात होता था, लेकिन उसकी जातयात कभी मारिज़-ए-गुफ़्तगू में नहीं आयी थी। एक मर्तबा मालूम नहीं किस सिलसिले में उसकी अजाबत-ए-जिन्सी के ख़ास ज़रिये का ज़िक्र आ गया। उसने मुझे बताया, उसके लिए अब मुझे ख़ारजी चीज़ों से मदद लेनी पड़ती है। मिसाल के तौर पर ऐसी टाँगें जिन पर से मैल उतारा जा रहा है...ख़ून में लुथड़ी हुई ख़ामोशियाँ...."

यह सुन कर मैंने महसूस किया था कि 'मीराजी' की ज़लालत अब इस इन्तिहा को पहुँच गयी है कि उसे ख़ारजी ज़राय की इमदाद तलब करनी पड़ गयी है। अच्छा हुआ जो वह जल्दी मर गया। क्योंकि उसकी ज़िन्दगी के ख़राबे में और ज़्यादा ख़राब होने की गुंजाइश बाक़ी नहीं रही थी। वह अगर कुछ देर से मरता तो यक़ीनन उसकी मौत भी एक दर्दनाक इबहाम बन जाती।

अख़्तर शीरानी से चन्द मुलाक़ातें

ख़ुदा मालूम कितने बरस गुज़र चुके हैं, हाफ़िज़ा इस क़दर कमज़ोर है कि नाम, सन और तारीख़ कभी याद ही नहीं रहते। अमृतसर में ग़ाजी अब्दुर्लरहमान साहब ने एक रोज़ाना परचा "मुसावात" जारी किया। उसकी अदारत के लिए बारी अलीग (मरहूम) और अबुल अला चिश्ती असहाफ़ी (हाजी लक़-लक़) बुलाये गये। उन दिनों मेरी आवारागर्दी मेराज पर थी। बेमक़सद सारा दिन घूमता रहता था। दिमाग़ बेहद मुन्तशिर था। उस वक़्त तो मैंने महसूस नहीं किया था लेकिन बाद में मालूम हुआ कि यह दिमाग़ी इन्तशार मेरे लिए कोई रास्ता तलाश करने के लिए बेताब था।

जीजे के होटल (शीराज़) में क़रीब-क़रीब हर रोज़ गपबाज़ी की महफ़िल जमती थीं। बाला, अनवर पेण्टर आशिक फ़ोटोग्राफ़र, फ़क़ीर हुसैन सलीस और एक साहब जिनका नाम मैं भूल गया हूँ। बाक़ायदगी के साथ उस महफ़िल में शरीक होते थे। हर क़िस्म के मौज़ू ज़ैर-ए-बहस लाये जाते थे। 'बाला' बड़ा खुश गो और बज़ला संज नौजवान था। अगर वह ग़ैर हाज़िर होता तो महफ़िल सूनी रहती। शे'र भी कहता था। उसका एक शेर अभी तक मुझे याद है...

अश्क मिसगाँ पे है अटक सा गया
नोक सी चुभ गयी है छाले में

जीजे से ले कर अनवर पेण्टर तक सब मौसीकी और शायरी से शग़फ रखते थे। वह साहब जिनका नाम मैं भूल गया था, कैप्टन वहीद थे। नोली-नीली आँखों वाले। लम्बे-तगड़े, मज़बूत जिस्म। आपका महबूब मशग़ला गोरों से लड़ना था। चुनांचे कई गोरे उनके हाथों पिट चुके थे। अंग्रेज़ी बहुत अच्छी बोलते थे और तबला माहिर तबलचियों की तरह बजाते थे।

उन दिनों जीजे के होटल में एक शायर अख़्तर शीरानी का बहुत चर्चा था। क़रीब-क़रीब हर महफिल में उसके अशआर पढ़े या गाये जाते थे। जीजा (अज़ीज़) आम तौर पर "मैं अपने इश्क़ में सब कुछ तबाह कर लूँगा" (बहुत मुमकिन है कि यह मिसरा ग़लत हो) गाया करता था। यह नये क़िस्म का जज़्बा सब के ज़ेहन पर मुसल्लत हो गया था। मा'शूक़ को जो धमकी दी गयी थी, सब को बहुत पसन्द आयी थी।

जीजा तो अख़्तर शीरानी का दीवाना था। काउण्टर के पास खड़ा गाहक से बिल वसूल कर रहा है और गुनगुना रहा है, "ऐ, इश्क़ कहीं ले चल"...मुसाफ़िरों को कमरे दिखा रहा है और ज़ेर-ए-लब गा रहा है, "क्या बिगड़ जायेगा रह जाओ यहीं रात की रात।"

आशिक फ़ोटोग्राफ़र की आवाज़ गो बहुत पतली थी, लेकिन वह "ऐ इश्क़ कहीं ले चल" बड़े सोज़ से गाया करता था। मैंने जब भी उसके मुँह से यह नज़्म सुनी, मुझ पर बहुत असर हुआ। उस ज़माने में चूँकि तबीयत में इन्तशार था, इसलिए यह नज़्म मुझे अपने कन्धों पर उठाकर दूर...बहुत दूर अनदेखे जज़ीरों में ले जाती थी।

इतना ज़माना बीत चुका है मगर वह कैफ़ियत जो उस वक़्त मुझपर तारी होती थी मैं अब भी महसूस कर सकता हूँ—अजीब-ओ-ग़रीब कैफ़ियत थी। जीजे के होटल के बहुत अन्दर अँधेरी मगर ठण्डी कोठरी में बैठा मैं यूँ महसूस करता कश्ती में बैठा हूँ...परियाँ उसे खे रही हैं। नाज़ुक-नाज़ुक परों वाली परियाँ। रात का वक़्त है इसलिए मुझे उन परियों का सिर्फ़ साया-सा नज़र आता है। समुन्दर पुर सुकूँ है। कश्ती हलकोरे खाए बग़ैर चल रही है, किसी ना मालूम मंज़िल की तरफ़। पापों की बस्ती बहुत पीछे रह गयी है। हम दीनवी शोर-ओ-गुल से हज़ारों मील आगे बढ़ गये हैं।

जीजे के होटल में कुछ अर्से के बाद बारी साहब और चिश्ती साहब का आना-जाना भी शुरू हो गया। दोनों खाना खाते या चाय पीते और चले जाते। मगर जब जीजे को मालूम हुआ कि वह अख़बारी आदमी है तो फ़ौरन उनसे बेतकल्लुफ़ मरासिम पैदा कर लिए।

बारी साहब अख़्तर शीरानी के कलाम से वाक़िफ़ थे। लेकिन ज़ाती तौर पर शायर को जानते थे। चिश्ती सहब एक मुद्दत के बाद बग़दाद और मिस्र बग़ैरह की सहायत के बाद ताज़ा-ताज़ा वापस आये थे, इसलिए वह यहाँ के शो'रा के मुताल्लिक़ कुछ नहीं जानते थे। फिर भी जब उन्होंने जीजे से अख़्तर शीरानी का कलाम सुना तो बहुत मुतास्सिर हुए।

इस दौरान मैं बारी साहब के साथ घुल मिल गया। उनकी संजीदगी और मतानत-भरी ज़राफ़त मुझे बहुत पसन्द आयी। मेरे ज़हनी इन्तशार को भाँप कर उन्होंने मुझे सहाफ़त की तरफ़ मायल किया। आहिस्ता-आहिस्ता अदब से रुशनास कराया...पहले मैं तीरथराम फिरोज़पुरी नावल पढ़ा करता था। अब बारी साहब की वजह से आस्कर वाइल्ड और विक्टर ह्यूगो मेरे ज़ेर-ए-मुतालब रहने लगे। ह्यूगो मुझे बहुत पसन्द आया। बाद में मैंने महसूस किया कि इस फ्रांसीसी मुसन्निफ़ का ख़तीबाना अन्दाज़ बारी साहब की तहरीरों में मौजूद है। आजकल मैं जो कुछ भी हूँ उसको बनाने में सबसे पहला हाथ बारी साहब का है। अगर अमृतसर में

उनसे मुलाक़ात न होती और मुतवातर तीन महीने मैंने उनकी सोहबत में न गुज़ारे होते तो यक़ीनन मैं किसी और ही रास्ते पर गामज़न होता।

चूँकि अब मैं किसी हद तक अदब से रूशनास हो चुका था। इसलिए मैंने अख़्तर शीरानी के कलाम को एक नये ज़ाविये से देखना शुरू किया। उसकी शायरी हल्की-फुल्की और रोमानी थी। मैं अब ग़ौर करता हूँ तो अख़्तर शीरानी मुझे कॉलेज के लड़कों का शायर मालूम होता है। एक ख़ास उम्र के नौजवानों का शायर, जिनके दिल-ओ-दिमाग़ पर हर वक़्त रोमान की मकड़ी महीन-महीन जाले तनती रहती है। मुझे उस वादी मे क़दम रखे ज़्यादा देर न हुई थी कि एक दोस्त से मालूम हुआ कि अख़्तर शीरानी आये हुए हैं और "शीराज़ होटल" में ठहरे हैं। उसी वक़्त वहाँ पहुँचा मगर मालूम हुआ कि वह जीजे के साथ कहीं बाहर गये हैं। देर तक होटल में बैठा इन्तज़ार करता रहा, मगर यह लोग वापस न आये।

शाम को पहुँचा तो होटल के सिन्धी बावर्ची ने कहा कि सब ऊपर कोठे पर बैठे हैं। धड़कते हुए दिल के साथ में ऊपर गया। छिड़काओ करके चारपाइयाँ बिछाई गयी थीं। कुछ कुर्सियाँ भी थीं। देशी शराब का दौर चल रहा था। दस-बारह आदमी बैठे थे, जो मेरे जाने पहचाने थे। सिर्फ़ एक सूरत अजनबी थी और वह अख़्तर शीरानी की थी। चपटा चेहरा, सपाट पेशानी, मोटी नाक, मोटे होंट, गहरा साँवला रंग, छिदरे बाल, आँखें बड़ी-बड़ी और पुरकशिश, उनमें थोड़ी-सी उदासी भी थी। बड़ी शुस्ता-ओ-रफ़्ता उर्दू में हाज़रीन से गुफ़्तगू कर रहे थे।

मैं पास पहुँचा तो 'बाले' ने उनसे मेरा तारूफ़ कराया। बड़ी ख़न्दा पेशानी से पेश आये और मुझसे बैठने के लिए कहा। मैं चारपायी के पास कुर्सी पर बैठ गया। इस के बाद अख़्तर साहब जीने से मुख़ातिब हुए..."अज़ीज़ (मेरी तरफ़ इशारा करके) इनके लिए गिलास मँगवाओ।"

गिलास आया तो अख़्तर साहब ने मुझे एक पेग बनाकर दिया, जो मैंने शुक्रिये के साथ क़बूल किया। दो-तीन दौर हुए तो किसी ने अख़्तर साहब से अपना कलाम सुनाने की फ़रमाइश की। इस पर उन्होंने कहा..."नहीं भाई मैं कुछ नहीं सुनाऊँगा...मैं सुनूँगा।" फिर जीजे से मुख़ातिब हुए..."अज़ीज़, सुनाओ। रसीली अंखड़ियों से नींद बरसाते हुए आना।" यह कहा और एक ठण्डी साँस ली जैसे बीते हुए लम्हात याद आ गये हैं। जीजे को मजाल-ए-इंकार नहीं थी। गला साफ़ किया और अख़्तर साहब की एक मशहूर ग़ज़ल गाना शुरू कर दी। सुर ताल सब ठीक मगर आवाज़ फटी-फटी सी थी। फिर भी रंग जम गया। अख़्तर साहब पीते रहे और झूमते रहे।

दूसरे रोज़ दोपहर के वक़्त मैं शीराज़ होटल में बैठा अख़्तर साहब का इन्तज़ार कर रहा था (वह किसी दावत पर गये थे) कि एक बुर्क़ा-पोश ख़ातून ताँगे में आयीं। आपने एक मुलाज़िम से अख़्तर साहब के बारे में पूछा। उसने कहा कहीं

बाहर तशरीफ़ ले गये हैं। आप अपना नाम बता दीजिए। बुर्क़ा-पोश ख़ातून ने अपना नाम न बताया और चली गयी।

अख़्तर साहब आये तो मैंने उस ख़ातून की आमद का ज़िक्र किया। आपने बड़ी शायराना दिलचस्पी से सारी बात सुनी और मुस्करा दिये। यूँ वह ख़ातून एक असरार-सा बन गयी। खाना खाने से पहले शाम को जब ठर्रे का दौर शुरू हुआ तो जीजे ने उस बुर्क़ा-पोश ख़ातून के मुताल्लिक़ अख़्तर साहब से पूछा..."हजरत वह कौन थीं जो आज दोपहर को तशरीफ़ लाई थीं?"

अख़्तर साहब मुस्कराए और जवाब गोल कर गये। 'बाले' ने उनसे कहा... "कहीं सलमा साहबा तो नहीं थीं?"

अख़्तर साहब ने होले से 'बाले' के गाल पर तमाचा मारा और सिर्फ़ इतना कहा..."शरीर"...बात और भी ज़्यादा पुर असरार हो गयी, जो आज तक सीग़ा-ए-राज़ में है। मालूम नहीं वह बुर्क़ा-पोश ख़ातून कौन थीं। उस ज़माने में सिर्फ़ इतना मालूम हुआ था कि अख़्तर साहब के जाने के बाद वह एक बार फिर शीराज़ होटल आयी थी और अख़्तर साहब के बारे मैं उसने पूछा था कि कहाँ हैं।

सब बारी-बारी अख़्तर साहब की दावत कर चुके थे। वहीं शीराज़ होटल में। दावत देने का यह तरीक़ा था कि दिन और रात में ठर्रे की जितनी बोतलें ख़त्म हो उनके दाम अदा कर दिये जायें। मैंने यह तरीक़ा भोंडा समझा और दो बोतलें स्काच व्हिस्की की ले कर एक शाम वहाँ पहुँचा। एक बोतल पर से काग़ज़ हटाया ...तो अख़्तर साहब ने कहा..."भाई, यह तुमने क्या किया, देशी शराब ठीक रहती। एक के बदले दो आ जातीं।"

मैंने अर्ज़ की..."अख़्तर साहब, यह ख़त्म हो जाय तो दूसरी मौजूद है।"

अख़्तर साहब मुस्कराए। "वह ख़त्म हो गयी तो।"

मैंने कहा..."और आ जायेगी।"

आपने मेरे सिर पर हाथ फेरा..."ज़िन्दा रहो।"

दोनों बोतलें ख़त्म हो गयीं। मैंने महसूस किया कि अख़्तर साहब स्काच से मुतमइन नहीं थे। चुनांचे मुलाज़िम से अमृतसर डिस्टिलरी के कशीद क़र्दा ठर्रे की एक बोतल मँगवाई। उसने अख़्तर साहब के नशे में जो ख़ाली जगहें थीं पूरी कर दीं।

चूँकि यह महफ़िलें ख़ालिस अदबी नहीं थीं और इनके पीछे सिर्फ़ वह अक़ीदत थी जो उन लोगों को अख़्तर साहब से थीं। इसलिए ज़्यादातर उन्हीं का कलाम पढ़ा या गाया जाता। शे'र-ओ-सुख़न के मुताल्लिक़ कोई बसीरत अफ़रोज़ बात न होती, लेकिन अख़्तर साहब की गुफ़्तगूओं से मैंने इतना अन्दाज़ा लगा लिया था कि उर्दू शायरी पर उनकी नज़र बहुत वसी है।

चन्द रोज़ के बाद मैंने घर पर अख़्तर साहब की दावत की। मगर यह सिर्फ़

चाय की थी। जिससे अख़्तर साहब जैसे रिन्द-ए-बला नोश को कोई दिलचस्पी नहीं थी लेकिन उन्होंने कबूल की और मेरी ख़ातिर एक प्याली चाय भी पी।

इन महफ़िलों में बारी साहब बहुत कम शरीक हुए। अलबत्ता चिश्ती साहब जो पीने के मामले में अख़्तर सवाहब से चन्द पेग आगे ही थे, अक्सर उन महफ़िलों में शरीक होते और अपना कलाम भी सुनाते जो आमतौर पर बे रूह होता था।

अख़्तर साहब ग़ालबन दस दिन अमृतसर में रहे। इस दौरान में जीजे के पैहम इसरार पर आपने शीराज़ होटल पर एक नज़्म कही। जीजे ने उसे बारी साहब की बसातत से बड़े काग़ज़ पर खुशख़त लिखवाया और फ्रेम में जड़वा कर अपने होटल की ज़ीनत बनाया। वह बहुत खुश था क्योंकि नज़्म में उसका नाम मौजूद था।

अख़्तर साहब चले गये तो जीजे के होटल की रौनक़ ग़ायब हो गयी। बारी साहब ने अब मेरे घर आना शुरू कर दिया था। मेरा शराब पीना उनको अच्छा नहीं लगता था। खुश्क़ वाअज़ नहीं थे। इशारों ही इशारों में कई दफ़ा मुझे इस इल्लत से बाज़ रखने के लिए कहा मगर मैं बाज़ न आया।

बारी साहब तीन महीने अमृतसर में रहे। उस दौरान में उन्होंने मुझसे विक्टर ह्यूगो की एक किताब "सर गुज़श्त-ए-असीर" के नाम से तर्जुमा कराई। जब वह छपकर प्रेस से बाहर आयी तो आप लाहौर में थे। मैंने तबअशुदा किताब देखी तो उकसाहट पैदा हुई कि और तर्जुमा करूँ। चुनांचे मैंने आस्कर वाइल्ड के इश्तराकी ड्रामे 'वीरा' का तर्जुमा शुरू कर दिया। जब ख़त्म हुआ तो बारी साहब को इसलाह के लिए दिया मगर मुसीबत यह थी कि वह मेरी तहरीरों में बहुत ही कम काट-छाँट करते थे। ज़बान की कई ग़लतियाँ रह जाती थीं। जब कोई उनकी तरफ़ इशारा करता तो मुझे बहुत ही कोफ़्त होती। चुनांचे मैंने सोचा कि बारी साहब के बाद अख़्तर साहब को तर्जुमे का मसौदा दिखाऊँगा।

अरब होटल में आने-जाने से मुज़फ़्फ़र हुसैन शमीम साहब से अच्छे ख़ासे ताल्लुक़ात पैदा हो गये थे। मैंने उनसे इसलाह की बात की तो वह मुझे उसी वक़्त अख़्तर शीरानी साहब के पास ले गये। छोटा-सा ग़लीज़ कमरा था। आप चारपायी पर तकिया सीने के साथ दबाये बैठे थे। अलैक-सलैक हुई। अख़्तर साहब मुझे पहचान गये...यारान-ए-शीराज़ होटल के बारे में पूछा। जो कुछ मुझे मालूम था मैंने उनको बता दिया।

शमीम साहब और अख़्तर साहब की गुफ़्तगू बहुत पुर तसन्नो और पुर तकल्लुफ़ थी। हालाँकि मुझसे किसी शख़्स ने कहा था कि वह दोनों किसी ज़माने में एक जान-ओ-दो क़ालिब थे। बहरहाल शमीम साहब ने मेरे आने का मुद्दआ बयान किया। अख़्तर साहब ने कहा..."मैं हाज़िर हूँ। आज रात ही सारा मसौदा देख लूँगा।"

अख़्तर साहब ने सीने के साथ तकिया इसलिए दबाया हुआ था कि उनके जिगर में थोड़े-थोड़े वक़्फे के बाद टीस-सी उठती थी। उस ज़माने ही में उनका जिगर क़रीब माउफ़ हो चुका था...मैंने उनसे रुख़सत ली और शाम को हाज़िर होने का कहकर शमीम साहब के सथ वापस अरब होटल चला आया। उन्होंने मुझसे इशारतन कहा कि अगर तुम अख़्तर से अपना काम जल्दी कराना चाहते हो तो साथ "वह चीज़" लेते जाना।

मैं जब शाम को अख़्तर साहब के पास पहुँचा तो "वह चीज़" मेरे पास मौजूद थी। जो मैंने बड़े सलीके से पेश की। बोतल डरते-डरते बाहर निकाली और उनसे कहा "क्या यहाँ इसकी इजाज़त है। माफ कीजिएगा यह पूछना ही बड़ी बदतमीज़ी है।"

अख़्तर साहब की आँखें तमतमा उठीं। मेरे ख़याल है वह सुबह से प्यासे थे। मुस्कराए और मेरे सिर पर बड़ी शफ़क़त से हाथ फेरा। "शराब पीना कोई बदतमीजी नहीं।" यह कहकर बोतल मेरे हाथ से ली और तकिया फ़र्श पर रख कर उसपर बोतल का निचला हिस्सा ठोंकना शुरू किया ताकि कार्क बाहर निकल आये।

उन दिनों पीता था मगर यूँ कहिए कि ज़्यादा पी नहीं सकता था। चार पेग काफ़ी थे। मक़दार अगर इससे बढ़ जाती तो तबीयत ख़राब हो जाती और सारा लुत्फ़ ग़ारत हो जाता।

इधर-उधर की बातें करते और पीते काफ़ी देर हो गयी। अख़्तर साहब का खाना आया और जिस तरीक़े से आया उससे मैंने यह जाना कि इनके घर वालों के ताल्लुक़ात इनसे कशीदा हैं। बाद में इसकी तसदीक़ भी हो गयी। उनके वालिद मुकर्रम हाफ़िज़ महमूद शीरानी साहब (मरहूम-ओ-मग़फूर) उनकी शराब नोशी के बायस बहुत जाला थे। थक हार कर उन्होंने अख़्तर साहब को उनके अपने हाल पर छोड़ दिया था।

रात ज़्यादा गुज़र गयी तो मैंने अख़्तर साहब से दरख़्वास्त की कि वह मसौदा देखना शुरू कर दें। आपने यह दरख़्वास्त क़बूल की और मसौदे की इसलाह शुरू कर दी। चन्द सफ़हात देखे तो आस्कर वाइल्ड की रंगीन ज़िन्दगी की बातें शुरू कर दीं। जो ग़ालिबन उन्होंने किसी और से सुनी थीं। आस्कर वाइल्ड ओर लार्ड अल्फ़र्ड डेगलस के मा'शके का ज़िक्र आपने बड़े मज़े ले-ले कर बयान किया। वाइल्ड कैसे क़ैद हुआ यह भी बताया। फिर उनका ज़ेहन एकदम लार्ड बायरन की तरफ़ चला गया। उस शायर की हर अदा उन्हें पसन्द थी। उसके मा'शके जो कि ला तादाद थे। अख़्तर साहब की निगाहों में एक जुदागाना शान रखते थे। बाद में मुझे मालूम हुआ कि लार्ड बायरन के नाम से उन्होंने कई ग़ज़लें और नज़्में भी लिखी थीं।

लार्ड बायरन एक संगदिल, बेरहम और बेपरवाह इंसान था। इसके अलावा

वह एक बहुत बड़ा नवाब था। जिसके पास दौलत थी। अख़्तर साहब कल्लाश थे। बड़े रहम दिल और इंसानियत दोस्त। बायरन को बढ़िया से बढ़िया शराब मुयस्सर थी। अख़्तर को बमुश्किल ठर्रा मिलता था। बायरन के मुल्क की फ़ज़ा और थी अख़्तर के मुल्क की फ़ज़ा और। वह किसी सूरत में भी लार्ड बायरन नहीं बन सकते थे। लेकिन फिर भी उन्होंने अपने दिल की तसकीन के लिए दो मा'शूक़ अख़्तरा कर लिए थे। सलमा और अज़रा।

सलमा के मुताल्लिक़ कई कहानियाँ मशहूर हैं। बाज़ कहते हैं कि सलमा हक़ीक़तन कोई सलमा थी। हो सकता है ऐसा ही हो। मगर जो सलमा हमें अख़्तर के कलाम में नज़र आती है यक्सर तख़यीली है। उसका वजूद इस क़दर शफ़्फ़ाफ़ है कि साफ़ एथरी मालूम होता है। एक और बात भी है अगर सलमा कोई गोश्त-पोश्त की ज़िन्दा औरत होती तो शायर उससे इतनी वालहाना मुहब्बत कभी न करता। मगर चूँकि वह उसकी अपनी तख़लीक थी, इसलिए वह उससे बेपनाह मुहब्बत करता था।

लार्ड बायरन की बातें सुनते-सुनते मुझे नींद आ गयी और वहीं सो गया। सुबह उठा तो देखा अख़्तर साहब फ़र्श पर बैठे मसौदा देखने में मसरूफ़ हैं। बोतल में थोड़ी सी बची हुई थी यह आपने पी और आख़री सफ़हात देख कर मसौदा मेरे हवाले किया और कहा..."तर्जुमा बहुत अच्छा है। कहीं-कहीं ज़बान की अग़लात थीं वह मैंने दुरुस्त कर दी हैं।"

मैंने मुनासिब-ओ-मौज़ूँ अल्फ़ाज़ में उनका शुक्रिया अदा किया और अमृतसर रवाना हो गया।

उसके बाद मैं जब कभी लाहौर जाता अख़्तर साहब के नियाज़ ज़रूर हासिल करता...एक बार गया तो देखा कि आपके सिर पर पट्टियाँ बँधी हैं। उनसे दरियाफ़्त किया तो उन्होंने जवाब दिया..."मुझे तो क़तअन याद नहीं लेकिन लोग कहते हैं कि कल रात मैंने ताँगें में सवार होने की कोशिश की, मगर गिर पड़ा और यह चोटें इस वजह से आयीं।"

अख़्तर साहब की अपनी ज़ात के बारे में यह साफ़ गोयी मुझे पसन्द न आयी। बाज़ अवक़ात वह बिलकुल बच्चे बन जाते थे। उनकी गुफ़्तगू और हरकात बिलकुल बच्चों की सी होतीं। जहाँ तक मैं समझता हूँ बच्चा बनकर वह बचकाना क़िस्म की ही मसर्रत महसूस करते थे।

कुछ अर्से के बाद मैं बम्बई चला गया। अख़्तर साहब से इतने मरासिम नहीं थे कि ख़त-ओ-किताब-त होती। लेकिन जब उन्होंने रिसाल रोमान जारी किया तो मैंने उन्हें मुबारकबाद का ख़त लिखा। अब मैं अफ़सानानिगारी के मैदान में क़दम रख चुका था। तर्जुमें का दौर वहीं लाहौर और अमृतसर में ख़त्म हो गया था। मैंने तब आज़ाद अफ़साने लिखने शुरू कर दिये थे जो मक़बूल हुए थे। 'रोमान' में

अहमद नदीम क़ासमी का एक अफ़साना मुझे बहुत पसन्द आया। बम्बई के हफ़्तावार 'मुसव्विर' में 'रोमान' पर तबसरा करते हुए मैंने उसकी तारीफ़ की। अख़्तर साहब को अलाहिदा ख़त लिखा तो उसमें भी उस अफ़साने को बहुत सराहा। चन्द दिनों के बाद अहमद नदीम क़ासमी का मुहब्बत भरा ख़त मौसूल हुआ। जो एक तवील सिलसिला-ए-ख़त-ओ-किताबत का पेश ख़ेमा था।

कुछ अर्से के बाद 'रोमान' बन्द हो गया और अख़्तर मेरी नज़रों से मुकम्मल तौर पर ओझल हो गये। कई बसर गुज़र गये। मुल्क की सियासयात ने कई रंग बदले। हता के बँटवार आन पहुँचा। इससे पहले जो हुल्लड़ मचा उससे आप सब वाक़िफ़ हैं। उस दौरान में अख़बारों में ख़बर छपी कि अख़्तर साहब टोंक से पाकिस्तान आ रहे थे कि रास्ते में बलवाइयों ने उनको शहीद कर दिया। बहुत अफ़सोस हुआ। मैं, इस्मत और शाहिद लतीफ़ देर तक उनकी बातें करते और अफ़सोस करते रहे।

कई अख़बारों में उनकी मौत पर मज़ामीन शाया हुए। उनकी पुरानी नज़्में छपीं। लेकिन कुछ अर्से के बाद उनकी मौत की इस ख़बर की तरदीद हो गयी। मालूम हुआ कि वह बख़ैर-ओ-आफ़िय्यत लाहौर पहुँच गये हैं। इससे बम्बई के अदबी हल्के को बहुत खुशी हुई।

तक़सीम के पाँच महीने बाद मैं बम्बई छोड़ कर लाहौर चला आया। क्योंकि सब अज़ीज़-ओ-अक़ारिब यहीं जमा थे। अफ़रात-ओ-तफ़रीत का आलम था। अख़्तर साहब से मिलने का ख़याल तक दिमाग़ में न आया। बड़ी मुद्दत के बाद यौम-ए-इक़बात के जलसे में उनको देखा, मगर निहायत ही अबतर हालत में।

रात के जलसे की सदारत अख़्तर साहब को करनी थी। यूनिवर्सिटी हाल में हाज़रीन की तादाद ख़ासी थी। जलसे में शिरकत के लिए हिन्दोस्तान से अली सरदार जाफ़री और कैफ़ी आज़मी आये हुए थे। वक़्त हो चुका था मगर साहब-ए-सदर मौजूद नहीं थे। मैंने साहिर लुधियानवी से पूछा तो उसने मुझे बताया कि अख़्तर शीरानी साहब हाल के बाहर पी रहे हैं। उनकी हालत बहुत ग़ैर है इसलिए हम कोशिश कर रहे हैं कि वह सदारत न करें। मगर मुसीबत यह है कि वह मुसिर हैं।

मैं बाहर गया तो देखा वह दीवार के साथ लग कर खड़े हैं और पी रहे हैं... ज़हीर काश्मीरी के हाथ में बोतल है। आपने गिलास ख़त्म किया और ज़हीर से कहा..."चलो अजलास का वक़्त हो गया है।" ज़हीर ने उनको रोका। "जी नहीं, अभी कहाँ हुआ है।" मगर अन्दर हाल से नज़्म पढ़ने की आवाज़ आ रही थी। आपने लड़खड़ाते हुए अल्फ़ाज़ के अपने मुँह में कई-कई टुकड़े करते हुए कहा, "जलसा शुरू हो चुका है, मुझे आवाज़ आ रही है। "जलसा शुरू हो चुका है, मुझे आवाज़ आ रही है।" यह कहकर उन्होंने ज़हीर को धक्का दिया। इस मौक़े पर मैं आगे बढ़ा। अख़्तर साहब ने थोड़ी देर के लिए मुझे बिलकुल न पहचाना। नशे से

उनकी आँखें बन्द हुई जा रही थीं। मैंने उनको झँझोड़ा और अपना नाम बताया। इस पर उन्होंने एक लम्बी 'आह' की और मुझे गले लगा लिया और सवालों की बौछार शुरू कर दी। अल्फ़ाज़ चूँकि उनके मुँह में तले-ऊपर हो कर टूट-टूट जाते थे, इसलिए मैं कुछ न समझ सका। ज़हीर ने मेरे कान में कहा कि मैं उन्हें अन्दर हाल में न जाने दूँ। मगर यह मेरे बस की बात नहीं थी। मैंने और तो कुछ न किया अख़्तर साहब से यह कहा, "इतनी देर के बाद आप से मुलाक़ात हुई है। क्या इसकी ख़ुशी में बोतल में से मुझे कुछ न मिलेगा।"

आपने ज़हीर काश्मीरी से कुछ कहा। जिसका ग़ालिबन यह मतलब था कि सआदत को एक गिलास बना कर दो। ज़हीर गिलास में आतश-ए-सय्याल उड़लने लगा कि अख़्तर साहब तेज़ी से लड़खड़ाते हुए हाल के अन्दर दाख़िल हो गये और हमें इसकी उस वक़्त ख़बर हुई जब उनको रोका नहीं जा सकता था। फिर भी मैं दौड़कर अन्दर गया और चबूतरे पर चढ़ने से पहले उनको रोक लिया, मगर वह मेरी गिरफ़्त से निकल कर कुर्सी-ए-सदारत पर जा बैठे। जलसे के मुन्तज़मीन बहुत परेशान हुए। क्या करें क्या न करें। सब इसी मख़मसे में गिरफ़्तार थे। उन की हालत बहुत बुरी थी। कुछ देर तो वह ख़ामोश बैठे कुर्सी पर झूलते रहे। लेकिन जब उन्होंने उठकर तक़रीर करना चाही तो मामला बड़ा संगीन हो गया। माइक्रोफ़ोन के सामने आप बार-बार अपनी ढीली पतलून ठीक करते और साबित क़दम रहने की नाकाम कोशिश में बार-बार लड़खड़ाते थे। आपकी लुकनत ज़दा ज़बान से ख़ुदा मालूम क्या निकल रहा था।

हाज़रीन में से किसी शख़्स ने बुलन्द आवाज़ में कहा..."यह शराबी है इसे बाहर निकालो।" बस तूफ़ान बरपा हो गया। एक ने पंजों पर खड़े हो कर बड़े गुस्से में कहा..."पाकिस्तान में क्या यही कुछ होगा।"...दूसरा चिल्लाया..."और जलसे में ख़्वातीन भी मौजूद हैं।"

अख़्तर साहब बराबर बोलते रहे। एक तो वैसे ही उनकी कोई बात समझ में न आती थी। शोर में तो वह शोर का एक हिस्सा बन गयी थी। जब मामला बढ़ गया तो दोस्त एहबाब अख़्तर साहब को ज़बरदस्ती हाल से बाहर ले गये। फ़ज़ा बहुत ख़राब हो गयी थी, लेकिन शोरिश काश्मीरी की बर वक़्त तक़रीर ने मदद की और हाल पुर सुकून हो गया।

उसके बाद अख़्तर साहब से आख़री मुलाक़ात क्यों अस्पताल में हुई।

मैं "परवेज़ डिक्शन्ज़ लिमिटेड" के लिए एक फ़िल्मी कहानी लिखने में मसरूफ़ था कि अहमद नदीम क़ासमी आये। आपने बताया...'मैंने किसी से सुना है कि अख़्तर साहब दो-तीन रोज़ से ख़तरनाक तौर पर अलील है और मेयों अस्पातल में पड़े हैं। बड़ी कस्मपुर्सी, की हालत में क्या हम उनकी कोई मदद कर सकते हैं?"

हम सब ने आपस में मशविरा किया। मसूद परवेज़ ने एक राह निकाली जो यह थी कि उनकी दो-तीन ग़ज़लें या नज़्में फिल्म के लिए ले ली जायें और "परवेज़ प्रोडक्शन्ज़" की तरफ़ से पाँच सौ रुपये बतौर मुआवज़े के उनको दे दिये जायें। बात माकूल थी। चुनांचे हम उसी वक़्त मोटर में बैठकर मेयो अस्पताल पहुँचे।

मरीज़ों से मिलने के लिए अस्पताल में ख़ास अवक़ात मुक़र्रर है। इसलिए हमें वार्ड में जाने की इजाज़त न मिली। ड्यूटी पर उस वक़्त जो डॉक्टर थे उनसे मिले। जब आपको मालूम हुआ कि हम अख़्तर शीरानी से मिलना चाहते हैं तो आपने बड़े अफ़सोसनाक लहजे में कहा..."उन से मुलाक़ात करने का कोई फ़ायदा नहीं।"

मैंने पूछा, "क्यों?"

डॉक्टर साहब ने इस लहजे में जवाब दिया..."वह बेहोश हैं। जब से यहाँ आये हैं, उनपर ग़शी तारी है यानी अलकोहलक कोमा।"

यह सुन कर हमें अख़्तर साहब को देखने का और ज़्यादा इश्तियाक़ पैदा हुआ। हमने उसका इज़हार कर दिया। डॉक्टर साहब उठे और हमें वहाँ ले गये, जहाँ हमारा रोमानी शायर सलमा और अज़रा का ख़ालिक बेहोश पड़ा था। बेड के इर्द-गिर्द कपड़ा तना था। हमने देखा अख़तर साहब आँखें बन्द किए पड़े हैं। लम्बे-लम्बे नाहमवार साँस ले रहे हैं। होंट आवाज़ के साथ खुलते और बन्द होते थे। हम तीनों उनको इस हालत में देख कर पस मुर्दा हो गये।

मैंने डॉक्टर साहब से कहा..."क्या हम इनकी कोई मदद कर सकते हैं?"

डॉक्टर साहब ने जवाब दिया..."हम इमकान भर कोशिश कर चुके हैं और इमकान भर कोशिश कर रहे हैं। मरीज़ की हालत बहुत नाज़ुक है। गुर्दे और जिगर बिलकुल काम नहीं कर रहे। अंतड़ियाँ भी जवाब दे चुकी हैं। एक सिर्फ़ दिल अच्छी हालत में है। घुप अँधेरे में उम्मीद की बस यही एक छोटी-सी किरण है।"

जब हमने ख़्वाहिश ज़ाहिर की कि अख़्तर साहब के इस वक़्त में किसी न किसी तरह काम आना चाहते हैं तो डॉक्टर साहब ने कहा..."अच्छा तो मैं आपको एक दवा का नाम बताता हूँ आप इसे हासिल करने की कोशिश कीजिए। यहाँ पाकिस्तान में तो बिलकुल नायाब है। मुमकिन है हिन्दोस्तान में मिल जाय।"

डॉक्टर साहब से दवा का नाम लिखवा कर मैं 'फ़ैज़' साहब के पास पहुँचा और उनको सारी बात बताई। आपने उसी वक़्त अमृतसर टेलीफ़ोन कराया और अपने अख़बार के एजेंट से कहा कि वह दवा हासिल कर के फ़ौरन लाहौर भिजवा दे। लेकिन अफ़सोस दवा न मिली। मसूद परवेज़ ने दिल्ली फ़ोन किया। वहाँ से अभी जवाब नहीं आया था कि अख़्तर साहब बेहोशी के आलम में अपनी सलमा और नज़रा को प्यारे हो गये।

बारी साहब

मुसतबद और जाबिर हुक्मरानों का इबरतनाक अंजाम
रूस के गली-कूचों में सदा-ए-इन्तकाम
ज़ारय्यत के ताबूत में आख़री कील

इन तीन जली सुर्ख़ियों के क़द-ए-आदम इश्तहार अमृतसर की मुताऊद दीवारों पर चस्पाँ थे। लोग ज़्यादातर सिर्फ़ यह सुर्ख़ियाँ ही पढ़ते थे और आपस में चः मेगोइयाँ करते चले जाते थे। मालूम नहीं सन कौन-सा था। मगर मौसम गिरफ़्तारयों का था और ऐसे मौसम अमृतसर में आते ही रहते थे। ग़ालबन उन दिनों बमों की वारदातें भी हुई थीं। ख़त डालने वाले लाल-लाल भभकों में आग लगाने वाली चीज़ें डालने का शग़ल भी जारी था। फ़ज़ा ख़ासी सहमी हुई थी। इसलिए यह इश्तहार जो अमृतसर की दीवारों पर जा बजा चस्पाँ थे, पास गुज़रने वालों की तवज्जा अपनी तरफ़ खींचते तो थे, मगर वह जल्दी-जल्दी नज़रों से इश्तहार की इबारत के चन्द निवाले उठा कर अपना रस्ता पकड़ते थे कि कहीं इसी जुर्म में न घर लिए जायें।

यह इश्तिहार आस्कर वाइल्ड के एक घटिया से ड्रामे "वैरा" के उर्दू तर्जुमे का था जो मैंने और मेरे लंगोटिये हसन अब्बास ने मिलकर किया था और इसलाह अख़्तर शीरानी से ली थी। बारी साहब ने जो मेरे और हसन अब्बास दोनों के गुरु थे उस तर्जुमे में हमारी बड़ी मदद की थी। किताब हमने ख़ुद सनाई बर्क़ी प्रेस में छपवाई थी। बारी साहब उसके तमाम फ़र्में ख़ुद अपने कंधों पर लाद-लाद कर घर लाये थे ताकि महफ़ूज़ रहें। उनको ख़तरा था कि पुलिस छापा मारकर प्रेस में से सारी किताब उठा ले जायेगी। मेरे और हसन अब्बास के लिए यह सब सिलसिला बड़ा दिलचस्प और हरारत बख़्श था। जेल में क्या-क्या सऊबतें उठाना पड़ती हैं, थानों में क्या दुर्गत होती है इसके मुताल्लिक़ हमारे पुर जोश और खिलन्दरे दिमाग़ कुछ सोचना ही नहीं चाहते थे। कुछ ऐसा महसूस होता था कि अगर क़ैद हो गये तो यह वतन के लिए बड़ी कुर्बानी होगी। रिहा हो कर आयेंगे तो लोग हार पहनाएँगे और जुलूस निकालेंगे।

ड्रामा रूस के दहशत पसन्दों और निराजयों की सरगर्मियों के मुताल्लिक़ था। जिनके पास हर क़िस्म के हथियार मौजूद थे। अमृतसर में उन दिनों अगर कोई हवाई बन्दूक़ से भी मुसल्लह होना चाहता तो यक़ीनन उसे तोप दम कर दिया जाता। कहाँ मास्को, कहाँ अमृतसर मगर मैं और हसन अब्बास नये-नये बाग़ी नहीं थे। दसवीं जमात में दुनिया का नक़्शा निकाल कर हम कई बार खुश्की के रस्ते रूस पहुँचने की स्कीमें बना चुके थे। हालाँकि उन दिनों फिरोज़ उद्दीन मंसूर भी कामरेड एफ.डी. मंसूर नहीं बने थे और कामरेड सज्जाद ज़हीर शायद बन्ने मियाँ ही थे। हम ने अमृतसर ही को मास्को मुतसव्विर कर लिया था। और उसी के गली-कूचों में मुसतबअद और जाबिर हुक्मरानों का इबरतनाक अंजाम देखना चाहते थे। कटरा जयमल सिंह करमू ड्योढ़ी या चौक फ़रीद में जारिय्यत का ताबूत घसीट कर उमसें आख़री कील ठोंकना चाहते थे। कील टेढ़ी हो जाती या हथौड़े की ज़र्ब उसक बजाय हमारी किसी उँगली को ज़ख़्मी कर देती। उसके मुताल्लिक़ सोचने की ज़रूरत ही क्या थी...बारी साहब..."इश्तिराकी अदीब 'बारी'" हमारे गुरु थे। सोचना उनका काम था। लेकिन मुझे बार-बार महसूस होता था कि यह आदमी जिसको हमने अपना रहनुमा बनाया है। बड़े कमज़ोर दिल का आदमी है। ज़रा-सा पता खड़कता था तो वह चौंक पड़ते थे, पर हमारी पुर खुलूस गर्मजोशी उनके मुतज़लज़ल क़दमों को हमेशा मज़बूत बना देती थी।

अब सोचा जाय तो उस ज़माने की यह सब हरकतें छोटे-छोटे खिलौने मालूम होती हैं। लेकिन उस वक़्त यह खिलौने ही अज़ीमुल जुस्सा और क़वी हैकल थे। उनसे पंजा लड़ाना गोया किसी देव से ज़ोर आज़माई करना था। हमारे ख़लीफ़ा साहब यानी 'बारी' अगर बुज़दिल न होते तो यक़ीनन हम चारों (कुछ अर्से के बाद अबु सईद कुरैशी भी हमारे तिगड्डे में शामिल हो गया था) उसी ज़माने में उन खिलौनों से अपना जी बहलाने के जुर्म में फाँसी पा गये होते और अमृतसर की ख़ूनी तारीख़ में ऐसे शहीदों के नाम का इज़ाफा हो गया होता जो अब खुलूस-ए-दिल से कह सकते हैं कि उनको उस वक़्त अपने उस जोश के रुख़ का भी सही इल्म नहीं था।

मैंने बारी साहब को बुज़दिल कहा है। उनकी शख़्सियत पर किसी हमले की ग़रज़ से नहीं। असल में उनकी शख़्सियत की तरतीब-ओ-तदबीन में उस बुज़दिली का बहुत नुमायाँ हिस्सा था। अगर किसी वजह से उनके दिमाग़ी और जिस्मानी निज़ाम से यह कमज़ोरी निकल जाती तो वह, वह बारी न होते जो वह थे। उनका तशख़्खुस बिलकुल जुदा क़िस्म का होता। हो सकता है वह हाकी के मशहूर-ए-आलम खिलाड़ी होते और दूसरे नामवर खिलाड़ियों की तरह उनकी उम्र किसी रियासत की नौकरी में गुजरती, यह भी हो सकता था कि वह प्राइमरी उस्ताद से तरक़्क़ी करते-करते किसी यूनिवर्सिटी के रीडर हो जाते और यह भी मुमकिन था कि वह

भगत सिंह की तरह बमबाज़ होते। भगत सिंह उन्हीं के ज़िला यानी लायलपुर का रहने वाला था और बारी साहब उसको अच्छी तरह जानते थे...यह सिर्फ़ बुज़दिली ही का बायस है कि वह हमेशा इधर के रहे न उधर के। सारी उम्र जहाँ रहे मुअल्लक़ रहे और मैं तो समझता हूँ उस दौरान में उनके बला के तेज़ दिमाग़ में जो ख़याल भी पैदा हुआ, बुज़दिली की खूँटी से लटका रहा।

'बारी' साहब बड़ी-बड़ी निराली बातें और स्कीमें सोचते थे। ऐसी जो किसी और के ज़ेहन में आसानी के साथ नहीं आ सकतीं। मगर यह इतनी सरअत से ग़ायब हो जाती थीं कि उनके आसार तक भी बाक़ी न रहते थे। बाज़ अवक़ात ऐसा भी होता कि उन्होंने ज़िन्दगी के समुद्र में अचानक किसी दिलचस्प टापू की मौजूदगी का इंकशाफ़ किया। उसको सर करने के लिए क्या-क्या तदाबीर अमल में लानी चाहिए, सब की सब समझा दीं। वहाँ पहुँचकर जो ने'मतें और गड़ी हुई दौलतें मुयस्सर आयेंगी, उनकी तस्वीर काशी भी कर दी। सुनने वाले कमर बाँधकर उस मुहिम के लिए तैयार हो गये। उनमें से कुछ रख़्त-ए-सफ़र बाँधकर रवाना भी हो गये, लेकिन जब मुड़ के देखा तो बारी साहब ग़ायब...वापस आ कर उनसे इसतफ़सार करना चाहा तो उन्होंने किसी और दिलचस्प ज़जीरे का ज़िक्र छेड़ दिया जो वह उस दौरान में दरियाफ़्त कर चुके थे।

मुतज़करा सदर इश्तहार चस्पाँ करने के बाद चुनांचे यही हुआ। मैं और अब्बास दोनों रात भर गिरफ़्तार हो जाने की सनसनी के साथ आधे सोये आधे जागते रहे। दूसरे राज़ नये-नवेले दूल्हों की तरह हम तजरुबा कार 'बारी' को ढूँढ़ते रहे कि उनसे पूछें आगे क्या होगा। मगर वह ग़ायब थे। दो-तीन जगहें थीं जहाँ वह जाते थे, मगर उनमें से किसी एक पर भी वह मौजूद नहीं थे। पन्द्रह रोज़ के बाद अचानक नमूदार हुए तो उन्होंने एक हफ़्तावार परचा जारी करने की स्कीम से हमें अपने मख़सूस अन्दाज़ में मतलअ किया। "मैं आपकी तरह बेकार नहीं था। सारे इन्तज़ामात मुकम्मल कर लिए हैं बस डिक्लेरेशन दाख़िल करना है...मज़मून मैं आज ही से लिखना शुरू कर दूँगा।"

अमृतसर की दीवारों पर ज़ारियत के ताबूत में आख़री कील ठोंकने वाले इश्तहार कुछ तो उखड़ गये और कुछ कुव्वत-ए-मुर्दमी के दवाओं के पोस्टरों तले दब गये और हमारा जोश उधर से मुनतक़िल हो कर हफ़्तावार पर्चे की इक्तिदाई कार्रवाइयों में दाख़िल हो गया।

बैरा नाक़िस किताबत और वाहियात तबाअत के बायस मेरे घर में मुक़फ़्फ़ल पड़ी रही। लेकिन 'ख़ल्क़' के सूरी हुस्न के लिए हमने अपनी पहली फ़र्व गुज़ाश्तों से फ़ायदा उठाया। जब उस पर्चे का पहला शुमारा सनायी बर्क़ी प्रेस से मैं और बारी साहब कंधों पर उठाकर घर लाये तो उसका गवारा किताबत-ओ-तबाअत से हम बहुत मुतमइन थे।

बारी साहब के एक करम फ़रमा थे। मैं उनका नाम भूल गया हूँ, लेकिन इतना याद है कि वह स्याह दाढ़ी वाले एक साहब थे जो ग़ालबन चमड़े के सौदागर थे..."ख़ल्क" के इजरा में माली हाथ उनका था। वह और भी सरमाया लगाने के लिए तैयार थे। मगर बारी साहब मैदान छोड़ के भाग गये।

पहले शुमारे में सर-ए-वरक़् पर उनका एक मज़मून था "हीगल से ले कर कार्ल मार्क्स तक" एक मुख़्तसर-सा ख़ाका था। इश्तराकी फ़लसफ़े के इरतक़ा के बारे में जो मेरी और हसन अब्बास की फ़हम से बालातर था। असल में हम हीगल से वाक़िफ़ थे न कार्ल मार्क्स से। आख़री उज़्‍ ज़िक्र का नाम बारी साहब से कई मर्तबा सुना था। जिससे हमको इतना मालूम था कि वह मज़दूरों का बहुत बड़ा हामी था। उसका फ़लसफ़ा क्या था और उसके डाडे हकीम हीगल से कहाँ और क्योंकर मिलते थे। ईमान की बात है उसके मुताल्लिक़ हमारी मालूमात सिफ़र थीं।

अपने अफ़सानों के क़ारयीन की दिलचस्पी के लिए एक बात बताना चाहता हूँ कि मेरा सबसे पहला तबअज़ाद अफ़साना 'तमाशा' के उन्वान से 'ख़ल्म' के उसी शुमारे में शाया हुआ था। मैंने उस पर अपना नाम नहीं दिया था इस डर से कि लोग मज़ाक़ उड़ाएँगे। उन दिनों मेरे जानने वाले अज़ राह-ए-तमस्खुर मेरी सक़ीम तहरीरों पर ख़ूब हँसा करते थे। लेकिन अजीब बात है कि बारी साहब ने जिनको मेरी महदूद इल्मियत का पता था। मेरी हमेशा हौसला अफ़ज़ाई की। यहाँ तक कि मुझे मेरी अग़लात से भी कभी रूशनास न किया। वह कहा करते थे, "सब ठीक है।"

बात में से बात निकल आती है। मुझे बारी साहब के मैदान छोड़ कर भाग जाने के मुताल्लिक़ कुछ कहना था। "ख़ल्क" का पहला शुमारा शाया हुआ तो चन्द रोज़ बड़े जोश-ओ-ख़रोश में गुज़रे। मैं और अब्बास यूँ महसूस करते थे जैसे हमसे कोई बड़ा कारनामा सरज़द हो गया है। कटरा जयमल सिंह और हाल बाज़ार में हम एक नयी शान से चलते थे। लेकिन आहिस्ता-आहिस्ता हमें महसूस हुआ कि अमृतसर की नज़रों में हम वैसे-के-वैसे आवारागर्द हैं। पान-सिगरेट वाले बदस्तूर अपने पैसों का तक़ाज़ा करते और ख़ानदान के बुजुर्ग बराबर अपना वही फ़ैसला सुनाते थे कि हमारे लच्छन अच्छे नहीं...लच्छन वाक़ई कुछ अच्छे नहीं थे, इसलिए कि खुफ़िया पुलिस ने पूछ-गछ शुरू कर दी और उसी सिलसिले में कूचा-ओ-कीलाँ तक पहुँच गयी। मेरे बहनोई ख़्वाजा अब्दुल हमीद साहब उन दिनों नये-नये रिटायर हुए थे। आप एक अर्से तक फ़्लोर के पुलिस स्कूल में उस्ताद रह चुके थे, इसलिए पंजाब पुलिस के क़रीब-क़रीब तमाम आदमियों को जानते थे। खुफ़िया पुलिस के सिपाही के सिपाही जब बारी साहब का अता-पता मालूम करने के लिए कुचा-ओ-कीलाँ में पहुँचे तो उनकी ख़्वाजा साहब से मुठ-भेड़

हुई। वह बारी साहब का वह ख़तरनाक मज़मून "हीगल से कार्ल मार्क्स तक" पढ़ चुके थे। इसके अलावा बारी साहब को भी अच्छी तरह जानते थे और तारीख़ से जो उनको दिलचस्पी थी उसकी क़द्र करते थे। उनका अन्दाज़-ए-बयान जो खतीबाना हुआ करता था उन्हें पसन्द था। इसलिए उन्होंने खुफ़िया पुलिस के सिपाहियों से कहा, "जाओ, कोई और काम करो। हीगल और कार्ल मार्क्स तुम्हारी समझ में नहीं आयेगा...ग़रीब बारी भी अभी तक उनके फ़लसफ़े को अच्छी तरह नहीं समझा।"

ख़्वाजा साहब ने जब उनको यक़ीन दिलाया कि मज़मून में कोई बग़ावत अंगेज़ चीज़ नहीं जिससे सरकार-ए-बिरतानिया का तख़्ता उलटने का अन्देशा हो तो वह चले गये। लेकिन जब बारी साहब को इसका पता चला कि हुकूमत की मशीनरी हरकत में आ गयी है तो उन्होंने "ख़ल्क़" का सिर्फ़ दूसरा पर्चा निकाला और उसे मेरे पास छोड़ कर कहीं ग़ायब हो गये और बहुत देर तक मालूम नहीं कहाँ-कहाँ घूमते रहे। मुझे याद है कि उनका एक कार्ड मुलतान से आया था। जिसमें कुछ इस किस्म का मज़मून था..."मुलतान की रसदगाहों में अपने सितारों का मुताला कर रहा हूँ।"

यह अजीब बात है कि गर्दिश के दौरान में जब कभी उनका ख़त किसी शहर से आता था तो उसमें यह इत्तिला उन्हीं अल्फ़ाज़ में ज़रूर होती थी कि वह उसकी रसदगाहों में अपने सितारों या नुजूम का मुताला कर रहे हैं। यह मुताला, मेरा ख़याल है वह हर उस गली, हर उस कूचे की रसदगाह में करते रहे जहाँ उन्होंने कुछ अर्से के लिए क़याम किया। क़ब्र की तारीक रसदगाहों में भी वह यक़ीनन उन्हीं सितारों के मुतालये में मसरूफ़ होंगे। मगर अफ़सोस है कि वह यहाँ से मुझे कोई पोस्ट-कार्ड नहीं भेज सकते।

मरहूम को पोस्टकार्ड बहुत पसन्द थे। इसलिए कि लिफ़ाफ़ों के मुक़ाबले में उन पर ख़र्च कम होता है। ख़तों का जवाब देने के मामले में वह बहुत सुस्त थे। मुझे याद है एक बार मैंने उन्हें अमृतसर से पे-दर-पे कई ख़त लिखे। जब कोई जवाब न आया तो मैंने पाँच-पाँच पैसे के दो टिकट उनको रवाना किये और यह ताक़ीद की कि वह अब जवाब ज़रूर दें। उनका जवाब आया मगर पोस्टकार्ड पर। लिखा था, तुम्हारे भेजे हुए टिकट मैंने बेच डाले। एक कार्ड ख़रीद कर तुम्हें लिख रहा हूँ कि तुम्हारे सब ख़त मुझे मिल चुके हैं।

मुझे बहुत ग़ुस्सा आया। फ़ौरन लाहौर पहुँचा। इरादा था कि उनकी तबीयत साफ़ कर दूँगा, मगर जब हम अरब होटल में बैठे और मैंने उनकी ज़लील हरकत के मुताल्लिक़ बात करना चाही तो उन्होंने लाहौर की रसदगाहों में मेरे सितारों का मुताला शुरू कर दिया और आख़िर में फैसला यह हुआ कि तुम घर के मामलात ठीक-ठाक कर के फ़ौरन लाहौर चले आओ और किसी अख़बार में

मुलाज़म कर लो।

ऐसे कई मौक़े आये कि मैंने बड़ी संजीदगी से बारी साहब पर अपनी ख़फगी-ओ-नाराज़ी का इज़हार किया और वह भी इस इरादे के साथ कि उनकी मेरी कुट्टी हो जाय। मगर उनकी बातें कुछ ऐसी थीं कि मुझे ग़ैर मुसल्लह कर देती थीं। मोटा-मोटा गोल चेहरा, स्याही मायल गन्दुमी रंग, बहुत बड़ा सिर, क़द मुतवस्सित, काले-काले होंट, मसूढ़े भी काले, मगर जब उनके चेहरे पर मुस्कराहट नमूदार होती थी तो आस-पास के तमाम ख़त-ओ-ख़ाल अपनी तमाम स्याह क़बा उतार फेंकते। जो अदालतों की-सी खुश्क संजीदगी और मतानत का बायस होती थी। सिर्फ़ उन मुस्कराते हुए लम्हात की रसदगाहों में वह अपने सितारों का मुताला नहीं करते थे और मैं समझता हूँ कि सिर्फ़ उन्हीं लम्हात में उनके मुसलसल मुतालये से उकताए हुए यह सितारे भी थोड़ी देर के लिए मुस्करा लेते थे।

बारी साहब बुज़दिल थे। ख़ुदा की क़सम बहुत बुज़दिल थे। ज़्यादा खा लेते तो डरते रहते थे कि उनकी तोंद निकल आयेगी। हालाँकि फ़ाक़ों के ज़माने में भी उनके जिस्म का यह हिस्सा बढ़ता रहा। ज़्यादा तेज़ भागते नहीं थे कि उन के दिल पर उसका असर पड़ेगा। हालाँकि उनके जिस्म के इसी रईस ने उनका साथ छोड़ा। बड़ी-बड़ी सुर्ख बग़ावतों के नीले नक़्शे तैयार करते थे और पटाख़े की आवाज़ सुन कर ज़र्द हो जाते थे। उनको एक लड़की से मुहब्बत थी, लेकिन माँ-बाप किसी और लड़की से उनका रिश्ता पक्का कर चुके थे। जब उनको मालूम हुआ कि वह इश्क़ फ़रमा रहे हैं, तो उन्होंने शादी की तारीख़ पक्की कर दी। बारी साहब उन दिनों मेरे साथ रहते थे। जब तारीख़ नज़दीक आयी तो ग़ायब हो गये, लेकिन बकरे की माँ ज़्यादा देर तक ख़ैर न मना सकी। उनकी होने वाली दुल्हन ने एक बड़ा मार्के का ख़त लिखा जिसमें यह धमकी दर्ज थी कि अगर उन्होंने उससे शादी न की तो वह उनके पेट में छुरी भोंक देगी...बारी साहब डर गये और शादी कर ली।

बर्मा की रसदगाहों में अपने सितारों का मुताला करने के लिए पहुँचे तो वहाँ एक बर्मी लड़की का सितारा उनके सितारों से टकरा कर उनमें उलझ गया। आपने अपनी बीवी को वहाँ बुला लिया। लेकिन सितारों का उलाव बदस्तूर क़ायम रहा। आखिर जंग छिड़ने पर उनको एक मौक़ा मिला और वहाँ से भाग आये।

बड़े रनछोड़ क़िस्म के आदमी थे...इक़बाल की ख़ुदी का फ़लसफ़ा उनको इस क़दर पसन्द आ गया था कि उसको अपना ओढ़ना-बिछौना बना लिया। मगर सर्दियों में मालूम हुआ कि यह काम नहीं दे सकता। इक़बाल के इरशाद के मुताबिक़ उन्होंने अपनी ख़ुदी को मक़दूर भर ऊँचा करने की कोशिश की। मगर बारी तआला ने उनसे कभी यह पूछने की तकलीफ़ गवारा न की कि ऐ बारी बता तेरी रज़ा क्या है। आख़िर एक दिन वह ख़ुद ही इक़बाल से पूछने गये कि यह

गड़बड़ क्या है।

उन दिनों बारी साहब की अपने अख़बार के दफ़्तर में रात पाली होती थी। आख़री कापी प्रेस, भेजकर जब फ़ारिग़ होते तो अल्लामा इक़बाल मरहूम की क़ब्र पर चले जाते और देर तक उनकी रूह से फ़लसफ़ा-ए-ख़ुदी पर बातचीत करते रहते। बहुत तंग हाल थे। तनख़्वाह कभी-कभी मिलती थी और वह भी क़िस्तों की सूरत में। अख़बारों के मालिक यह समझते थे कि उनके अमले के आदमी बार बरदार हैवान हैं जिसको जो कुछ दे दिया जाय वही बहुत होता है। बारी साहब हस्सास आदमी थे। क़र्ज़ लेते थे, मगर बोझ महसूस करते थे। ख़ुदी को वह काफी बुलन्दी पर ले गये थे। मगर अब उसमें और ज़्यादा बुलन्दी तक पहुँचने की गुंजाइश बाक़ी नहीं रही थी। चुनांचे भिन्ना कर वह अल्लामा की क़ब्र पर गये और उनकी रूह से बड़े बाग़ियाना सवाल करने शुरू कर दिये। मेरा ख़याल है अगर अल्लामा ज़िन्दा होते तो उन्हें इन सवालों का जवाब देते वक़्त बड़ी मुश्किल का सामना करना पड़ता।

बग़ावत का यह जोश भी उनके दिल-ओ-दिमाग़ में ठण्डा हो गया। अगर बुज़दिल न होते तो मेरा ख़याल है कि वह आम इंसानी ज़िन्दगी पर इक़बाल के फ़लसफ़ा ख़ुदी के ततबीक़-ओ-इतलाक़ के मसले पर यक़ीनन बसीरत अफ़रोज़ रोशनी डाल सकते। मगर वह तमाम कोपलें जो उनके हस्सास दिल-ओ-दिमाग़ की शाख़ों से जोश के बायस फूटी थीं उस बुज़दिली के बायस मुरझा गयीं। मालूम नहीं, उनके दूसरे दोस्त मुझसे इत्तफ़ाक़ करें या न करें, लेकिन में समझता हूँ अगर वह साबित क़दम होते और गिर्द-ओ-पेश की मुखालिफ़ कुव्वतों का मुक़ाबला डट कर करते तो उनके क़लम से "इन्क़लाब-ए-फ्रांस" के बजाय "इन्क़लाब-ए-हिन्दोस्तान" निकलती और यह भी मुमकिन है कि अठारह सौ सत्तावन का तांतिया टोपी उनके क़ालिब में दूसरा जन्म लेता।

इक़बाल की तरह वह भी ख़ुदा से यह कहते रहे, "कार-ए-जहाँ दराज़ हैं, अब मेरा इन्तज़ार कर"...मगर उस वक़्त जबकि उनको ख़ुदा की तरफ़ से कोई बुलावा नहीं आता था, लेकिन जब बुलावा आया तो वह कार-ए-जहाँ दराज़ है, अब मेरा इन्तज़ार कर न कह सके और इक़बाल के मानिन्द चल दिये। वह कुनजश्क-ए-फ़रोमाया को शाही से लड़ाने के लिए तैयार रहते। मगर जब उसे पाली में उतारने का मरहला आता तो पिंजरा वहीं छोड़ के भाग जाते। उस ग़रीब को दो-दो चोचें लेने और शिकस्त खाने का भी मौक़ा न मिलता।

बारी साहब ख़्याली पुलाव पकाने के मामले में अव्वल दर्जे के बकावल थे। ऐसे-ऐसे लज़ीज़ पुलाव और बिरयानीयाँ तैयार करते थे कि उनका जायका देर तक दूसरों के दिल-ओ-दिमाग़ में महव नहीं होता था। मुझे याद है जब "ख़ल्क़" दो आशाअतों के बाद उन्होंने बन्द कर दिया और चन्द अख़बारों में काम करने के

बाद उन्हें कुछ हासिल वसूल न हुआ तो उन्होंने एक हफ़्तावार अख़बार "मोचना" निकालने का इरादा किया। उसकी सुर्ख़िया कैसी होंगी। मज़ामीन किस नोअय्यत के होंगे। इसके मुताल्लिक़ उन्होंने लफ़्ज़ों के ज़रिये से ऐसी तस्वीर कशी की कि उस मुजव्वज़ा पर्चे के कई शुमारे आँखों के सामने से गुज़र गये और देर तक फ़ज़ा-ए-आसमानी से हम पर जो सुन रहे थे मोचनों की बारिश होती रही। एक बार और सहाफ़त के पेशे से तंग आये तो जंग का यह रास्ता निकाला कि वह उसे छोड़-छाड़ के चारा काटने की मशीन लगा लेंगे और मज़े की ज़िन्दगी बसर करेंगे। उस मज़े की ज़िन्दगी को उन्होंने तसव्वुर की आँखों से देखा और अपने मख़सूस अन्दाज़ में बयान करना शुरू कर दिया जो मेरे ज़ेहन पर मुरतसम हो गया। चुनांचे बहुत बाद में जबकि मैं आल इंडिया रेडियो देहली में मुलाज़िम था। मैंने एक रेडियाई ड्रामा "जर्नलिस्ट" के उन्वान से लिखा। उसके मरकज़ी किरदार का नाम बारी ही था। जब यह नश्र हुआ तो एक हंगामा बरपा हो गया। हिन्दोस्तान के क़रीब-क़रीब हर उर्दू अख़बार ने उसके ख़िलाफ़ नोट लिखे। इसलिए कि उससे अख़बार के मालिकों की तौहीन होती थी। लेकिन ट्रेजिडी यह थी कि उन सहाफ़ियों से उसके ख़िलाफ़ लिखवाया गया जिनकी ना-गुफ़्ता-ब-हालत की अक्कासी उसमें की गयी थी।

यहाँ पर उस ड्रामे के चन्द इक़तबास नक़ल करने शायद बे महल नहीं होंगे। जर्नलिस्ट 'बारी' सहाफ़त छोड़ कर चारा काटने की मशीन लगा लेता है और बहुत ख़ुश है। उसकी ख़ुद-कलामी मुलाहज़ा हो।

बारी : "रोज़ डेढ़-दो रुपये की आमदन हो जाती है। सारा दिन यहाँ दुकान पर गुजारता हूँ। शाम को ठेके पर चला जाता हूँ और गप्पे हाँक कर फिर टहलता-टहलता यहाँ आ जाता हूँ...ख़बरें तर्जुमा करना पड़ती है न कापी जोड़ना पड़ती है। टेलीफ़ोन की बक-बक न मुरासलों की बकवास। कातिब न राइटर की सर्विस। वाल्लाह क्या गुर बताया है मेरे दोस्त ने। सर्दियाँ आयेँगी तो अन्दर घास के पास चारपायी बिछा लिया करूँगा...कितनी अच्छी ज़िन्दगी है. ..मेरी तो यह मर्ज़ी है कि सब एडीटरों को जो अख़बारों में अपनी ज़िन्दगी तबाह कर रहे हैं यह गुर बता दूँ। अपने-अपने शहर में ऐसी मशीन लगवा लें और मुझे दुआयेँ दें।"

ज़िन्दगी बड़ी हमवार गुज़र रही थी कि अचानक दूसरी जंग-ए-अज़ीम छिड़ गयी। इसकी इत्तिला बारी को शराबख़ाने में मिलती है और उसके दिल-ओ-दिमाग़ में सोया हुआ सहाफ़ी जाग पड़ता है। उसको बहुत कोफ़्त होती है। जब वह आसपास बैठे हुए शराबियों की गुफ़्तगू सुनता है जो बटेरों से मुताल्लिक है। तंग आ कर वह चिल्ला उठता है।

बारी : ख़ामोश। यह तुमने क्या बकवास शुरू कर दी है। तुम लोग वाक़ई बिलकुल जाहिल हो। यूरोप में एक ऐसी जंग शुरू हुई है जो कई मुल्कों को दुनिया के नक़्शे से हमेशा के लिए मिटा देगी। लाखों-करोड़ों आदमी हलाक हो जायेंगे। दुनिया में एक तूफ़ान मच जायेगा और तुम लोग बटेरों की लड़ाई का हाल बयान कर रहे हो। आख़िर तुम्हें क्या हो गया है?

एक शराबी : क्या बकता है यह।

दूसरा शराबी : (क़हक़हा लगा कर) मैं तो कुछ न समझा...(बारी से)...यह आज तू कैसी बातें ले बैठा है।

पहला शराबी : ज़्यादा पी गया है।

दूसरा शराबी : बड़ी नामुराद चीज़ है।

बारी : तुम बकवास करते हो। मैं बिलकुल होश में हूँ। तुम बेहोश हो रहे हो। जो कुछ मैं इस वक़्त सोच रहा हूँ, तुम्हारा फ़लक भी नहीं सोच सकता।

पहला शराबी : अरे वाह रे मेरे मौलवी।

बारी : तुम मेरी बातों का मज़हका न उड़ाओ (हँसता है) मगर यह तुम्हारा कुसूर नहीं, मेरा अपना है। मैंने अब तक अपनी असलियत तुमसे छिपाये रखी है...तुम नहीं जानते मैं कौन हूँ और सियासी दुनिया में मेरी किस क़दर अहमियत है।

पहला शराबी : मियाँ तुम रुस्तम हो, लो बस अब जाने दो। कोई और बात करो।

बारी : तुम्हें जब तक मेरी असल शख़्सियत मालूम नहीं होगी, तुम मेरा मज़हका उड़ाते रहोगे। जानते हो मैं कौन हूँ। मेरा नाम अब्दुल बारी है...मौलाना अब्दुल बारी रोज़नामा "ख़ल्क़" का एडीटर।

इस आख़री जुमले में जो अलमिया पोशीदा है, वह किसी तबसरे का मोहताज नहीं। बारी मरहूम ने बिलाख़िर सहाफ़त छोड़ दी थी और चारा काटने की मशीन लगा ली थी। गो यह मशीन उनकी नहीं सरकार-ए-बिरतानिया की मिलकियत थी (वह आख़री दिनों में ब्रिटिश इंफ़ार्मेशन डिपार्टमेंट में मुलाज़िम हो गये थे) लोग अक्सर उनका मज़हका उड़ाते थे। इसलिए कि सारी उम्र अंग्रेज़ को गालियाँ देने के बाद उन्होंने उसी की नौकरी क़बूल कर ली थी। लेकिन वह यक़ीनन दिल-ही-दिल में यह ज़रूर पुकारते रहे होंगे, "तुम्हें जब तक असल शख़्सियत मालूम नहीं होगी, तुम मेरा मज़हका उड़ाते रहोगे...मगर यह तुम्हारा क़सूर नहीं मेरा अपना है...मैंने अब तक अपनी असलियत तुमसे छिपाये रखी!"

यह मेरी अपनी तावील-ओ-ताबीर है कि बारी साहब ने अपनी ज़िन्दगी में हमेशा फ़रार के रास्ते इख़्तियार किये और उन रास्तों पर भी उन्होंने हमेशा

फूँक-फूँक कर क़दम रखा। यही वजह है कि उनकी रूह लोगों की निगाहों से पोशीदा रही और उसमें क़सूर सरासर उनका अपना था। वह बड़ी-बड़ी चट्टानों से टक्कर लेने के लिए आगे बढ़ते थे, लेकिन उनका रुख़ किसी और तरफ़ हो जाता था और यह सब कुछ उनके अपने जोम में होता था।

इस ड्रामे में बारी एक जगह अपनी रो में यह कहता है—

बारी : पहली जंग से ले कर इस जंग आग़ाज़ तक के वाक़आत को अगर हम पेश-ए-नज़र रखें तो यह मालूम करके बड़ा दुख होता है कि मुहज़्ज़ब दुनिया ज़िल्लत की दलदल में धँस गयी है। साइंस की तरक़्क़ी जारी रही है लेकिन एखलाक़ी ज़िम्मेदारी का एहसास कम होता चला गया है। नोअ-ए-इंसानी जहाँ थी वहीं की वहीं खड़ी है। नस्ली इम्तियाज़ और मज़हबी अदावत बढ़ती गयी है। नतीजा हमारे सामने है। पहले जंग नुमा सुलह फिर सुलह नुमा जंग...मैं पूछता हूँ आख़िर यह हमारी मुहज़्ज़ब दुनिया किधर जा रही है। क्या हम फिर जहालत के ज़माने के ज़माने में जा रहे हैं। क्या एक बार फिर इंसान का ख़ून पानी से भी अरज़ाँ बिकेगा...क्या फिर हमारा गोश्त-पोस्त दूसरी अजनास की तरह बाजारों में बेचा जायेगा...? क्या होने वाला है? कोई मुझे बताए क्या होने वाला है। बे उसूली ने सैंकड़ों उसूल और तफ़रक़ा परदाज़ी ने हज़ारों जमातें पैदा कर दी हैं। इंसान-इंसान के ख़िलाफ़। मिल्लत-मिल्लत से नबर्द आज़मा...मुल्क-मुल्क से सिते ज़ाकार...यह है उन्नीसवीं सदी की दास्तान।"

यह ख़यालात बर्टेण्ड रसल के हैं जो मैंने बारी साहब के मख़सूक्त ख़तीबाना अन्दाज़ में मुकालमे की शक्ल में तब्दील कर दिये थे। बारी साहब का दिमाग़ बर्टेण्ड रसल के दिमाग़ से कम नहीं था, लेकिन वह एक ऐसे मुल्क में पैदा हुए थे जिसके अख़बारों के मालिकों से तंग आ कर उन्हें कई बार यह कहना पड़ा था।

बारी : "आप क़ौम की ख़िदमत करते हैं। मैं क़ौम की और अख़बार की ख़िदमत करता हूं लेकिन उस ख़िदमत का मुआवज़ा मुझे वक़्त पर कभी नहीं मिलता। बल्कि यूँ कहिए कि मिलता ही नहीं। चार महीने में आपने मुझे सिर्फ़ सोलह रुपये दिये हैं। ख़ुदा का ख़ौफ़ कीजिए। मैं इंसान हूँ पत्थर नहीं हूँ। मुझे भूख भी लगती है। कभी-कभी मिठाई खाने को भी जी चाहता है। मुझे आपने उस अख़बार का एडीटर बनाया था, संन्यासी या साधु नहीं बनाया था जो मैंने दुनिया त्याग दी हो।"

चार माह के अर्से में सोलह रुपये। मुमकिन है यह मुबालगा आरायी हो।

मगर यह वाक़अ है कि जब वह रोज़नामा "एहसान" में काम करते थे तो उन्हीं दफ़्तर से रद्दी चुरा कर अपने अख़राजात पूरे करने पड़े थे। उन दिनों राजा मेंहदी अली ख़ाँ भी वहीं मुलाजिम थे। बारी साहब आदमी बड़े मुख़लिस थे। जब उन्होंने देखा कि रद्दी बेचकर कुछ-न-कुछ वसूल हो जाता है तो उन्होंने राजा को भी इस वसीले से आगाह कर दिया। बारी साहब तबअन एतदाल पसन्द और मोहतात थे, लेकिन राजा धड़ल्ले का आदमी था। उसने एक-दो बार तो सिर्फ़ चन्द बण्डल चुराए। उस के बाद उसने बारी साहब से कहा, "यह ख़ुर्दा-फ़रोशी ग़लत है मौलाना...मैं कल दो बोरियाँ लाऊँगा। उन्हें भर कर ले जायेंगे।"

बारी साहब डर गये, लेकिन राजा साहब ने उनको उस बड़ी डकैती पर आमादा कर लिया। बारी साहब पहरा देते रहे और राजा बोरियों में रद्दी भरता रहा। मज़दूर बुलवाए गये और उन्हें उठवा कर अपने साथ ले गये। राजा का बयान है कि उस दिन दोनों ने सिनेमा देखा था।

राजा मेंहदी अली ख़ाँ से खायत है कि उन दोनों को एक दफ़ा बाज़ारों में भीख माँगनी भी पड़ी थी। स्कीम बारी साहब ने बनाई थी। लोगों के आगे दस्त-ए-सवाल क्यों कर दराज़ किया जायेगा। मिसकीन और क़ाबिल-ए-रहम शक्ल-ओ-सूरत कैसी बनाई जायेगी। अपना दुखड़ा किस अन्दाज़ से और किन अल्फ़ाज़ में सुनाया जायेगा। यह सब बारी साहब ने ख़ुद सोचा और मुरत्तिब किया था। लेकिन जब झोली फैलाने का मौक़ा आया तो बारी साहब झेंप गये और बमुश्किल दो-ढाई आने जमा कर सके। इसके बरअक्स राजा ने पौते तीन रुपये इकट्ठे किये।

यहाँ राजा के बयान किये हुए एक लतीफ़े का ज़िक्र ख़ाली अज़ दिलचस्पी न होगा।

ग़ालिबन अनारकली में राजा भीख माँग रहा था। सामने से एक गूजर सिर पर दूध का बहुत बड़ा बटलोहा उठाए चला आ रहा था। राजा ने जो बारी साहब से इंसानी नफ़सियात पर कुछ लेक्चर सुन चुका था अन्दाज़ा लगाया कि असामी मालदार है। अगर मैं उससे अपनी हालत-ए-ज़ार बयान करूँगा तो उसका दिल ज़रूर पसीज जायेगा। राजा का ख़याल था कि उससे कम-अज़-कम एक रुपया तो ज़रूर मिल जायेगा। चुनांचे वह आगे बढ़ा। बारी साहब ने जो कुछ बताया था बड़े खुलूस के साथ गूजर को सुनाया। उसने राजा से कहा..."ज़रा हाथ देना मेरे बटलोहे को" राजा ने काफ़ी ज़ोर सर्फ़ कर के उसके सिर का बोझ उतारने में मदद दी। जब बटलोहा उतर गया तो गूजर ने अपने तहमत का डब खोला। उसमें कई नोट और बहुत-सा करयाना था। लेकिन उसने उनमें से सिर्फ़ एक पैसा निकाला और राजा की हथेली पर रख दिया और सितम बालाय सितम उससे यह कहा, "लो, जवान अब बटलोहा रखवा दो मेरे सिर पर।"

और यह तो मैं भी जानता हूँ कि बारी साहब और हसन अब्बास मुफ़लिसी के ज़माने में पेट में कुछ डालने के लिए उस फलों की दुकान से रात के वक़्त अक्सर केले चुराया करते थे। जिसके ऊपर उन्होंने एक कमरा किराये पर ले रखा था। उसमें बिजली का कनक्शन नहीं था। मगर बारी साहब ने हसन अब्बास को अपना "बिजली घर" बनाने की तरकीब समझा दी थी। चुनांचे वह एक ज़माने तक म्यूनिसिपलटी के तार से अपना तार जोड़ कर यह कमरा रोशन करते रहे।

मुझे एक और लतीफ़ा याद आ गया, जो पुरानी अनारकली के उसी कमरे से मुताल्लिक़ है जहाँ बारी साहब और हसन अब्बास इकट्ठे रहते थे। यह उस ज़माने की बात है जब मैं ग़ालबन सात बरस के बाद बम्बई से आया था। उस दौरान में मामूली ख़त-ओ-किताबत रही थी। हसन अब्बास मुझे अमृतसर के स्टेशन ही पर मिल गया था। उन दिनों शराब पर कोई पाबन्दी नहीं थी। स्पेन्सर वाले रबड़ टायर गाड़ियों पर उसे आम बेचते फिरते थे। अब्बास से बड़ी देर के बाद मुलाक़ात हुई थी। चुनांचे उस खुशी में हम दोनों ने फ़ैसला किया कि सुबह ही से शुरू कर देनी चाहिए ताकि जज़्बात घुटे-घुटे न रहें। जो बात की जाय खुल के की जाय। यह फ़ैसला होते ही हमने अपने दिल की चाबियाँ 'जानी वाकर' के हवाले कर दीं।

ख़याल था कि बारी साहब स्टेशन पर मौजूद होंगे मगर बक़ौल हसन अब्बास वह हस्ब-ए-मामूल "ज़लीलुद्दहर" निकले। ताँगा ले कर हमने उन्हें इधर-उधर तलाश किया और आख़िर ढूँढ़ निकाला। वह इसलिए छिप गये थे कि उन्होंने मेरी आमद के साथ ही शराब का सैलाब देख लिया था और बन्द बाँधने में मसरूफ़ थे। मैंने और अब्बास ने उन्हें बहुत लअन-तअन की और पुरानी सोहबतों का हवाला दे कर उनके आरज़ी जुहद की ख़ूब मिट्टी पलीद की। नतीजा यह हुआ कि वह एकदम खुम के खुम उड़ेलने पर आमादा हो गये।

मालूम नहीं उन दिनों अबु सईद कुरेशी बी.ए. का किला सर करने के लिए अपने आख़री हमले की तैयारी कर रहा था या उस किले को फ़तह करने के बाद हाथ-पर-हाथ धरे बैठा था। बहरहाल वह हमें किसी-न-किसी तरह मिल गया... उसमें और पुराने सईद कुरेशी के बाप में कोई फ़र्क़ नहीं था। उसी तरह वह अब भी उम्र-ए-ख़य्याम की रुबाइयाँ ख़रीदता था और नहर के किनारे चाँदनी रात और गुल अंजार माशूक़ के ख़्वाब देखता था। बारी साहब ने तजवीज़ पेश की कि उस जुर्म की सज़ा उसको यह दी जाय कि वह एक अदद जानी वाकर ख़रीद ले। मुजरिम ने यह सज़ा क़बूल की और फ़ौरन भुगत ली।

पुरानी अनारकली के उस तारीख़ी कमरे में हम लोग जमा थे। मैं, बारी साहब, अबु सईद कुरेशी, हसन अब्बास और अब्दुल्ला मलिक (जो आजकल ज्यादा ख़ूबसूरत है) थोड़े अर्से के लिए राजेन्द्र सिंह बेदी भी आया।

बारी साहब हस्ब-ए-तौफ़ीक सफ़ाई पसन्द थे। अपने मेज़ की झाड़ पोंछ और

उसके बनाओ-सिंघ में काफ़ी वक़्त सर्फ़ करते थे। लेकिन उस मामले में वह बिलकुल बच्चों के मानिन्द थे। नाख़ून काटने की छोटी-सी कैंची है, वह भी अपने क़लमदान के साथ सजावट के तौर पर वहाँ रख दी है, साथ में शेव करने का उस्तरा पड़ा है। कहीं से गोल बट्टा मिल गया है तो उसे आपने पेपर-वेट बना लिया है। किताबों के ऊपर काग़ज़ के गर्द पोश चढ़े हुए हैं। उनके ऊपर सुई-धागा रखा है। एक फ़ाइल है उसमें मुख़्तलिफ़ रिसालों से काटी हुई तस्वीरें जमा हैं...बारी साहब को कैंची इस्तेमाल करने का बहुत शौक़ था। मालूम नहीं क्यों। हो सकता है इसलिए कि वह अख़बार की कापी ख़ुद ही जोड़ा करते थे। यह काम न्यूज़ एडीटरों के फ़रायज में अब भी दाख़िल है। लेकिन यह समझ में नहीं आता कि अख़बार की कापी जोड़ने से पहले उनको उस औज़ार से क्यों इतनी रगबत थी। मुझे अच्छी तरह याद है कि अमृतसर में रोज़नामा "मुसावात" के दफ़्तर में वह उँगलियों में कैंची फँसा कर जब कापी जोड़ने बैठते थे तो ऐसा लगता था कि वह कोई बहुत दिल पसन्द काम शुरू करने वाले हैं।

उनका मेज़ आम तौर पर दीवार के साथ लगा होता था। इस तरह कि जब बारी साहब लिखने बैठें तो दीवार उनके सामने हो। लिखते वक़्त कोई रोक उनकी आँखों के सामने होनी ज़रूरी थी। मुझे याद है एक बार मैंने घर में अपने मेज़ का रुख़ बदल दिया। बारी साहब को कुछ लिखना था। कुर्सी पर बैठे तो बेचैनी महसूस करने लगे। मैंने वज़ह दरयाफ़्त की तो कहा..."जब तक मेरी आँखों के सामने कोई रोक न हो, मैं नहीं लिख सकता" और यह कहकर वर्ल्ड एटलस उठाई और अपने सामने रख ली।

बात कहाँ से कहाँ पहुँच रही है, लेकिन मैं मजबूर हूँ, पुरानी अनारकली के कमरे से निकल कर ख़ुदा मालूम कहाँ जा रहा हूँ। लेकिन आप मुझे माफ़ कर दीजिए। जो बात ज़ेहन में उभरती है, मैं उसी वक़्त क़लम बन्द कर देता हूँ कि भूल न जाऊँ...अभी-अभी जब मैंने तसव्वुर में उन्हें लिखते देखा तो वह अपने दाँत रगड़ रहे थे। यह बारी साहब की आदत थी। लिखने के दौरान में वह अपने दाँत ज़रूर कटकटाते थे। जैसे गुस्से में हैं। छोटे-छोटे, गोल-गोल हुरूफ़ लिखते थे... इतने गोल कि बाज़ अवक़ात मेरे लिए उनकी इबारत के अक्सर लफ़्ज़ एक-दूसरे के तौअम होते थे।

पुरानी अनारकली के उस तारीख़ी कमरे में उनके मेज़ के साथ वाली दीवार पर वह तारीख़ी ग्रुप भी आवेज़ा था, जो हमने अमृतसर में उतरवाया था। उसमें अब्बास है, मैं हूँ, बारी साहब हैं और अबु सईद कुरेशी भी मौजूद है। बारी साहब ने उस फ़ोटो के नीच शायद "अमृतसर स्कूल ऑफ़ थाट" लिखा हुआ था। यह बारी मरहूम को बहुत अज़ीज़ था। "मिलाप" या "प्रताप" के दफ़्तर में काम करते हुए अपना कोट खूँटी से लटका कर जब आप सिगरेट लेने के लिए बाहर निकले थे

और सीधे बर्मा जा पहुँचे थे तो अपने साथ यह ग्रुप लेते गये थे।

मैं जब उस कमरे में जो अब्बास और बारी साहब का घर था, दाख़िल हुआ तो सबसे पहले बारी साहब ने मुझे यह ग्रुप दिखाया और अपने मख़सूस अन्दाज़ में जिसमें बच्चों की तालियाँ पीटने वाली खुशी घुली होती थी कहा..."ख़्वाजा साहब, यह देखिए..." इससे आगे वह और कुछ न कह सके। लेकिन उनके चेहरे के तमाम ख़द-ओ-ख़ाल अपनी स्याह क़बा उतार चुके थे और मुस्करा रहे थे।

मरहूम को मुझसे बहुत मुहब्बत थी। उनको मुझ पर नाज़ भी था। मगर इसका इज़हार उन्होंने मेरे सामने कभी नहीं किया और मुझे यह भी मालूम नहीं कि उन्होंने कभी किसी से इस अन्दाज़ से कहा हो कि मंटो मेरा बनाया हुआ है। हालाँकि यह हक़ीक़त है कि मुझे तहरीर-ओ-तसनीफ़ के रास्ते पर डालने वाले वही थे। अगर अमृतसर में उनसे मेरी मुलाक़ात न होती तो सकता है कि मैं एक ग़ैर मारूफ़ आदमी की हैसियत में मर-खप गया होता या चोरी डकैती के जुर्म में लम्बी क़ैद काट रहा होता।

मैं और अब्बास बक़ौल बारी साहब काफ़ी "गुट" थे। एक शराब का दूसरा इतनी तवील मुद्दत के बाद मिलने का नशा। हम सब झूम रहे थे...अबु सईद कुरेशी की बोतल खोली गयी। और दौर शुरू हो गये। बारी साहब पी कर बहुत दिलचस्प हो जाते थे। वह जो कपड़ों के बजाय जुज़दान में लिपटे और कुर्सी के बजाय रिहल में बैठे होने की तस्वीर पेश किया करते थे। शराब के चन्द घूँटों के बाद एक मुख़्तलिफ़ शक्ल इख़्तियार कर लिया करते थे। उनकी तबीयत में वह मज़ाहिया और फ़रहिया उन्सर जो अक्सर शरअयी पैजामा पहने रहता था, बेरीश-ओ-बुख़्त हो कर सामने आ जाता था। उस वक़्त जी चाहता था कि वह बोलते रहें और हम सुनते रहें और यह वाक़अ है कि ऐसे वक़्तों में किसी और को बोलने का मौक़ा भी शाज़-ओ-नादिर ही देते थे।

राजेन्द्र सिंह बेदी, रूसी नाविल नवीस शालोख़ोफ़ के "एंड क्वाइट फ़्लोज़ दी डान" के मुताल्लिक़ बातचीत कर रहा था। यह नाविल हममें से किसी ने भी नहीं पढ़ा था लेकिन बेदी कुछ इस अन्दाज़ से गुफ़्तगू कर रहा था कि मुझे ख़्वाम ख़्वाम उसमें शरीक होना और यह ज़ाहिर करना पड़ा कि नाविल मेरा पढ़ा हुआ है। जब मैंने इसका इज़हार किया तो बेदी बौखला-सा गया। बारी साहब ताड़ गये कि मामला क्या है और शालोख़ोफ़ की नाविल-नवीसी पर एक लेक्चर शुरू कर दिया। नतीजा यह हुआ कि बेदी को थोड़ी देर के बाद बड़े बेडेपन से इस बात का इक़रार करना पड़ा कि उसने शालोख़ोफ का ज़ेर-ए-तबसरा नाविल नहीं पढ़ा। मैंने भी हक़ीक़त का इज़हार कर दिया। बारी साहब ख़ूब हँसे और आखिर में उन्होंने अपने मख़सूस अन्दाज़ में हाज़रीन को बताया कि शालोख़ोफ़ का नाम उन्होंने पहली मर्तबा बेदी साहब के मुँह से सुना है और उसकी नाविल-नवीसी पर जो लेक्चर

उन्होंने पिलाया है, उनकी दिमाग़ी इख़्तराअ है...राजेन्द्र सिंह बेदी को बहुत दूर जाना था इसलिए वह इजाज़त ले कर चला गया। ग़ालबन दिसम्बर के दिन थे। सख़्त सर्दी थी। मैं चूँकि एक मुद्दत तक बाहर रहा था, इसलिए यह सर्दी ख़ास तौर पर मुझे बहुत ज्यादा महसूस हो रही थी। लोहे की अँगीठी मौजूद थी। बारी साहब ने फ़ौरन आग का इन्तज़ाम कर दिया। दरवाज़ा खोल कर बाहर गये और थोड़ी-सी लकड़ियाँ ले आये। उनको अँगीठी में क़रीने से रखकर उन्होंने जानी वाकर की बोतल खोली और कुछ छींटे लकड़ियों पर मारे फिर "ज़र-ए-तश्त" जर-ए-तश्त कहते हुए उनको आग दिखायी। जब आग सुलग उठी तो सजदे में चले गये।

सजदे का ज़िक्र आया तो मुझे याद आ गया कि वह बड़े सजदा-गुज़ार थे। एक ज़माना था कि वह अमृतसर में पाँच के बजाय कभी आठ, कभी दस वक़्त नमाज़ पढ़ा करते थे। वह बैठक जहाँ हम बैठा करते थे, उसका नाम उन्होंने दारूल अहमर रखा हुआ था। यहाँ जब भी उनको नमाज़ अदा करने की हाजत-महसूस होती, बीबी जान (मेरी वालिदा मरहूमा) को आवाज़ देते और पानी का लोटा और जा-नमाज मँगवा लेते। यह तो उनके मन की मौज का क़िस्सा है। लेकिन जब कभी उनसे कोई ग़लती सर ज़दा हो जाती और मैं या अब्बास उसको पकड़ लेते तो वह फ़ौरन अपने कान ऐंठना शुरू कर देते थे और सहव के लिए एक-दो सजदे बड़े खुलूस के साथ अदा करते थे।

मुझे एक अपना सजदा याद आ गया जो अभी तक मेरे माथे में रड़क रहा है। यह भी अमृतसर ही की बात है। बारी साहब को मेरी शराब-नोशी पसन्द नहीं थी। मैं समझता था कि वह बनते हैं। एक शाम को वह मेरे साथ थे। सैर करते-करते रेलवे स्टेशन के रेफ्रिशमेंन्ट-रूम में पहुँच गये। मैंने बैरे को समझा दिया कि वह मेरे लिए व्हिस्की लाये और बारी साहब के लिए जिंजर, जिसमें एक पेग 'जिन' का शामिल हो।

बारी साहब को कोई-न-कोई और ख़ास तौर पर पेट का आरज़ा लाहक़ रहता था। मैंने उनसे कुछ पीने के लिए पूछा तो कहने लगे..."नहीं मैं कुछ नहीं पिऊँगा। मेरा मेदा ख़राब है।"

बारी साहब ज़िद्दी नहीं थे। थोड़ी-सी लेक्चरबाज़ी के बाद उन्हें किसी बात पर भी आमादा किया जा सकता था। चुनांचे मैंने अदरक के फ़ायदे बताए और कहा कि जिंजर का पानी उनके मेदे की तमाम ख़राबियाँ दूर कर देगा। आप राज़ी हो गये। बैरे ने उनके सामने बोतल गिलास में उड़ेली। मैंने व्हिस्की पीना शुरू कर दी और बारी साहब ने जिंजर जिसमें 'जिन- शामिल थी। यह महसलूल जब उनके हलक़ से उतरा तो उनको फ़रहत हासिल हुई। मैंने अपनी व्हिस्की ख़त्म करके जब दूसरा पेग तलब किया तो उन्होंने भी ख़्वाहिश ज़ाहिर की कि वह एक जिंजर

और पियेंगे। बैरा उसी किस्म का एक और मशरूब तैयार करके ले आया।

बारी साहब को बहुत लुत्फ़ आया। मुझसे कहा, "अदरक के फ़ायदे मैंने तलब की किसी किताब में पढ़े थे। वाक़ई बड़े मार्के की चीज़ है। वह बोझ-सा वह ऐंठन-सी जो मैं सुबह से महसूस कर रहा था, बिलकुल ग़ायब है..."

मैं हँस पड़ा। उसके बाद मुझे उनको बताना पड़ा कि मार्के की चीज़ कौन-सी थी। वह बहुत ख़फ़ा हुए। बल्कि यूँ कहिए कि उनको बहुत दुख हुआ। मेरी तिफ़लाना हरकत उन्होंने माफ़ तो कर दी मगर मैं महसूस कर रहा था कि उन्हें रूहानी कोफ़्त हुई है। चुनांचे मैंने उनसे सिदक़-ए-दिल से वादा किया कि मैं आइन्दा कभी शराब नहीं पिऊँगा। बैरा बिल लाया तो बारी साहब ने पेन्सिल से उस पर 'इक़बाल' का यह मिसरा लिख दिया...

यार ब दरून-ए-सीना दिल बा ख़बर बदा

मुझ पर उस वाक़ये का बहुत असर हुआ। इतना असर कि जब मैं रात को घर लौटा तो गली के फ़र्श पर मैंने सजदा किया और ख़ुदा से दुआ माँगी कि वह मुझे अपने इरादे में साबित क़दम रहने की तौफ़ीक़ अता फ़रमाए और उस गुनाह को जो मुझसे सरज़द हुआ माफ़ कर दे। उस सजदे से तबियत का बोझ तो हल्का हो गया मगर एक और बोझ उस पर लद गया कि अब मैं पी नहीं सकता था। कई दिन गुज़र गये हर वक़्त उदासी छाई रहती थी, लेकिन दिल को परचाने के लिए यह बात मौजूद थी कि मैं अपने वादे पर क़ायम हूँ और एक लानत से बचने की कामयाब कोशिश कर रहा हूँ।

एक दिन शाम को बारी साहब आये। मैं खिड़की में बैठा था। उन्होंने बाहर गली में खड़े-खड़े मेरा मिज़ाज पूछा। मैंने मुस्करा कर कहा..."क्या पूछते हैं...बस ठीक है!"

बारी साहब ने एक लम्हे के लिए सोचा और कहा..."मैं अभी आता हूँ।"

जब वह आये तो उनके पैजामे में शराब का अद्धा अड़सा हुआ था। मुझे सख़्त हैरत हुई। मैंने उनसे कुछ कहना चाहा मगर उन्होंने सुनने से इंकार कर दिया और बोतल खोलना शुरू कर दी। इतने में अब्बास आ गया। बारी साहब के कहने पर सब दरवाज़े बन्द कर दिये गये। अन्दर से रोटी मँगवाई गयीं, जो किसी ने भी न खायीं। सालन बग़ैरा अलग रख लिए गये और गिलास छोड़ कर बाक़ी बर्तन वापस भेज दिये गये। अब्बास कुएँ से लोटे में पानी लाया और हम सब ने पी...वह सजदा जो मैंने गली के ठण्डे फ़र्श पर उस रात ख़ुदा के हुज़ूर अदा किया था, मेरी पेशानी में तड़पता रहा।

हम पी रहे थे तो हसन अब्बास ने छेड़ने की ख़ातिर बारी साहब से कहा... "आपकी यहाँ सब इज़्ज़त करते हैं। बीबी जान आपको नमाजी और परहेज़गार की हैसियत से जानती हैं। उनके दिल में आपका इतना एहतराम है...अगर वह यहाँ

आ जायें तो क्या हो?"

बारी साहब ने कहा..."मैं खिड़की खोलकर बाहर कूद जाऊँगा और फिर कभी उनको अपनी शक्ल नहीं दिखाऊँगा।"

बारी साहब हमेशा अपनी ज़िन्दगी की कोई-न-कोई खिड़की खोलकर बाहर क़ूद जाते रहे। यह खिड़की खुली रहती, मगर वह फिर कभी उसको अपनी शक्ल न दिखाते।

खिड़की खोलकर बाहर कूद जाने से मैं किसी तज़हीक का नाता नहीं जोड़ रहा। असल में वह निज़ाम जो अंग्रेज़ों से मुताल्लिक़ था और जिसमें बारी मरहूम ने अँगूठा चूसने से ले कर क़लम चूसने तक और क़लम चूसने से ले कर अपना ख़ून चुसाने तक के तमाम मराहिल उफ़्ताँ-ओ-खेज़ाँ तय किये और उसके बाद वह निज़ाम जिसमें उन्होंने इक़बाल मरहूम की उन तेगों के साये में जो रेडियो पाकिस्तान ने अपने प्रोग्रामों में बे न्यास की थीं, अपनी ज़िन्दगी के शाम के आख़री धुँधलकों को सँवारने की कोशिश की, ऐसी बेशुमार खिड़कियों से पुर था। जिनमें खटके बाहर कूद जाने की हल्की-सी ख़्वाहिश पर भी ख़ुद-ब-ख़ुद खुल जाते थे।

फिर देखिए मैं कहाँ का कहाँ पहुँच गया। बात पुरानी अनारकली के उस कमरे की हो रही थी जहाँ दिसम्बर की ख़ून मुनजामिद कर देने वाली सर्दी में हम पी रहे थे और बारी साहब थोड़े-थोड़े वक़्फ़ों के बाद बाहर जाते और अँगीठी की आग बरक़रार रखने के लिए कहीं से ईंधन ले आते थे। बहुत देर के बाद मिलना हुआ था। इसलिए वक़्त गुज़रने का क़तअन एहसास नहीं था। बारी साहब ज़र-ए-तश्त की "अगयारी" के लिए कितनी मर्तबा ईंधन लाये यह भी याद नहीं, लेकिन अभी तक यह ज़रूर याद है कि जब मैं सुबह कमरे से बाहर निकला तो बाज़ार की तरफ़ लकड़ी का जो शिकस्ता-सा जंगला था, बिल्कुल ग़ायब था। उसकी राख अलबत्ता कमरे में अँगीठी के अन्दर मौजूद थी।

अब्बास ने बारी साहब को 'धड़काया' कि अगर मालिक मकान को इल्म हो गया कि वह जंगला जला-जला कर आग तापते रहे हैं तो वह "कबाब" हो जायेगा और बयक बीनी-ओ-दो गोश उनको निकाल बाहर करेगा। बारी साहब जैसा कि मैं बयान कर चुका हूँ बहुत डरपोक थे। अब्बास ने जब उनको उस ग़ैर वाजिब हरक़त से आगाह किया तो वह खिसयाने से हो गये। बात को हँसी में उड़ाने की भौंडी-सी कोशिश की, मगर नाकाम रहे। आख़िर अब्बास से कहा..."हम उसको ख़बर होने से पहले ही निकल जायेंगे।"

लेकिन मुसीबत यह है कि निकल जाने से पहले उनके अलावा हर एक को ख़बर हो जाती थी। वह जब मिलाप या प्रताप के दफ़्तर से खूँटी से अपना कोट लटका कर सिगरेट लेने के लिए बाहर निकले और बम्बईपिहुँच गये तो उनका

यही ख़याल था कि किसी को ख़बर तक न होगी, मगर जानने वाले जानते थे कि वह किधर का रूख किए हैं।

बारी साहब ने मुख़्तलिफ़ छोटे-बड़े शहरों की रसद-गाहों में अपनी किस्मत के सितारों का मुतालम किया, लेकिन घूम-फिर कर आख़िर उन्हें लाहौर ही की रसद-गाह में आना पड़ा जो किसी ज़माने में अरब होटल में थी और बाद में नगीना बेकरी में अपने जुमला साज़-ओ-सामान के साथ उठ आयी थी। यहाँ और वहाँ बड़े-बड़े मुहन्दिस और सितारा शनास जमा होते थे। उनमें से कुछ उनकी ज़िन्दगी में अपने सितारों से आगे दूसरे जहानों में चले गये और कुछ अपने बेनूर सितारों के लिए बुलन्द नशीनचें की चमक दमक भीख के तौर पर माँगते रहे।

बारी साहब को जब कभी मैंने उन महफ़िलों में देखा मुझे यूँ महसूस हुआ कि वह गर्म-गर्म काली कॉफ़ी का प्याला हैं जिसमें से आपका धुँआ उठ रहा है, जो सिर्फ़ चन्द लम्हों के लिए फ़ज़ा में लहराता बल खाता है और फिर उसकी नमी की आगोश में सो जाता है...उन महफिलों में उन कुनकुनी गर्म-ओ-सर्द सोहबतों में उनके वज़नी सिर की हँडिया से तरह-तरह के ज़हनी माकूलात की खुश्बूदार भाप उठती, मगर उन होटलों और बेकरियों की कसीफ़ फ़ज़ा में थोड़ी देर अपनी नज़ाकत और नुदरत पर इतरा-इतरा कर वहीं सो जाती।

बारी साहब बातों के बादशाह थे। कूचा-ओ-कीलाँ के "दारुल अहमर" में जब वह वली उल्ला (गावतकिए को वह वलीउल्ला कहा करते थे) का सहारा ले कर बैठते तो दिलचस्प बातों के दरिया बहने शुरू हो जाते थे। उन दिनों सरवर साहब (आफ़ाक़ के मुदीर) भी कभी-कभी तशरीफ़ लाते थे। आप मेरी हरकात-ओ-सकनात में गहरी दिलचस्पी का इज़हार फ़रमाया करते थे। बारी साहब की तरह वह भी मेरी हौसला-अफ़ज़ाई किया करते थे और बातों-बातों में मुझे यक़ीन दिलाते थे कि मैं बहुत जल्द तहरीर-ओ-तसनीफ़ के क़ाबिल हो जाऊँगा।

अमृतसर का ज़िक्र आया तो मुझे एक दिलचस्प लतीफ़ा याद आ गया। मैं, बारी साहब, हसन अब्बास और अबु सईद कुरेशी अपनी महफ़िल में किसी और की शमूलियत पसन्द नहीं करते थे। कामरेड फिरोज़ उद्दीन मन्सूर से हम सब की साहब सलामत थी। कभी-कभी वह भी दारुल अहमर तशरीफ़ ले आते थे, मगर उनकी तशरीफ़-आवरी हम सब को नागवार मालूम होती थी। बारी साहब अज राह-ए-मज़ाक़ कहा करते थे कि कामरेड साहब पोटेशियम परमेगनेट से बम बनाते हैं। अब्बास उनको फ्राड उद्दीन मंसूर कहते थे। कुछ देर हम उनका आना जाना बर्दाश्त करते रहे, आख़िर बारी साहब को एक तरकीब सूझी। कामरेड एफ.डी. मंसूर कमरे में दाख़िल हुए तो बारी साहब ने बड़े भौण्डे तरीक़े से आँख मारकर अब्बास से कहा, "ख्वाजा साहब...चलिए, फिर कहीं देर न हो जाय" और उठकर खिड़कियाँ बन्द करना शुरू कर दीं...मंसूर साहब जो बैठने का इरादा ही कर रहे

थे, हमारे साथ चल पड़े। बाज़ार में निकल कर बारी साहब ने उनसे माज़रत तलब की और हम एक चक्कर काट कर फिर दारूल अहमर वापस आ गये...बारी साहब बहुत खुश थे। इतने खुश कि वह देर तक हँस-हँस कर दोहरे होते रहे।

बारी साहब बहुत मामूली-मामूली बातों पर ख़ुश हो जाया करते थे। उनकी खुशी जैसा कि मैं इससे पहले कह चुका हूँ, बिलकुल बच्चों की-सी खुशी होती थी। उसमें तालियाँ पीटने का शोर होता था। उनकी तोंद बढ़ी हुई थी (जिसके मुताल्लिक़ वह हमेशा फिक्रमन्द रहते थे) जब वह हँसते थे तो यह भी हँसा करती थी।

बहुत मुख़लिस आदमी थे। इतने मुख़लिस कि उन्होंने अपनी आने वाली मौत से भी कोई लड़ाई-झगड़ा न किया। असल में वह लड़ाई-भिड़ाई से हमेशा घबराते थे। उनकी तबीयत सुलह-कल थी। दिल का आरज़ा उनको बहुत देर से था, मगर उसका एलाज उन्होंने जब भी किया मसालहत आमेज़ तरीक़े से किया। उसकी मदाफ़अत में उनसे कभी जारहाना क़दम न उठा।

मुझे याद है, मरने से दो रोज़ पहले मेरी उनकी मुठभेड़ मेयो रोड पर हुई। बोहड़ वाले चौक से दायें हाथ को उनका ताँगा जा रहा था। मुझे देखा तो उसे रुकवा लिया। मैं उनसे नाराज़ था, सख़्त नाराज़। इसलिए कि वह दूर-दूर रहते थे। अंग्रेज़ों के हाई कमिश्नर के दफ़्तर में मुलाज़मत इख़्तियार करने के बाद वह कुछ ऐसे बुझ गये कि अपने बेतकल्लुफ़ दोस्तों से अगर उनकी मुलाक़ात महज़ इत्तिफाकिया तौर पर हो जाती, तो अजीब-ओ-ग़रीब सा हजाब महसूस करते।

मैं उनके पास पहुँचा तो वह ताँगे से उतरे। मुझसे मुसाफ़हा किया और मेरी ख़ैरियत दरियाफ़्त की। यह रसूम मुझे बहुत बुरी मालूम हुई। मैंने उनसे कहा... "बारी साहब आप बहुत ज़लील हो गये हैं। इतने ज़लील कि आपने मुझसे मिलना-जुलना ही छोड़ दिया है...आपने अंग्रेज़ की नौकरी क्या की है, अपना सारा कैरेक्टर तबाह कर लिया है।"

मेरी लअन-तअन के जवाब में घुटी-घुटी, बीमार-बीमार-सी मुस्कराहटें उनके ऊदे होंटे पर बिखरती रहीं। उनके चेहरे का रंग किसी क़दर ज़र्द था और आवाज़ नहीफ़ थी। मैंने उनसे पूछा..."ख़ैर छोड़िए इस किस्से को। यह बताइए आपका मिज़ाज कैसा है?"

मेरे इस सवाल के जवाब में उन्होंने बड़ी संजीदगी से यह बताने की कोशिश की कि वह एक अर्से से दिल के आरज़े में मुब्तिला है। सैकड़ों इलाज कर चुके हैं, मगर कोई इफ़ाक़ा नहीं हुआ। इसके बाद उन्होंने मुझे बताया कि मेयो रोड पर कोई होमियोपैथ है, अब वह उससे रूजू कर रहे हैं। मैंने उनसे अज़ राह-ए-मज़ाक़ कहा..."यह रसदगाह बाक़ी रह गयी थी जहाँ आप अपने सितारों का मुताला फ़रमाने जा रहे हैं...छोड़िए बारी साहब, आपको कोई आरज़ा-वारज़ा नहीं। आपको

सिर्फ़ वहम की बीमारी है। जिसका एलाज, सुना है लुक़मान हकीम के पास भी नहीं था...आप ज़्यादा खाते हैं, इसलिए आपका मेदा ख़राब रहता है। तबख़ीर के बायस जो बुख़ारात उठते हैं, आपके दिल पर भी असर अन्दाज़ होते हैं। बस इतनी सी बात है जिसे आपने बतंगड़ बना रखा है।"

मेरी बात उनके दिल को लगी (उनके दिल को हर बात लग जाती थी) कहने लगे..."मेरा ख़याल है, आप ठीक कहते हैं। तबख़ीर की शिकायत तो मुझे है...और बाज़ डॉक्टरों की तशख़ीस भी यही कहती है।"

बहुत देर तक मेरी उनकी बातें हुई। मुझे उन्होंने बताया कि वह तारीख़-ए-आलम (कई जिल्दों में एक मबसूत किताब जो मरहूम मुकम्मल न कर सके) दोबारा फैला करलिख रहे हैं और तुर्की ज़बान में पंजाबी अल्फ़ाज़ तलाश कर रहे हैं।

मरहूम को पंजाबी ज़बान से बहुत मुहब्बत थी। एक ज़माना था कि वह पंजाबी को पंजाब की क़ौमी ज़बान बनाने पर तुले हुए थे। उन दिनों वह ग़ालबन सिक्खों के अख़बार "अजीत" के एडीटर थे। जहाँ बैठते थे अपनी नित नयी स्कीमों का ज़िक्र छेड़ देते थे। जिनके ज़रिये से वह उर्दू के बजाय पंजाबी रायज करना चाहते थे। हर मिलने वाले को तलक़ीन करते थे कि वह उर्दू के बजाय अपनी मादरी जबान पंजाबी में लिखा करे। उनका कहना था कि सिर्फ़ वही ज़बान जानदार होती है जिसमें दी हुई गाली-वज़नदार हो और इनफ़रादियत-ओ-नुदरत रखती हो। उनका ईमान था कि दुनिया की कोई जबान गालियों के मामले में पंजाबी का मुक़ाबला नहीं कर सकती...और पुर लुत्फ़ बात यह है कि ख़ुद बारी साहब ने अपनी ज़िन्दगी में एक सतर भी पंजाबी ज़बान में न लिखी।

तक़सीम से पहले अनारकली में एक कैलाश होटल हुआ करता था। उसमें 'बार' भी थी। मुक़दमात के सिलसिले में जब लाहौर आता तो चौधरी नज़ीर के साथ उस होटल में दो-तीन महफ़िलें ज़रूर जमती थीं जिनमें बारी साहब को शरीक होने पर मजबूर किया जाता था। हम बालाई मंज़िल पर चले जाते थे और व्हिस्की के दौर शुरू हो जाते थे। एक सिक्ख बैरा था। बारी साहब जब दो पेग पी लेते तो उससे ठेठ पंजाबी में गुफ़्तगू शुरू कर देते। उस वक़्त उनके दिल-ओ-दिमाग़ में सिर्फ़ पंजाबी ज़बान की तरवीज का ख़याल होता, लेकिन चार पेग के बाद वह काँटा बदल कर उर्दू की तरफ़ आ जाते और उसकी आलमगीरी के मुताल्लिक़ तक़रीर शुरू कर देते और कहते कि पंजाबी गुण्डों और लफंगों की ज़बान है। बहुत ग़ैर मुहज़्जब है जो समाअत पर गिरा गुज़रती है। पाँचवें और छठे पेग के दौरान में उर्दू से उनकी वालहाना मुहब्बत सिकुड़ती रहती। जब पाँचवा पेग अपना काम कर जाता तो वह फ़ारसी की मिठास के गर्वीदा नज़र आते। ठेठ ईरानी लहजे में फ़ारसी बोलने की कोशिश करते मगर छठा और सातवाँ पेग उन्हें पश्तों के पत्थरों में लुढ़काना शुरू कर देता। आठवें और नवें पेग में पंजाबी, उर्दू, फ़ारसी,

पश्तो और अरबी उनके दिमाग़ में 'काकटेल' बन कर छलकने लगतीं।

मरहूम बोलने और अपनी आवाज़ आप सुनने के बहुत शायक़ थे। इतनी हिम्मत नहीं थी कि किसी जलसे में तक़रीर करते, लेकिन यार-दोस्तों की महफ़िल में अपना शौक़ पूरा कर लिया करते थे। देहली मुस्लिम होटल में से एक दफ़ा आप एक चमचा उड़ा लाये। आधी रात का वक़्त था, जब हम अनारकली के वस्त में पहुँचे तो आपने यह चमचा निकाल कर बेलचे के मानिन्द अपने कन्धे पर रख लिया और 'चुपरास्त-चुपरास्त' करते एक दुकान के थड़े पर चढ़ गये और ख़ाकसारों की तहरीक पर एक अदद तक़रीर उगल के रख दी बेशुमार आदमी जमा हो गये, लेकिन बारी साहब जोश-ओ-ख़रोश के साथ बोलते रहे। उसके बाद हम सब ने चौक में खड़े हो कर अल्लामा मशरिक़ी ज़िन्दाबाद के नारे लगाये। फिर मोतिए के हार ख़रीदे और अपने अपने गले में डाल लिये। बारी साहब ने एक हार अपनी कलाई के गिर्द लपेट लिया और मुझसे कहा..."ख़्वाजा साहब, चलो हीरा मण्डी चलें...मोतिए के इन फूलों का खुश्बू का रुख़ उसी तरफ़ है।"

हम सब हीरामण्डी पहुँचे। बारी साहब के सुरूर ख़ूब गठे हुए थे। बहुत देर तक हम उस मण्डी के तंग-ओ-तार गलियों में घूमते रहे। उस दौरान में बारी साहब ने कई पठान टख़ियाइयों से पश्तों में बातचीत की। एक ऐसी ही टखियाई से मसरूफ़-ए-गुफ़्तगू थे कि उनकी जान पहचान का एक आदमी उधर से गुज़रा। बारी साहब ने आगे बढ़कर उससे मुसाफ़हा किया। उस आदमी ने पूछा..."मौलाना यहाँ क्या कर रहा है?"

बारी साहब ने पठान कस्बी की तरफ़ देखा और जवाब दिया..."उस लड़की से सयास्यात-ए-हाज़रा पर तबादला-ए-ख़यालात कर रहा था।"

सुबह अब्बास ने बारी साहब को रात के तमाम वाक़आत सुनाए, ख़ूब नमक-मिर्च लगा कर। इस अन्दाज़ में कि वह निदामत महसूस करें। बारी साहब ने मुझसे तसदीक चाही तो मैंने मसनूयी संजीदगी से कहा..."बारी साहब, यह बाक़ी है कि आपने कल रात बड़ी जलील हरकतें की। यह आपकी शायान-ए-शान थी।"

बारी साहब बहुत नादिम हुए। इस क़दर नादिम कि आपने फ़ौरन वजू करके नमाज़ पढ़ना शुरू कर दी।

बारी साहब को मुसलह बनने का शौक़ था। उनकी दिली आरजू थी कि वह एक बहुत बड़े रहनुमा बन जायें। हर चौक में उनका बुत नस्ब हो। वह कोई ऐसा कारनामा सर-अंज़ाम दें कि आने वाली तमाम नस्लें उन्हें याद रखें, मगर उसके लिए जुर्रत और बेबाकी की ज़रूरत थी। उसी क़िस्म की जुर्रत और बेबाकी की जिसका मज़ाहरा वह कभी-कभी पी कर हीरामण्डी की गलियों में पठान टखियाइयों से सियासत-ए-हाजरा पर तबादला-ए-ख़यालात के दौरान में किया करते थे,

लेकिन जब कभी उनसे ऐसी जुर्रत और बेबाकी सरज़द हो जाती तो वह वजू करके नमाज़ पढ़ना शुरू कर देते और उसकी आलाइशों से ख़ुद को पाक-साफ़ कर लेते।

वह कैंची को उँगलियों में फँसा कर अपने ख़यालात-ओ-अफ़कार के ज़र्द-ज़र्द किताबत-शुदा काग़ज़ों को काट काट कर सारी उम्र अपनी ज़िन्दगी की कापी जोड़ते रहे मगर उसे पत्थरों पर कभी मुन्तक़िल न कर सके। शायद इस ख़याल से कि वह उनके बोझ तले पिस जायेंगे...उनको हमेशा किसी-न-किसी चीज़ के पिस जाने का ख़दशा लाहक़ रहता था। हालाँकि वह तमाम को पीस कर सफ़ोफ़ बना देना चाहते थे और उस सफ़ोफ़ को नसवार के तौर पर इस्तेमाल करने के ख़्वाहिश मन्द थे।

वह अंग्रेज़ों के सख़्त दुश्मन थे, लेकिन यह तुर्फ़ा-तमाशा है कि जब अंग्रेज़ चला गया तो वह उसी के नौकर हो गये। उन्होंने "कम्पनी की हुकूमत" जैसी बाग़ियाना किताब लिखी, लेकिन उस कम्पनी के साबिक़ ठेकेदारों की मुलाज़मत में उन्होंने अपनी ज़िन्दगी के चन्द आख़री और बड़े क़ीमती बरस गुज़ारे।

बारी मरहूम से मैं अपनी आख़री मुलाक़ात का ज़िक्र कर रहा था। जब वह किसी होमियोपैथ से अपने दिल के आरज़े का एलाज पूछने जा रहे थे। उस दिल का जो खुलूस से मामूर था...जो इस क़दर शरीफ़ था कि उस ने बारी साहब की बुज़दिली का साथ दिया और धड़कना बन्द कर दिया।

मैंने उन्हीं दिनों में आगा हश्र के मुताल्लिक एक मज़मून लिखा था (जो इस किताब में शामिल है) उसमें जीजे के होटल में बारी साहब से पहली बार मुलाक़ात करने का ज़िक्र भी था। बारी साहब ने यह मज़मून पढ़कर मुझे एक ख़त लिखा था जिसमें अमृतसर के उन अय्याम की याद ताज़ा की थी जब मैं, अबु सईद, अब्बास, आशिक फ़ोटोग्राफ़र और बारी साहब मिलकर बिलकुल ख़ब्तियों की तरह बाज़ारों मे घूमा करते थे...बे मतलब, बे मक़सद...जब हमने "फ्री थिंकर्ज़" जैसी ऊट-पटांग जमात भी बना डाली थी। उसके कवायद-ओ-ज़वाबित में नम्बर एक पर यह चीज़ थी कि फ्री थिंकर जो भी चाहें करें। किसी को उसका इसतहखाक़ हासिल नहीं होगा कि वह उससे उसके किसी फ़ेल के मुताल्लिक़ इसतफ़सार करे...चुनांचे अक्सर ऐसा हुआ कि हम चारों जा रहे हैं कि अचानक बारी साहब मोड़ मुड़े और हमसे जुदा हो गये। बड़ी गर्मा-गर्म बातें हो रही हैं कि अचानक अब्बास ख़ामोश हो गया और वापस चला गया।

इस ख़त के बारे में बारी साहब से मुख़्तसर सी गुफ़्तगू हुई। मैंने बारी साहब से कहा कि यूँ तो उन्होंने दावा किया है कि उनका हाफ़ज़ा बहुत तेज़ है, लेकिन वह उन अय्याम की बहुत-सी बातों का तज़करा भूल गये हैं। बारी साहब ने नहीफ़ आवाज़ में माज़रत चाही और कहा कि उन्होंने यह ख़त बड़ी खादारी में लिखा है। हिकायत बहुत दराज़ थी, लेकिन उन्हें सुकून-ए-क़ल्ब मुयस्सर नहीं था।

उन्होंने सुकून-ए-क़ल्ब का ज़िक्र किया तो मैं फिर उनके पीछे पड़ गया कि वह क्यों अपने क्लब के पीछे पड़े हुए हैं जो अच्छा भला है...लेकिन तीसरे रोज़ सुबह छह बजे चाय की पहली प्याली पी कर मैंने सिगरेट सुलगाया और ताज़ा 'इमरोज़' खोला तो पहले सफ़हे पर यह सुर्ख़ी नज़र आयी कि इश्तराकी अदीब 'बारी' का इन्तक़ाल हो गया है...कुछ अर्से के लिए मैं बिलकुल गुम-सुम हो गया। मैंने फिर ख़बर की तरफ़ देखा। तीन कालमी सुर्ख़ी थी। ऐसा मालूम होता था कि कापी जोड़ते वक़्त यह सुर्ख़ी बारी साहब ने कैंची से काटकर ख़ुद अपने हाथों से बड़े क़रीने के साथ जमाई है।

इश्तराकी अदीब बारी मेरा दोस्त, मेरा रहनुमा तमाम उम्र अपनी ज़िन्दगी की जली और ख़फ़ी सुर्ख़ियाँ जमाता रहा, लेकिन अफ़सोस कि वह उनके नीचे वह मज़मून न लिख सका जो उसके वज़नी सिर में परवरिश पाते थे और भाप बनकर लाहौर की बेकरियों और होटलों की कसीफ़ फ़ज़ा में जज़्ब हो जाते थे।

बारी साहब क़ब्र में हैं। मालूम नहीं उसमें भी कोई ऐसी खिड़की है जिससे वह कूद कर बाहर निकल सकें।

चिराग़ हसन हसरत

मौलाना चिराग़ हसन हसरत जिन्हें मैं अपनी इख़्तिसार पसन्दी की वजह से हसरत साहब कहता हूँ। अजीब-ओ-ग़रीब शख़्सियत के मालिक हैं। आप पंजाबी मुहावरे के मुताबिक दूध देते हैं मगर मेंगियाँ डालकर। वैसे यह दूध पिलाने वाले जानवरों के क़बीले से नहीं हैं। हालाँकि काफ़ी बड़े-बड़े कान रखते हैं।

आपसे मेरी पहली मुलाक़ात अरब होटल में हुई। जिसे अगर फ्रांस का "लैटिन क्वार्टर" कहा जाय तो बिलकुल दुरुस्त होगा। उन दिनों मैंने नया-नया लिखना शुरू किया था और ख़ुद को ब-ज़ो'म-ए-ख़्वेश बहुत बड़ा अदीब समझने लगा था।

अरब होटल में मेरा तआरूफ़ मुज़फ़्फ़र हुसैन शमीम ने उनसे कराया। यह भी हसरत साहब के मुक़ाबले में कम अजीब-ओ-ग़रीब शख़्सियत नहीं रखते। मैं बीमार था। शमीम साहब की बसातत से मुझे हफ़्ता वार 'पारस' में जिसके मालिक करमबन्द थे, मुलाज़मत मिल गयी। तनख़्वाह चालीस रुपये माहवार मुक़र्रर हुई मगर एक महीने में बमुश्किल दस-पन्द्रह रुपये मिलते थे। शमीम साहब और मैं दोनों दोपहर का खाना अरब होटल में खाते थे।

एक दिन मैंने उस होटल के बाहर थड़े पर वह टोकरा देखा जिसमें बचा-खुचा खाना डाल दिया जाता था। उसके पास एक कुत्ता खड़ा था। हड्डियों और तुड़ी-मुड़ी रोटियों को सूँघता मगर खाता नहीं था। मुझे ताज्जुब हुआ कि यह सिलसिला क्या है।

शमीम साहब ने जब हसरत साहब से मेरा तआरूफ़ कराया और इधर-उधर की चन्द बातें हुईं, तो मेरे इस्तेफ़्सार ये जताया कि उस कुत्ते की मुहब्बत एक साँड़ से है। मुझे बहुत हैरत हुई, लेकिन मैंने ख़ुद अपनी आँखों से देखा कि उन दो हैवानों में दोस्ती थी। साँड़ साढ़े बारह बजे दोपहर को ख़रामा-ख़रामा आता। कुत्ता दुम मिला-हिला कर उसका इसतक़बाल करता और वह टोकरा जिसका मैं ज़िक्र कर चुका हूँ, उसके हवाले कर देता। जब वह अपना पेट भर लेता, तो जो कुछ बाक़ी बच जाता, उसपर क़नाअत करता।

उस दिन से अब तक मेरी और हसरत साहब की दोस्ती उस साँड़ और कुत्ते

की दोस्ती है। मालूम नहीं हसरत साहब साँड़ हैं और मैं कुत्ता। मगर एक बात है कि हम में से कोई-न-कोई साँड़ और कुत्ता ज़रूर है। लेकिन हममें लड़ाइयाँ होती रहती हैं, जो उन दो हैवानों में शायद न होती हों।

हसरत साहब बड़ी प्यारी शख़्सियत के मालिक हैं। मैं उनसे उम्र में काफ़ी छोटा हूँ। लेकिन मैं उन्हें बड़ी-बड़ी मूँछों वाला बच्चा समझता हूँ...यह मूँछें सलाह उद्दीन अहमद साहब की मूँछों से बहुत मिलती-जुलती हैं।

हसरत साहब कहने को तो कश्मीरी हैं, मगर अपने रंग और ख़द-ओ-ख़ाल के एतबार से मालूम नहीं किस नस्ल से ताल्लुक रखते हैं। फ़र्बा-अन्दाम और ख़ासे काले हैं। मालूम नहीं किस एतबा से कश्मीरी होने का दावा करते हैं?

वैसे मुझे इतना मालूम है कि आप आग़ा हश्र काश्मीरी के हम-जलीस थे। अल्लामा इक़बाल से भी शर्फ़-ए-मुलाक़ात हासिल था, जो कश्मीरी थे। ख़ाकसार भी है। जिस से उनकी 'साँड़ और कुत्ते' की दोस्ती है, लेकिन इसके बावजूद वह अगर यह साबित करना चाहें कि ख़ालिस कश्मीरी हैं, तो कोई कश्मीरी नहीं मानेगा। हालाँकि उन्होंने कश्मीर पर एक किताब भी लिखी है।

यह किताब मैंने पढ़ी है। मैं आम तौर पर बड़ा ख़ुद ग़लत इंसान मुतसव्विर किया जाता हूँ। लेकिन मुझे मानना पड़ता है...और आप सबके सामने कि हसरत साहब बड़ी दिलफ़रेब अन्दाज़-ए-तहरीर के मुख़्तार और मालिक हैं। बड़ी सहल मुमतनअ क़िस्म के फ़िक़रे और जुमले लिखते हैं। पर उनकी इन प्यारी तहरीरों में मुझे एक बात खटकती है कि वह हमेशा उस्तादों का तरीक़ा-ए-तालीम इस्तेमाल करते हैं। उनके बेशुमार शागिंद मौजूद हैं जो शायद उनके इल्म में न हों। मगर उनकी ख़्वाहिश यह होती है कि वह हर बच्चे, नौजवान और बड़े-बूढ़े पर रोब जमाएँ और उसका कान्धा थपका कर उसे यह महसूस करने पर मजबूर करें कि वह उन का बर्ख़ुरदार है...मुझे उनकी तबियत का यह रुख़ सख़्त नापसन्द है, इसी वजह से मेरी और उनकी लड़ाई होती रही है।

मुझे उनका बरख़ुदार होने में कोई उज्र नहीं। मैं आप सब के सामने यह एतराफ़ करने के लिए तैयार हूँ कि मैं सिर्फ़ बर्ख़ुरदार ही नहीं, बर्ख़ुरसवार भी हूँ। लेकिन वह मुझ पर रोब न डाला करें। मैं उनकी दिल से इज़्ज़त करता हूँ। जब से "नवा-ए-वक़्त" में उनके "हर्फ़-ओ-हिकायत" का कॉलम छपना बन्द हुआ है। मैं यूँ महसूस करता हूँ जैसे मुझे सुबह की चाय नहीं मिली, जो मेरे लिए बहुत ज़रूरी है।

"हर्फ़-ओ-हिकायत" का कॉलम मेरा ख़याल है, उन्होंने "इमरोज़" में लिखना शुरू किया था। उस रोज़नामे की तख़लीफ-ओ-तौलीद में उनका बड़ा हिस्सा था। फ़ैज़ साहब (जो उन दिनों रावलपिण्डी साज़िश केस के सिलसिले में क़ैद थे) और हसरत दोनों मिलकर घण्टों उस नये पर्चे की तशकील के मुताल्लिक़ सोचा करते थे। हसरत साहब कोहना मश्क़ सहाफी थे और 'फ़ैज़' उनके मुक़ाबले में

तिफ़ल-ए-मकतब। बहरहाल उन दोनों ने मिलकर एक ऐसे रोज़नामे का नमूना तैयार किया, जो दूसरे पर्चों ने नक़ल किया। इसके अलावा उन्होंने "इमरोज़" का हफ़्तावार इल्मी-ओ-अदबी एडीशन भी मुरतिब करना शुरू किया। जिसमें पहली मरतबा मुल्क के तमाम अहल-ए-क़लम हज़रात ने अपनी निगारशात तबाअत के लिए दीं।

"इमरोज़" में अब हसरत साहब नहीं हैं। उसका नाक नक़्शा वही है, जो उन्होंने अपने हाथ से बनाया था। मगर अफ़सोस है कि उसको यह हसरत है कि उसमें हसरत नहीं है। "हर्फ़-ओ-हिकायत" का कॉलम जो उनकी वाहिद मिल्कियत था। अब उस पर एक साहब की जिनका कलमी नाम "पंज दरिया" है, इजारेदारी है। ईमान की बात यह है कि जो "सिन्दबाद जहाज़ी" लिख सकता है, जो सलीक़ा और क़रीना उसे नसीब नहीं हो सकता।

मुझे क़तई तौर पर नहीं मालूम, लेकिन मेरा ख़याल है कि रोज़नामों में (खुसूसन पंजाब में) मज़ाहिया और फुकाहिया कॉलम मौलाना ज़फ़र अली खाँ ने शुरू किया था जो बाद में मौलाना चिराग़ हसन हसरत की हल्की-फुल्की और शगुफ़्ता ज़राफ़त की मिल्कियत बन गया।

अब्दुल मजीद 'सालिक' साहब को हसरत साहब के मुक़ाबले में फुकाही कॉलमों के सिलसिले में पेश किया जा सकता है, लेकिन उन दोनों में बहुत बड़ा तफ़ाबुत है। 'सालिक' ठेठ अमरीकियों के मानिन्द फक्कड़बाज़ हैं। 'हसरत' अंग्रेज़ों की तरह खुलकर हँसने-हँसाने वाले नहीं। मुझे सालिक ज़्यादा पसन्द हैं, इसलिए कि पंजाबी होने की हैसियत से मैं ख़ुद बहुत बड़ा फक्कड़बाज़ हूँ।

हसरत साहब तहरीर-ओ-तक़रीर के मामले में बड़े मोहतात हैं। हमेशा ज़बान की उलझनों, में गिरफ़्तार रहेंगे। उसकी बारीकियों में मुताल्लिक़ ग़ौर-ओ-फ़िक्र करेंगे लेकिन उनकी तहरीरों में मजहूल और ताबअ मजहूल की तकरार मुझे हमेशा खटकती रही है। मालूम नहीं वह किस मजहूल के ताबेअ हैं?

हसरत साहब ने चन्द किताबें लिखी हैं जिनका उर्दू अदब में कोई मुक़ाम नहीं। उसकी वजह सिर्फ़ यह है कि उन्होंने कभी उस तरफ़ रूजूअ ही नहीं किया। उनकी सारी उम्र कारोबारी ज़िन्दगी में गुज़री है। जहाँ तक मुझे इल्म है उनकी बेशुमार तसनीफ़ात हैं, जो उनके नाम से शाया नहीं हुईं। उन्होंने स्कूलों के लिए कई निसाब लिखे होंगे जिनपर ब-हैसियत मुसन्निफ़ के किसी पब्लिशर का नाम दर्ज होगा।

मुझे इस बात का बड़ा अफ़सोस है कि उन्होंने कभी इस बारे में नहीं सोचा कि उर्दू अदब को उनसे कितनी तबक्क़आत हैं। वह रुपया वसूल करते हैं और अदब को जहन्नुम में झोंक देते हैं। वरना, जैसे कि मुझे क़तई एहसास है अगर वह महज़ कॉलम नवीसी न करें ज़्यादा गपबाज़ियों और अपने से छोटे अदीबों को

अपनी ख़ुदा-दाद क़ाबलियत से मरऊब करने की कोशिश न करें तो वह सआदत हसन मंटो से चार क़दम आगे होते।

मेरे इस मज़मून का उन्वान "शीर दारम शकरक" होता। इसलिए कि चिराग़ हसन हसरत का हम-वज़न है। उनका दूध उनकी तहरीर है और हक़ीक़त यह है कि यह बहुत मीठा होता है। अपने मुताल्लिक़ मैं बयान कर चुका हूँ कि वह मुझे यह दूध मेंगनियाँ डाल कर देते रहे हैं।

आज से ग़ालबन बीस बरस पहले का ज़िक्र है। जब मैंने नया-नया लिखना शुरू किया था। उन दिनों मैंने "हुमायूँ" और "आलमगीर" के रूसी अदब नम्बर मुरतब किये थे। हसरत साहब ने जो ग़ालबन ज़मींदार या 'एहसान' में मुलाज़िम थे, अपने फुकाही कॉलम में इसका ज़िक्र करते हुए लिखा, "मंटो आज कल खटबिनों की तरह सदा लगाता फिरता है कि रूसी नम्बर निकलवा लो, या फ्रांसी नम्बर निकलवा लो...दूसरे अल्फ़ाज़ में यह खटबिनों की मख़सूस सदा थी..."मुन्जी पीढ़ी ठका लो।"

यह पढ़कर मैंने लुत्फ़ उठाया, मगर कबाब भी हुआ। बहरहाल जब तक हसरत साहब ज़िन्दा हैं (और मेरी दुआ है कि कम-अज़-कम मेरी हयात तक ज़िन्दा रहें) मैं लुत्फ़ उठाता रहूँगा और कबाब भी होता रहूँगा। माफ कीजिएगा, मुझे शायरी से कोई शुग़फ़ नहीं, लेकिन मुझे हसरत साहब के एक दूर-दराज़ के रिश्तेदार ग़नी काश्मीरी का एक शेर याद आ गया है।

कुदाम सोख़्ता जाँ दस्त जू बद अमानत
कि अज़ लिबास-ए-तू बू ये कबाब मी आयद

मेरा ख़याल है कि यह हसरत साहब ही की सोख़्ता जा है। जिसने अरब होटल में कबाब खाते हुए मेरे दामन पर हाथ रख दिया कि अब कबाब होना मेरे लिए हर रोज़ की बात बन गया है।

ग़नी काश्मीरी का ज़िक्र आया है तो मैं आपको यह भी बता दूँ कि हसरत साहब अपनी आम गुफ़्तगू में बड़े-बड़े शोअरा के नाम सिर्फ़ इस ग़र्ज़ से लिया करते हैं कि सुनने वाले उनके रोब के नीचे दब जायें। उनका ऐसे मौक़ों पर एक मख़सूस लब-ओ-लहज़ा होता है, जिस की नकल मैं कर सकता हूँ। मगर यह मौक़ा महल नहीं, इसलिए कि मुझे सिर्फ़ यह मज़मून पढ़ना है।

उनका अन्दाज़-ए-गुफ़्तगू वैसे सारे लाहौर में मशहूर है। अँगूठे के साथ वाली दो उँगलियों में सिगरेट दबाकर वह ताँगे वालों के अन्दाज़ में ज़ोर का कश लगायेंगे और पूछेंगे "मौलाना आपने क़ाआनी का मुतालिया किया है?"

और अगर आप मेरी तरह कम तालीम याफ़्ता हैं और आपको फ़ारसी से कोई शुद बुद नहीं तो आप मौलाना चिराग़ हसन 'हसरत' के सामने बिलकुल एक चुग़द की हैसियत में बैठे होंगे। फिर वह आपको और ज़्यादा चुग़द बनाने के लिए

फ़िरदौसी, सअदी, हाफ़िज़ और ग़ालिब का कलाम सुनाएँगे और आपके दिल में यह ख़्वाहिश पैदा होगी कि ख़ुदकुशी कर लें।

मैंने अब तक ख़ुदकुशी नहीं की, इसलिए कि मैं हसरत साहब की रग-रग पहचानता हूँ। मुझे इसका एहसास है कि वह बड़ी क़ाबिल शख़्सियत के मालिक हैं। लेकिन मैं ख़ुद को भी किसी हद तक क़ाबिल समझता हूँ। यही वजह है कि मैं अब तक ज़िन्दा हूँ।

हसरत साहब के मुताल्लिक़ यह कहना कि वह मर्दुम कुश हैं, सरासर ग़लत होगा। लेकिन उनके किरदार में एक अजीब-ओ-ग़रीब चीज़ यह है कि वह जला करमारते हैं और मारकर जलाते हैं। मुझे उन्होंने कई मर्तबा मौत के घाट उतारा है और कई बार अपने एजाज़ से ज़िन्दा किया है।

हम दोनों शराबी हैं। लेकिन हम में कुछ फ़र्क़ है। वह समझते हैं या दूसरों को यक़ीन दिलाना चाहते हैं कि उनकी बेगम को उनकी शराब-नोशी का कोई इल्म नहीं। यहाँ यह आलम है कि दुनिया जानती है कि मैं पीता हूँ और इस दुनिया में मेरी रफ़ीक़ा-ए-हयात भी शामिल है।

मैं आपको एक दिलचस्प लतीफ़ा सुनाऊँ। देहली में हम दोनों ऑल इंडिया रेडियो स्टेशन में मुलाज़िम थे और अक्सर इकट्ठे पिया करते थे। उन दिनों आपने शादी की थी। मेरे और उनके घर में ज़्यादा फ़ासला नहीं था। इसलिए वह हमारे यहाँ क़रीब-क़रीब हर रोज़ आते जाते थे। मेरी बीवी जानती थी कि मैं पीता हूँ लेकिन हसरत साहब की बेगम साहिबा यक्सर मुंकिर थी कि वह पीते हैं। हालाँकि यह खुली हुई हक़ीक़तें थीं कि वह पीते हैं और बीच खेत पीते हैं। मगर वह यह फ्रॉड करते थे कि घर में रात को एक-दो बजे के क़रीब जाते जब कि सब सो रहे होते।

एक दिन मैंने शरारत की। उनकी बेगम साहिबा हमारे घर में थीं। मैं और हसरत साहब 'भोला राम एंड सन्स' के शराबख़ाने में पी रह थे कि मुझे अपने बीवी की तरफ़ से एक चिट मिली, जिसमें यह पूछा गया था कि हसरत साहब कहाँ हैं। मैंने जवाबन लिख दिया कि वह मेरे साथ शराबख़ाने में मौजूद हैं... लेकिन यह हसरत साहब का कमाल है कि उनकी बेगम ने मेरी इस तहरीर पर यक़ीन न किया।

उन्हीं दिनों की बात है, भोला राम के शराबख़ाने में हम सब बैठे थे। फ़ैज़, देवेन्द्र सत्यार्थी, मुहम्मद हुसैन रेडियो आर्टिस्ट और अहमद नदीम कासमी साहब बैठे थे कि मेरी हसरत साहब से चिख़ हो गयी। वह हस्ब-ए-मामूल मुझ पर रोब बघारने लगे। मैंने चिढ़कर उनसे कहा कि मेरे नज़दीक उनकी हैसियत सिर्फ़ एक लुग़त की-सी है। जिसके अवराक पलटकर आदमी किसी लफ़्ज़ के मानी देखता है और फिर उसे ताक़ पर रख देता है। वह बहुत नाराज़ हुए। इसलिए कि मेरा यह

जुमला उनकी शख़्सियत पर बहुत बड़ा हमला था।

उसी दौरान में मुख़्तलिफ़ ग़ैर मुल्की मुसन्निफ़ों की बात चल निकली...मुझे साम'स्ट माम पसन्द था। मैंने उसका नाम जब बार-बार लिया तो मौलाना चिराग़ हसन हसरत साहब ने पंजाबी मुहावरे के मुताबिक़ मेरा "गुड्डा बन्दह दिता"...अगर उनका यह कॉलम मेरे पास मौजूद होता, तो मैं यक़ीनन आपकी ख़िदमत में पेश कर देता। उसे पढ़कर मैं बहुत कबाब हुआ था।

दीवान सिंह मफ़तून का यह कहना है कि अगर मैं किसी के ख़िलाफ़ कुछ लिखूँ और वह उसे पढ़कर रात को आराम-ओ-इत्मीनान से सो जाय, तो इसका यह मतलब है कि मुझे बहुत बड़ी शिकस्त हुई है। हसरत साहब को मेरे मामले में कभी शिकस्त नहीं हुई। इसलिए कि उनकी तहरीरों ने जो मुझसे मुताल्लिक हैं, हमेशा मुझपर रातों की नींद हराम की है...ख़ुदा उन्हें ज़िन्दा रखे ताकि मैं ग़ालिब के इस मिसरे का मतलब अच्छी तरह समझ सकूँ कि–

नींद क्यों रात भर नहीं आती

अख़्तर शीरानी, हसरत साहब के दोस्त थे। वह कसरत-ए-शराब नोशी के बायस मर गये। बारी साहब थे (जो ख़ुद को इन्क़िलाबी अदीब कहते थे) उनको मालूम नहीं, शराबनोशी की कसरत से या किल्लत से दिल का आरज़ा हुआ और अल्लाह को प्यारे हो गये, जो मालूम नहीं पानी भी पीता है या कि नहीं। मैं शदीद तौर पर बीमार हुआ और तीन महीने मेयो अस्पताल में रहकर भी ज़ाबर न रहा।

एलाज़ इसका वही आब-ए-निशात अंग्रेज़ था साक़ी लेकिन डॉक्टर पीर ज़ादा साहब कुछ और एलाज़ करते रहे। बहरहाल मैं गया। हसरत साहब के मुआलिज भी ग़ालबन पीर ज़ादा साहब थे। एलाज उनका वही आब-ए-निशात अंग्रेज़ था मगर वह शायर और अदीब नहीं, महज़ डॉक्टर है। इसलिए उन्होंने उनको मौत के मुँह से बचा लिया, जो बहुत ग़ैर शायराना है।

हसरत साहब मेयो अस्पताल में दो-ढाई महीने रह चुके हैं। उनको जहाँ तक मेरी मालूमात का ताल्लुक़ है "उनको कौरोनरी थ्राम्बासिस" का आरज़ा लाहक़ था। जब मैं अस्पताल में दाख़िल हुआ, तो पीर ज़ादा साहब ने यह तशख़ीस की थी कि मुझे "सोराइसेस लीवर" की शिकायत है। बहरहाल हम दोनों एक ही "ख़ाना ख़राब" चीज़ के शिकार हैं।

सर्दियों की बात है, जब वह मेयो अस्पताल में थे। मुझे वहाँ से निकले हुए क़रीब-क़रीब तीन महीने गुज़र चुके थे। अब मैंने एक रोज़ "नवाये वक़्त" में पढ़ा कि मौलाना दिल के मरज़ में गिरफ़्तार हैं, तो मुझे बड़ा ताज्जुब हुआ कि जहाँ तक दिल का रिआयत से मुहब्बत का ताल्लुक है वह कभी गिरफ़्तार नहीं हो सकते। (हो सकता है, उनके मुताल्लिक़ मेरा नज़रिया ग़लत हो।)

जब वह अस्पताल में दाख़िल हुए तो उससे पन्द्रह-बीस रोज़ पेश्तर मेरी

उनकी मुलाक़ात हुई। ग़ालबन "इदारा-ए-फ़रोग़-ए-उर्दू" में, उससे चन्द रोज़ पहले मैंने थोड़ी-थोड़ी पीना शुरू कर दी थी और वह भी डर-डर के। मौलाना मिले। उनसे इधर-उधर की बातें हुईं। हम मेयो अस्पताल के पास पहुँचे, तो मैंने उनसे अर्ज़ किया "बूँदा-बाँदी हो रही है। आज कोई प्रोग्राम होना चाहिए।"

उन्होंने मुझे बहुत डाँटा। मेरी सेहत के पेश-ए-नज़र एक लम्बा-चौड़ा लेक्चर दिया, लेकिन आख़िरकार मेरे साथ पीने पर रज़ामन्द हो गये और नतीजा उसका यह हुआ कि वह मेयो अस्पताल में दाख़िल हुए और दो-ढाई महीने तक वहाँ मुक़ीम रहे।

मैं उनका बहुत अक़ीदतमन्द हूँ। एक मर्तबा मैंने तहय्या किया कि उनके पास जाऊँगा, लेकिन रास्ते में एक नर्स मिल गयी, उससे बातचीत हुई तो मैंने महसूस किया कि उसने समझ लिया कि मेरे मुँह से "आयडोफार्म" की बू नहीं आ रही। इसलिए मैं वहाँ से भाग गया और ऐसा भागा कि फिर मेयो अस्पताल का रुख़ न किया।

हसरत साहब बफ़ज़्ल-ए-ख़ुदा अब तन्दुरुस्त हैं। मैं तो मेयो अस्पताल के जनरल वॉर्ड में रहा था। ऐसा मालूम होता है कि उनके पास दोस्त अभी तक मौजूद हैं, जो शायद उन्होंने अपनी 'मेजरी' के ज़माने में कमायी होगी। इसलिए कि वह फेमिली वॉर्ड में रहे। बहरहाल अब देखना यह है कि वह पीना छोड़ते हैं या नहीं।

यह मज़मून नामुकम्मल है, इसलिए कि मैंने अफ़रा-तफ़री में लिखा है।

इस मज़मून का पहला हिस्सा जो आपने पढ़ा है, मैंने बड़ी खादारी में लिखा था। मैंने सुबह अख़बारों में देखा कि हसरत साहब के सेहतयाब होने की खुशी में उर्दू-अदब के और मौलाना के दोस्त वाई.एम.सी.ए. में एक जलसा कर रहे हैं। हसरत साहब से चूँकि मुझे अक़ीदत है और मैं जानता हूँ कि वह मुझे अपना अज़ीज़ समझते हैं। इसलिए मैंने अपना फ़र्ज़ समझा कि उनके बारे में जो मेरे एहसासात है, क़लमबन्द करूँ और उस जलसे में हाज़रीन को पढ़कर सुनाऊँ।

चुनांचे मैंने क़लम उठाने से पहले, महसूद निज़ामी साहब (रीजनल डायरेक्टर रेडियो पाकिस्तान लाहौर) को टेलीफ़ोन किया और उनसे दरियाफ़्त किया कि अगर मैं हसरत साहब के बारे में कुछ कहना चाहूँ, तो क्या मुझे इसकी इजाज़त होगी। उन्होंने हस्ब-ए-मामूल अपनी फ़ारिगुल बोली से काम लेते हुए कहा तुम्हें कौन रोक सकता है। आओ और पढ़ो।

मुसीबत यह थी कि मुझे उसी दिन लाहौर रेडियो स्टेशन से सात बजे अपना ताज़ा अफ़साना ब्रॉडकास्ट करना था और हसरत साहब की सेहतयाबी से मुताल्लिक़ जलसा साढ़े छह बजे शुरू होना था। मैंने इशरत रहमानी साहब (असिस्टेंट रीज़नल डायरेक्टर) से मशविरा किया। उन्होंने अज़ राह-ए-इनायत फ़रमाया कि तुम कुछ

फ़िक्र न करो। यहाँ अफ़साना पढ़ो। बाहर मोटर खड़ी है वह तुम्हें वाई.एम.सी.ए. पहुँचा देगी।

उसी दिन एक और मुसीबत मुझ पर यह आयी कि अफ़रा-तफ़री के आलम में जब मैंने हसरत साहब के मुताल्लिक़ अपने चन्द एहसासात काग़ज़ पर घसीटे, तो साढ़े तीन के क़रीब कॉमरेड सिब्त-ए-हसन तशरीफ़ ले आये। आपने इस ख़याल के पेश-ए-नज़र कि मैं अगर बैठा रहा, तो ज़रूरत से ज़्यादा पीना शुरू कर दूँगा, मुझसे अपने बड़े प्यारे अन्दाज़ में फ़रमाया कि मैं उनके साथ अंजुमन तरक्क़ी पसन्द मुसन्निफ़ैन की हफ़्तावार मीटिंग में चलूँ।

मैंने अपनी बीवी को साथ लिया कि आजकल वह मुझे कहीं अकेला नहीं छोड़ना चाहती। हम नक़ी बिल्डिंग के एक कमरे में दाख़िल हुए जहाँ कल्चर एसोसिएशन का दफ़्तर है। बड़ा तीसरे दर्जे का...ख़ैर यह जुमला-ए-मो'तरज़ा था, मैंने हस्ब-ए-आदत यह ज़्यादती की कि सिब्त-ए-हसन साहब को सदारत के लिए मजबूर किया, फिर उन पर ज़ोर दिया कि जो ख़त उन्होंने मेरी दर्ख़्वास्त पर मेरे नाम लिखा था, पढ़ी। इसके बाद ब्रारम अहमद नदीम क़ासमी से भी यही सुलूक किया। चुनांचे उन्होंने बादिल-ए-नाख़्वास्ता वह मज़मून पढ़ के सुनाया जो उन्होंने मेरे बारे में "दो शख़्सियतें" के उन्वान से तहरीर फ़रमाया था। इसके बाद सबसे बड़ी ज़्यादती मैंने यह की कि हसरत साहब के मुताल्लिक अपने तासुरात हाज़रीन को जिनकी तादाद तीस-चालीस से ज़्यादा नहीं थी सुना दिया और यह मीटिंग इसलिए फुसफुसी रही कि उसमें सिर्फ़ मेरा नाम गूँजता रहा। हालाँकि मुझे इस बात का ज़ो'म है कि जहाँ मेरा नाम लिया जाय, वहाँ और कुछ नहीं तो एक लहज़े के लिए हंगामा-बरपा होने के आसार ज़रूर पैदा हो जाते हैं।

लेकिन मुझे अपने इस ज़ोम के बारे में ज़्यादा देर तक मायूसी न हुई। अंजुमन तरक़्क़ी पसन्द मुसन्निफ़ैज़ की मीटिंग से फ़ारिग़ हो कर रेडियो-स्टेशन पहुँचा। मेरी बीवी और शाद अमृतसरी दोनों मुझे मुनासिब-ओ-मौज़ूँ हिदायत देने के लिए "कमरा नश्त" में मौजूद थे। नतीजा इसका यह हुआ कि मेरी गाड़ी पटरी से उतर गयी और अफ़साने का एक पूरा पैरा ब्रॉडकास्ट होने से रह गया।

हसरत साहब पर मैंने जो मज़मून लिखा था, वह शायद सलीम शाहिद साहब के हवाले कर दिया था ताकि वह उसे सेंसर कर लें और अब्दुल्लाह बट साहब को भी दिखा लें। मेरी तहरीरों पर अक्सर लोगों को एतराज़ होता है। मैं नहीं चाहता था कि बदमज़गी पैदा हो...लेकिन हुई और एक मनुहने हंगामें का बायस बनी।

रेडियो स्टेशन से मैं सीधा वाई.एम.सी.ए. पहुँचा। हॉल में सौ-डेढ़-सौ आदमी थे। हम पिछले बेंचों पर बैठ गये। मैंने फ़ौरन अब्दुल्लाह बट से पूछा कि आया मुझे अपना मज़मून पढ़ने की इजाज़त मिलेगी। उन्होंने फ़रमाया कि रेडियो आर्टिस्ट हसरत साहब की ग़ज़ल गाने से फ़ारिग़ हो जायें, तो तुम्हारी बारी

आयेगी। मज़मून मेरे पास नहीं था। मालूम हुआ कि साहब-ए-सदर मीर क़य्यूम एम.एल.ए. की तहवील में है।

गाने के आख़री बोल ख़त्म हुए तो मैं डायस पर पहुँचा। साहब-ए-सदर ने मज़मून मेरे हवाले किया। मैंने एक नज़र हसरत साहब की तरफ़ देखा। उनकी बड़ी-बड़ी मूँछे वैसी की वैसी थीं, मगर बेहद लागर थे। फूलों के हारों से लदे-फंदे एक ऐसे बूढ़े दूल्हा दिखायी दे रहे थे, जिन्हें पाँचवीं-छठी शादी करने का शौक़ चर्राया हो।

उर्दू सहाफ़त से हसरत साहब का रिश्ता बहुत मज़बूत है। वह ख़ुदा-नख़्वास्ता मर भी जायें, तो मज़ाह-निगारी सारी उम्र इद्दत में गुज़ार देगी। मेरी समझ में नहीं आता कि उन्होंने अपना यह जुलूस निकालने या अपना जलसा कराने का तकल्लुफ़ क्यों किया। वह इससे बालातर हैं।

बहरहाल मैंने दिल-ही-दिल में इस बात का अफ़सोस करते हुए कि मैं उनकी शदीद अलालत के दौरान में अयादत के लिए न गया, अपना मज़मून पढ़ना शुरू किया।

हसरत सहब अपने मूड में नहीं थे। शायद तारीफ़ों की भरमार और फूलों के बोझे से उनकी तबीयत मुकद्दर हो चुकी थी, यही वजह है कि उन्होंने इस सआदतमन्द के एहसासात को भी जो काफ़ी बेतकल्लुफ़ थे, गवारा न किया। जब मैं एक सफ़हा पढ़ चुका तो उन्होंने मुझे और साहब-ए-सदर को मुख़ातिब करके कहना शुरू किया कि यह क्या बकवास है।

बकवास तो मैं आम किया करता हूँ, लेकिन जहाँ तक हसरत साहब का ताल्लुक है, उनके मुताल्लिक़ मैं कभी बकवास नहीं कर सकता। यह अलाहिदा बात है कि मैंने उनके किरदार-ओ-एतबार के मुताल्लिक़ चन्द ऐसी बातें अपने ठेठ अफ़सानवी मगर साफ़ गो अन्दाज़ में बयान कर दी हैं जो उनकी तबअ-ए-नाज़ुक पर बार गुज़री हों, लेकिन मेरे फक्कड़पन के पेश-ए-नज़र और उस मुहब्बत को सामने रखते हुए जो मुझे उनसे है और यक़ीनन उनको भी है, मुझे माफ कर देना चाहिए था।

जब मैंने देखा कि उनकी ख़फ़्गी ज़्यादा शिद्दत इख़्तियार कर गयी है, तो मैंने साहब-ए-सदर से कहा, "अगर हसरत साहब चाहें तो मैं अपना मज़मून पढ़ना बन्द कर देता हूँ।" मगर उन्होंने इरशाद फ़रमाया कि नहीं मज़मून पढ़ना जारी रखो।

सख़्त गर्मी थी, कुछ हसरत साहब के मिज़ाज की भी। मैं पसीने में शराबोर हो रहा था। मज़मून ख़त्म हुआ तो मैंने हसरत साहब के पास फ़र्श पर बैठकर माज़रत चाही, लेकिन उस वक़्त वह दरगुज़र करने या मेरे एहसासात के खुलूस को मानने के लिए तैयार नहीं थे...मैंने कहा, हटाओ, यह शख़्स अगर नहीं मानता, तो न माने...और स्टेज से उतर कर मुसव्विर-ए-पाकिस्तान जनाब अब्दुर्रहमान

चुग़ताई साहब के पास बैठ गया। उन्होंने कमाल-ए-शफ़क़त से मेरा तकद्दुर दूर किया। इसके बाद मैं वहाँ से चला गया।

दूसरे रोज़ सुनने में आया कि सआदत हसन मंटो की वाई.एम.सी.ए. में हजामत होते-होते रह गयी, क्योंकि हसरत साहब के मद्दाहों को मेरी हरज़ा-सराई बिलकुल पसन्द नहीं आयी थी। एक बयान यह भी है कि वहाँ कुछ मद्दाह मेरे भी थे, जो हर उस शख़्स की हजामत करने के लिए तैयार थे, जो मेरी हजामत पर आमादा होता...अगर ये दोनों बातें दुरुस्त हैं, तो मज़ा आ जाता। उस जलसे में जितने असहाब थे, उनकी मुफ़्त में हजामत हो जाती...और मैं तो चचा ग़ालिब का यह शेर पढ़ के उन तमाम हज्जामों को सुनाता।

हबिस-ए-गुल का तसव्वुर में भी खटका न रहा
अजब आराम दिया उस बे पर-ओ-बाली ने मुझे

लोगों का यह भी कहना है कि मुझे ऐसे मौक़े पर किसी अज़ीम शख़्सियत की "बरसी" (मालूम नहीं यह लफ़्ज़ क्यों इस्तेमाल क्या गया था) मनाई जा रही थी, ऐसा मज़मून जो तक़दीस के मेयार पर पूरा नहीं उतरता था, हर्गिज़, हर्गिज़ पढ़ना नहीं चाहिए था।

यह एक ऐसी बात है जिसके मुताल्लिक़ बहुत कुछ कहा सुना जा सकता है...हसरत साहब की तक़दीस किसी वली या पैग़म्बर की तक़दीस नहीं। उनकी शख़्सियत से उनकी सहाफ़त-निगारी और मज़ाह नवीसी ही से किसी को अकीदत हो सकती है। यह भी मुमकिन है कि जिस तरह मुझे कई लोग महज़ बातें बनाने वाला समझते हैं और अफ़साना-निगार नहीं मानते, उनको भी चन्द लोग महज़ एक कॉलम-निगार समझते हों, मगर इसमें ख़फ़ा होने की क्या बात है।

इंसान वही है, जो कुछ कि वह है, उसका रुत्बा वही है जो उसने ख़ुद अपने लिए क़ायम किया है...दुनिया जाय जहन्नुम में। अगर सआदत हसन मंटो हसरत साहब के मुताल्लिक़ चन्द बातें ऐसी कह देता है जो सच्ची होने के बायस कड़वी हैं या झूठी होने की वजह से कसैली, तो इस पर इतनी नाक भौं तो नहीं चढ़ानी चाहिए कि अपना हुलिया ही बिगड़ जाय।

हर इंसान को जो अदब या सहाफ़त के मैदान में आता है, मालूम होना चाहिए कि वह अपनी ज़िन्दगी का वाहिद मालिक नहीं होता।

मैं तो ख़ैर अफ़साना-निगार हूँ। बहुत से जीते-जागते, चलते-फिरते किरदारों को फ़र्ज़ी नाम देकर उनकी कहानियाँ लिखता रहता हूँ, लेकिन हसरत साहब को जो हर रोज़ कॉलम-नवीसी करना पड़ती है, उनको उनमें तमाम सियासी और तिजारती शख़्सियतों के असली नाम लिखने पड़ते हैं। इसलिए कि इसके बग़ैर कोई और चारा ही नहीं।

मेरे मुक़ाबले में वह बहुत बड़े "पगड़ी उछाल" हैं। इस फ़न में उन्हें काफ़ी

महारत हासिल है लेकिन एक बात उन्हें भूलना नहीं चाहिए कि सौ सुनार की और एक लोहार की...मैं लोहार नहीं हूँ, सुनार ज़रूर हूँ। मुझे हैरत है कि उनको मेरा यह सुनार बनना, क्यों पसन्द न आया।

मुझे मालूम हुआ कि उस जलसे में जो कि अब मेरी वजह से काफ़ी हद तक बदनाम हो चुका है, ख़ान बहादुर अब्दुर्रहमान चुग्ताई साहब ने एक दुआ पढ़ी। मेरे एक दोस्त ने मुझसे कहा कि तुम्हें मज़मून के बजाय एक और दुआ पढ़ देनी चाहिए थी। मैं हसरत साहब की तरह फ़ारसी और अरबी का आलिम नहीं। बहरहाल कुफ़्फ़ारे के तौर पर जो दुआ मेरी ज़बान पर आयी है, यहाँ लिखे देता हूँ।

"ख़ुदा बन्द...न तू खाता है न पानी पीता है...तेरा वजूद है भी और नहीं भी है...यह क्या मुसीबत है। तेरी दुनिया में हम खाते भी हैं और पीते भी...पानी भी और शराब भी। तेरा एक बन्दा चिराग़ हसन हसरत है जो सहाफ़त का चिराग़ है। उसको पीने-पिलाने की लत है, जिस तरह मुझे है। हम दोनों बुरे आदमी हैं। मतलब यह है...लेकिन मतलब बयान करने की क्या ज़रूरत है, तू सब बातें जानता है...फिर यह क्या ज़ुल्म है कि आये दिन तू हमें बीमार कर देता है...ख़ुदा की क़सम यह अच्छी बात नहीं...मैंने तेरी ही क़सम खायी है, अगर किसी और की खायी होती, तो तू मेरा बेड़ा ग़र्क कर देता..."

नमाज़ कभी मैंने पढ़ी है, न मेरे मोहतरम दोस्त हसरत साहब ने, बहरहाल हम तेरे क़ायल ज़रूर हैं, इसलिए कि तू हमें शदीद तौर पर बीमारी में मुब्तिला करके फिर अच्छा कर देता है। लेकिन यह सिलसिला ठीक नहीं। मैं यह नहीं कहता कि तू हमें हयात-ए-जावेदा इनायत फ़रमा। मेरी सिर्फ़ यह दर्ख़्वास्त है कि तू मुझे एक साल के अन्दर-अन्दर मार दे, लेकिन हसरत साहब को कम-अज़-कम बीस बरस और ज़िन्दा रख, ताकि वह इस दौरान में भी लोगों को यक़ीन दिलाते रहें कि उन्हें दुख़्त-ए-रज़ से कोई वास्ता नहीं।

हसरत साहब को अगर तूने बीस बरस और ज़िन्दगी अता फ़रमा दी, तो मैं वादा करता हूँ कि वह तेरा जुग़राफ़िया लिख देंगे, जो तू अपने आसमानों के स्कूलों में निसाब मुकर्रर कर सकता है, लेकिन शर्त यह है कि रॉयल्टी मुझे मिले।

तू आलिमुल ग़ैब है....मेरी सिफ़ारिश के मुताल्लिक़ तू अच्छी तरह समझ सकता है, इससे ज़्यादा मैं और कुछ कहना नहीं चाहता, इसलिए कि शायद तू मेरा इसी वक़्त टेंटुआ दबा दे। जिसको दबाने की हसरत, हसरत साहब को अब तक रही है।"

ये दुआ तो माँग चुका। बद्दुआ माँगता तो वह कुछ इस क़िस्म की होती...

"ऐ अल्लाह मियाँ...हसरत साहब को बना दे, ताकि वह इस अम्र की तरह आहनी पर्दे के पीछे अपनी मनमानी करते रहें। इसके अलावा यहाँ के जितने कम्युनिस्ट हैं, उनके ताबे हैं और उनके गुण गाते रहें।

अगर तू उन्हें कॉमरेड स्टालिन नहीं बना सकता (इसलिए कि यह तेरे लिए भी किसी क़दर मुश्किल है, तू उन्हें मिर्ज़ा महमूद बना दे, ताकि वह अपनी एक उम्मत बना सकें।) अहमद बशीर (जो आजकल लोगों के ख़ाके लिखता फिरता है) उनके सिकत्तर हूँ, ताकि उनसे नाराज़ होने पर वह एक और ख़ाका लिख सके।"

"यह भी नहीं कर सकता, तो उन्हें सआदत हसन मंटो बना दे।"

यह बददुआ, दुआ से छोटी, लेकिन काफ़ी जामे है।

'हसरत' के मुताल्लिक़ और बहुत कुछ कहने को जी चाहता है, मगर डर है कि वह और ज़्यादा नाराज़ न हो जायें, लेकिन मैं भी एक ही हज़रत हूँ। चलते-चलते आपको उनके मुताल्लिक एक लतीफ़ा सुनाए देता हूँ।

बहुत दिनों की बात है, आप "इमरोज़" के एडीटर थे। मैं और "नया इदारा" के मालिक चौधरी नज़ीर उनसे मिलने गये। चौधरी साहब ने उनको कुछ रक़म पेशगी के तौर पर दे रखी थी कि वह उनको एक किताब लिखकर मरहमत फ़रमाएँ। बातों-बातों में चौधरी साहब ने इसका ज़िक्र किया। हसरत साहब को यह बात इस क़दर नागवार गुज़री कि तमाम पब्लिशरों की हश्त-पुश्त को बेनुक्त सुनाना शुरू कर दीं। मुझे ताव आ गया। चुनांचे हसरत साहब की इन "बे-नुक्तियों" को मुसतआर ले कर (उनकी इजाज़त के बग़ैर) उनके हक़ में ज़्यादा बीस-पचीस साँसों के अन्दर-अन्दर इस्तेमाल कर दीं। हसरत साहब की ज़िन्दगी में शायद यह पहला मौक़ा था कि किसी बदतमीज़ इंसान ने उनसे ऐसी बदतमीज़ी की थी। उनके लिए यह इतना बड़ा सदमा था कि मुँह से एक लफ़्ज़ भी बाहर निकल न सके। मैं ख़ामोश हुआ, तो उनको फौरी तौर पर इस बात की बड़ी शिद्दत से एहसास हुआ कि मैंने उनकी तौहीन की है। मैं उठकर जाने ही वाला था कि उन्होंने अपने मख़सूस लब-ओ-लहजे में कहा, "मौलाना...ज़रा बैठिए।"

मैं ज़रा कैसे बैठता। मुझे अच्छी तरह मालूम था कि गुफ़्तगू के हर मामले में उनकी लुग़त मेरी डिक्शनरी पर भारी है। चुनांचे मैंने उनसे अर्ज़ किया हसरत साहब, माफ फ़रमाइए। मैं अब यहाँ एक मिनट भी नहीं बैठ सकता...मेरा गुस्सा फ़िरो हो चुका है, आपके गुस्से का पारा चढ़ रहा है। मैं गधा हूँ, अगर आपको मौक़ा दूँ कि आप मुझे गालियाँ दे सकें...सलाम अलैकुम।"

ये कहकर मैं चल दिया। बाद से सुना कि वह रात बारह बजे तक अन्दर-ही-अन्दर खौलते रहे।

मुझे इस बात का कामिल एहसास है कि हसरत साहब ऐसे बुजुर्गियत पसन्द बुजुर्ग के साथ मैंने बहुत ज़्यादती की लेकिन हर इंसान को ऐसे मौके ज़रूर बहम पहुँचाने चाहिए कि वह थोड़ी देर के लिए अन्दर-ही-अन्दर खौले और विष घोलता रहे। जहाँ तक मैं समझता हूँ, इस अमल से आदमी सँवरता है, निखरता है...जिस तरह भट्टी चढ़ाया हुआ कपड़ा।

अब मैं आपको हसरत साहब का एक और पहलू दिखाता हूँ, जो बेहद शरीफ़ और दोस्त परवर है...उनसे मेरे तालुक़ात बज़ाहिर कशीदा हो चुके थे। मुझपर अफ़साना "ठण्डा गोश्त" के सिलसिले में मुक़दमा चल रहा था। फ़ैसला हुआ, तो मजिस्ट्रेट साहब ने मुझे तीन सौ रुपये जुर्माना और तीन माह क़ैद बा-मशक़्क़त का हुक्म सुनाया। इसकी ख़बर अख़बारों में शायः हुई, तो हसरत साहब ने कमाल-ए-शफ़क़त से मुझे एक रुक़्क़अ लिखा, जिसमें यह जज़्बा मरकूम था कि मुझे आपकी सज़ा पर बहुत अफ़सोस हुआ है। अगर मैं आपकी कोई ख़िदमत कर सकूँ, तो हाज़िर हूँ।

मुझे तो सज़ाएँ मिलती रहेंगी और 'हसरत' साहब अफ़सोस करते रहेंगे। लेकिन यह कितने अफ़सोस की बात है कि हम दोनों इस मुल्क में जो पहले हिन्दोस्तान था और अब पाकिस्तान, ना करदा गुनाहों की सज़ा भुगत रहे हैं और ता दम-ए-आख़िर भुगतने रहेंगे...हमारे अपने आदमी दम-ए-तहरीर मौजूद होते हैं। मगर उन फ़रिश्तों को क्या कहिए, जिनके कहे पर हम पकड़े जाते हैं।

बलवन्त सिंह मजीठिया

शाह साहब से जब मेरी मुलाक़ात हुई तो हम फ़ौरन बेतकल्लुफ़ हो गये। मुझे सिर्फ़ इतना पता था कि वे सैयद हैं और दूर पार के मेरे सम्बन्धी भी हैं। वे मेरे दूर या निकट के कैसे रिश्तेदार हो सकते हैं, इस सम्बन्ध में मैं कुछ नहीं कह सकता था। वे सैयद थे और मैं सिर्फ़ एक कश्मीरी।

बहरहाल उनसे मेरी बेतकल्लुफ़ी बहुत बढ़ गयी। उनकी साहित्य में कोई रुचि नहीं थी लेकिन जब उन्हें पता चला कि मैं साहित्यकार हूँ, तो उन्होंने मुझसे मेरी कुछ किताबें उधार लीं और पढ़ीं। ये किताबें जो कि कहानी संग्रह थे, उन्होंने पढ़ीं और मुझे बहुत हैरानी हुई कि उन्होंने कुछ कहानियों की बहुत तारीफ़ की। इत्तफ़ाक़ से यह कहानियाँ ऐसी थीं जिन्होंने साहित्य जगत में भी ख़ासी शोहरत पायी थी।

शाह साहब मेरे पड़ोसी थे। उन्होंने एक मकान अलॉट करा रखा था। लेकिन परिवार चूँकि बड़ा था, इसलिए अपने फ़्लैट के नीचे उन्होंने मोटर गैरज पर भी कब्ज़ा कर लिया था। इसमें उन्होंने अपनी बैठक का प्रबन्ध किया था। ऊपर ज़नाना था। शाह साहब के दोस्त-यार बेशुमार थे इसलिए इस गैराज में वे उनकी आवभगत करते थे।

एक दिन उनसे कहानियों के बारे में बातें हुईं तो उन्होंने मुझसे कहा, "मेरी ज़िन्दगी में ऐसी कई हक़ीक़तें हैं जिनको तुम कहानी बना कर पेश कर सकते हो।"

मैं हर वक़्त कहानियों की तलाश में रहता हूँ। चुनांचे मैंने फ़ौरन उनकी तरफ़ ध्यान दिया और शाह साहब से कहा "मुझे उम्मीद है कि आप अच्छा मसाला देंगे।"

शाह साहब ने जवाब दिया, "मैं कथाकार नहीं...लेकिन मेरी ज़िन्दगी में एक घटना घटी जो उल्लेखनीय है...उल्लेखनीय मैंने इसलिए कहा है कि आप बहुत बड़े कथाकार हैं। वरना जो बात में अब बताने वाला हूँ वह बेहद हैरान करने वाली है।"

मैंने शाह साहब से कहा, "ऐसी भी क्या हैरान करने वाली बात है" फिर कुछ देर थोड़ा रुक कर कहा, बाद में उसमें थोड़ी तरमीम की "लेकिन हो सकता है कि

आपके लिए वाक़ई वह हैरानकुन हो।"

शाह साहब ने कहा, "जी! मैं कह नहीं सकता जो बात मैं आपको बताने वाला हूँ, वह हर आदमी के लिए हैरानी की वजह हो, मैं तो सिर्फ़ अपने बारे में आपसे अर्ज़ कर रहा हूँ...और सच्ची बात यह है कि मैं जो कहानी आपको सुनाऊँगा मेरी अब तक की ज़िन्दगी में वह अक्ल से बाहर की चीज़ लगती है।"

शाह साहब ने "नेलकटर" से अपने नाख़ून काटने शुरू किए। मैं उनकी कहानी सुनने के लिए बेचैन था, मगर शायद वे यह सोच रहे थे कि अपनी कहानी कहाँ से शुरू करें।

मेरा ख़याल सही था कि जो कुछ उन पर बीता था उसको गुज़रे कई बरस हो चुके हैं, और वे तमाम वाक़ेआत की याद अपने दिमाग में ताज़ा कर रहे हैं।

मैंने सिगरेट सुलगाया। उन्होंने अपनी दसों उँगलियों के नाख़ून काट कर नेलकटर तिपायी पर रखा और मुझ से बोले, "मैं उन दिनों काबुल में था" यह कहकर कर वे थोड़ी देर चुप रहे फिर कहने लगे मेरी वहाँ बहुत बड़ी दुकान थी, जिसमें बढ़िया से बढ़िया सामान मौजूद रहता था।

मैंने शाह साहब से पूछा "आप जनरल मर्चेंट थे?"

शाह साहब ने जवाब दिया, "जी हाँ...काबुल का सबसे बड़ा जनरल मर्चेंट.. मेरी दुकान में काबुल की क़रीब-क़रीब हर औरत सौदा लेने आती थी...आपसे मैं एक बात अर्ज करूँ...पड़ोस के दुकानदार जब यह देखते थे कि किसी दिन औरतों की बजाय मेरी दुकान में मर्द ग्राहक आये हैं तो वे मुझसे फ़ारसी ज़बान में अफ़सोस करते हुए कहते थे कि आग़ा आज यह क्या हुआ 'काबुल की औरतें' मर गयीं या तुम्हारे नसीब सो गये।"

शाह साहब मुस्करा देते थे...इसके इलावा वे और क्या जवाब दे सकते थे। लेकिन उन्हें इस बात का पूरा ख़याल, अहसास था कि उनको दुकान में ग्राहकों में ज़्यादातर औरतें और लड़कियाँ होती हैं और वे यह भी जानते थे कि यह सब उनके बातूनी होने का कमाल है।

उन्होंने मुझसे कहा "मंटो साहब मैं बेहतरीन सेल्ज़मैन हूँ...ख़ास तौर पर औरतों के साथ में इस तरह सौदा कर सकता हूँ कि यहाँ लाहौर में कोई भी नहीं कर सकता...बी.ए. हूँ...थोड़ी बहुत साइकॉलोजी भी मैंने पढ़ी है इसलिए मैं जानता हूँ कि औरतों से किस तरह डील किया जा सकता है। यही वजह थी कि सारे काबुल में मेरी दुकान ही ऐसी थी जिसमें हर वक़्त कोई न कोई ग्राहक मौजूद होता था।"

मैंने शाह साहब से अपनी तारीफ़ में उनकी लनतरानियाँ सुनीं और उनसे कहा "यक़ीनन आप बेहतरीन सैल्ज़मैन हैं आपकी बातचीत का अन्दाज़ ही इसका सबूत है।"

शाह साहब मुस्कराए "मगर मुझे अफ़सोस है कि मैं अपनी दास्तान बेहतरीन सैल्ज़मैन के दिलचस्प अन्दाज़ में नहीं बयान कर सकूँगा।"

मैंने उनसे कहा "आप शुरू तो कीजिए।"

शाह साहब ने थोड़ी देर अपनी याददाश्त को फिर टटोला और अपनी कहानी शुरू की, "मंटो साहब जैसा कि मैं पहले आपसे अर्ज़ कर चुका हूँ। मैं काबुल में था। यह कोई दस बरस पहले की बात है, जब मेरी सेहत बहुत अच्छी थी। यों तो मैं अब भी सेहतमन्द कहलाता हूँ मगर उस ज़माने में मेरा बदन आज की बनिस्बत दुगना था। हर रोज़ कसरत करता था सैकड़ों दण्ड पेलता था, मगदर घुमाता था। सिग्रेट पीता न शराब। बस एक अच्छा खाने की आदत थी, अफगानी नहीं हिन्दुस्तानी। इसलिए मैं अमृतसर से अपने साथ एक बहुत अच्छा कश्मीरी बावर्ची ले गया था। जो रोज़ मेरे लिए अच्छे से अच्छा खाना तैयार करके मेज़ पर रखता था। मेरी ज़िन्दगी ख़ूब मज़े में बीत रही थी। आमदनी भी बहुत अच्छी थी बैंक में लाखों अफ़गानी रुपये जमा थे...लेकिन..."

शाह साहब थोड़ी देर के लिए चुप हो गये। मैंने उनसे पूछा "लेकिन कह कर आप ख़ामोश हो गये...इसका यह मतलब नहीं निकलता कि आप फिर भी ख़ुश नहीं थे।"

शाह साहब ने माना, "जी हाँ। मैं उस सारे सुख आराम के बावजूद ख़ुश नहीं था...इसलिए कि मैं अकेला था...कुँआरा था...अगर मेरी दुकान में औरतें और लड़कियाँ ज़्यादा न आतीं तो मुमकिन है कि मुझे अपने कुँआरेपन का अहसास भी न होता...लेकिन मामला इसके उलटा था, काबुल की हर अमीर औरत मेरी दुकान में आती थी। दुकान में घुसते ही ये औरतें और लड़कियाँ अपना बुर्क़ा उतार कर एक तरफ़ रखतीं और सौदा ख़रीदने में मसरूफ हो जातीं—मंटो साहब आपको शायद यह ख़याल हो कि वे बड़ा शरई क़िस्म का लिबास पहनती होंगी, मगर सच्चाई इस के उल्टा है। यों तो वहाँ की औरतें और लड़कियाँ पर्दा करती हैं मगर कपड़े ठेठ यूरोपियन पहनती हैं। स्कर्ट, बाल कटे हुए, रंगे हुए नाख़ून, नंगी पिण्डलियाँ...जब वे मेरी दुकान में आती थीं तो अपने बुर्के उतार कर एक तरफ़ रख देती थीं और सामान देखने में खो जाती थीं।"

शाह साहब चुप हुए तो मैंने उनसे पूछा, "उनमें से किसी से आपको मुहब्बत तो ज़रूर हुई होगी।"

शाह साहब बहुत गम्भीर हो गये, "जी हाँ। एक लड़की से हो गयी थी जो अपना बुर्क़ा तक नहीं उतारती थी यहाँ तक कि नकाब भी नहीं उठाती थी।"

मैंने उनसे पूछा "कौन थी वह" उन्होंने जवाब दिया, "एक बहुत बड़े घराने की थी। उसका बाप फ़ौज का बड़ा अफ़सर था। बहुत सख़्त था...मुझे उससे सिर्फ़ इसलिए मुहब्बत हुई कि वह हाथों के इलावा अपने बदन का कोई हिस्सा नहीं दिखाती थी।"

मैंने पूछा—"इसकी वजह?"

शाह साहब ने कहा, "मुझे पता नहीं और न मैंने उससे कभी इस सिलसिले में बात-चीत ही की...लेकिन मेरी कल्पना में वह बेहद ख़ूबसूरत थी। गोरी चिट्टी ...बदन चाहे बुर्के में लिपटा हो, लेकिन साँचे में ढले उसके जिस्म में उभारों और खमों के बारे में अन्दाज़ा लगाना कोई इतना ज़्यादा मुश्किल नहीं था...मैंने चोर आँखों से देख लिया था कि वह जवानी का आदर्श मॉडल है...लेकिन मुसीबत यह थी कि वह कुछ मिनटों के लिए मेरी दुकान में आती थी। चीज़ें ख़रीदने और उनके दामों के बारे में फ़ैसला करने में भी कुछ क्षण ही लेती थी फिर चली जाती थी।"

मैंने शाह साहब से पूछा, "यह सिलसिला कब तक जारी रहा...?"

"क़रीब-क़रीब छह महीने तक...मुझमें इतनी हिम्मत ही नहीं थी कि मैं उससे अपनी मुहब्बत के बारे में बताऊँ, मैं वैसे ही उससे बहुत प्रभावित था, इसलिए कि वह दूसरों से बिलकुल अलग थी। उसको अपने बारे में एक अजीब तरह का घमण्ड था...मैं उसको बेतरह घूरता था गो कि यह एक तरह की बद-तहजीबी ही थी, लेकिन मैं अपने दिल के हाथों लाचार था...मंटो साहब।"

"एक दिन मैं दुकान में बैठा उसके बारे में ही सोच रहा था कि टेलीफ़ोन की घण्टी बजी। नौकर ने रिसीवर उठाया और मुझ से कहा कोई औरत आपसे बात करना चाहती है...मैंने सोचा कोई ग्राहक होगी और नये माल के बारे में पूछना चाहती होगी। उठ कर मैंने रिसीवर हाथ में लिया और पूछा, मदाम आप क्या चाहती हैं? उधर से आवाज़ आयी क्या आप सैयद मुजफ़्फ़र अली हैं? मैंने ज़वाब दिया जी हाँ...हुकम करें।...अब मैंने आवाज़ पहचान ली थी...यह उसी की थी... उसी की जो मेरी दुकान में बुर्क़ा नहीं उतारती थी...मैं घबरा गया...मंटो साहब!... यह आशिक़ होना भी एक अजीब लानत है।"

यह सुन कर मैं मुस्करा दिया, "आप ठीक फ़रमाते हैं शाह साहब...लेकिन अफ़सोस है कि मैं इस मुसीबत में अभी तक नहीं फँसा।"

शाह साहब को बहुत अफ़सोस हुआ, "हद हो गयी है। इंसान अपनी जवानी में कम से कम एक बार तो ज़रूर इश्क़ करता है...ख़ैर आप को अभी तक इश्क़ नहीं हुआ...तो ख़ुदा करे बहुत जल्द हो जाय क्योंकि यह मर्ज़ बहुत दिलचस्प है।"

मैंने मुस्करा कर शाह साहब से कहा, "आप अपनी कहानी सुनाइए...मुझे इश्क़ होगा तो मैं आपसे वायदा करता हूँ कि आपको उसकी पूरी रूदाद सुना दूँगा।"

शाह साहब कुर्सी से उठ कर पलँग पर लेट गये और आँखें बन्द कर लीं... "मंटो साहब मैं उस लड़की के इश्क़ में इस बुरी तरह से उलझ गया कि वर्जिश करना भी भूल गया...वह मेरी दुकान पर अक्सर आती थी...मैं उसको घूरता था... लेकिन देखिए मेरा दिमाग़ कितना ख़राब हो गया है यह सब इसी इश्क़ ख़ाना

ख़राब की मेहरबानी है...मैं आप से उसके टेलीफ़ोन की बात कर रहा था...जब मैंने रिसीवर उठाया और उसकी आवाज़ पहचान ली तो उसने मुझसे कहा..."देखो मैं जब भी तुम्हारी दुकान में आती हूँ तुम मुझे घूरते हो। अगर अपनी ख़ैरियत चाहते हो तो ठीक हो जाओ वरना तुम्हारे हक में बहुत बुरा होगा"...मंटो साहब मैं जवाब सोच ही रहा था कि उसने टेलीफोन बन्द कर दिया। मैं देर तक गूँगे रिसीवर को कान के साथ लगाये खड़ा रहा और और सोचता रहा कि इस धमकी का मतलब क्या है।"

मैंने शाह साहब से पूछा, "क्या वह धमकी असली थी?"

"जी हाँ...चौथे रोज़ वह मेरे दुकान में आयी तो मैंने उसकी नकाब की तरफ़ फिर उन्हीं निगाहों से देखा तो उसने झुँझला कर मेरे नौकरों के सामने मुझसे कहा...तुम्हें शर्म नहीं आती कि तुम मुझे इस तरह देखते हो...मैं सुन्न हो गया...लेकिन उसने कुछ चीज़ें ख़रीदीं, दाम दिये और अपनी मोटर में बैठ कर चली गयी।"

मैं शाह साहब की कहानी में काफ़ी दिलचस्पी ले रहा था..."अजीब लड़की थी...आपसे उसे नफ़रत भी थी, मगर इसके बावजूद आपकी दुकान पर आती थी।"

शाह साहब ने आँखें खोलीं, "मंटो साहब यही वजह थी कि मेरे दिल में यह ख़याल पैदा हुआ कि उसकी नफ़रत और हिकारत बनावटी है, दरअस्ल वह मेरी मुहब्बत पर यक़ीन ला चुकी है और महज़ दिखावे के लिए अपनी नाराज़गी और बेरुखी जताती है...लेकिन जब एक दिन उसने मुझे बहुत ज़ोर से डाँटा-फटकारा तो मैं ठण्डा पड़ गया...पर उसकी याद थी कि मेरे दिल से जाती ही नहीं थी...मैंने बहुत कोशिश की कि उसे भूल जाऊँ...मैंने ख़ुद को समझाया कि तुम अजीब बेवकूफ हो। एक लड़की जिसकी तुमने शकल भी नहीं देखी...जो तुमसे घृणा करती है, तुम उससे इश्क़ फरमा रहे हो। बाज़ आओ, तुम्हारा कारोबार बहुत अच्छा है। सारे अफ़गानिस्तान में तुम्हारी साख है। यह क्या झक मार रहे हो...लेकिन मंटो साहब इश्क़ बहुत बुरी बला है मैं उससे अपना पीछा न छुड़ा सका..."

मैंने उनसे कहा, "आप ख़्वामख़ाह दास्तान लम्बी करते जा रहे हैं, अंज़ाम पर पहुँचिए न..."

शाह साहब पलंगड़ी पर से उठे और कुर्सी पर बैठ गये, "हज़रत ऐसी दास्तानें अक्सर लम्बी हो जाती हैं। इश्क़ भी एक बीमारी है और बीमारी जब लम्बी न खिंचे, बीमारी नहीं होती सिर्फ़ एक मज़ाक़ होता है—ख़ैर, अब जब कि आप चाहते हैं कि मैं अपनी कहानी को लम्बा न खींचूं तो मुख़्तसर तौर पर अर्ज़ करता हूँ कि मेरा इश्क़ जब बहुत तेज़ी पकड़ गया तो एक दिन मैं बेबस हो कर रोने लगा। मेरे शहर अमृतसर का (मेरा हमवतन) सरदार बलवन्त सिंह था, जो मजीठिए के एक

अच्छे परिवार का सरदार था। वह काबुल में एक इंजीनियरिंग फ़र्म में नौकरी करता था। खाने पीने वाला आदमी था, इसलिए हर महीने मुझ से 50-60 रुपये कर्ज़ ले जाता था। और उधार लेने की नीयत से ही वह उस वक़्त मेरी दुकान में आया था, जब कि मेरी (अश्कों) आँखें भीगी थीं। वह मेरे पास कुर्सी पर बैठ गया।"

"उसने पता नहीं मुझसे क्या पूछा और मैंने जाने क्या जवाब दिया, लेकिन जब उसने मुझसे यह कहा "दोस्त तुम को कोई रोग लग गया है" तो मैं चौक पड़ा, नहीं नहीं...ऐसी कोई बात नहीं...सरदार बलवन्त सिंह मजीठा अपनी घनी मूँछों के अन्दर मुस्कराया...तुम झूठ बोलते हो साफ़-साफ़ बताओ तुम्हें यहाँ किसी से प्रेम हुआ है...मैं चुप रहा तो वह फिर बोला, देखो अगर कोई परेशानी-वरेशानी हो तो हम सब ठीक कर देंगे, जब उसने इसी तरह की कुछ और बातें की तो मैंने सारे मुआमले के बारे में उसे बता दिया।"

मैंने पूछा, "तो उसने मुश्किल आसान करने का क्या गुर बताया।"

शाह साहब ने कहा, "उसने मुझे एक मन्त्र बताया।"

"मन्त्र"

"जी हाँ।"

"आप सैयद हैं क्या मन्त्र-जन्त्र पर यक़ीन कर सकते हैं।"

शाह साहब ने कहा, "करना तो नहीं चाहिए था कि यह हमारे मज़हब की रु से सही नहीं लेकिन उस वक़्त सरदार बलवन्त सिंह की सलाह माननी ही पड़ी, इसलिए कि इश्क़ बुरी बला है...उसने मुझे एक मन्त्र बताया और कहा कि सात रंगों के फूल लो। उनमें से हर एक पर यह मन्त्र पढ़ कर फूँकों और मंगल के दिन उस लड़की को किसी तरीके से सुँघा दो...यह मन्त्र मुझे अभी तक याद है।"

मैंने उनसे कहा "ज़रा सुनाइए तो"

कोरो दस मुख्या देवी
फ्फुल खिडे फुल हस्से
फ्फुल चुग्गे नाहर सिंह प्यारे
जो कोई ले फूलों की बास
कभी न छोड़े हमारा साथ
हमें छोड़ किसी और को करे
पेट फूल भस्म हो मरे
दुहाई सुलेमान पीर पैगम्बर की।

मैंने यह मन्त्र सुना तो मुझे अपना लड़कपन याद आ गया, जब मैंने मन्त्रों की एक किताब ख़रीदी थी और उसमें से एक मन्त्र इस नीयत से रटा था कि मैं स्कूल के तमाम इम्तिहानों में पास होता चला जाऊँ...यह मन्त्र मुझे अब तक याद है...ओं नमः कामेश्वरी भरयंग परा स्वाहः...लेकिन इसके पढ़ने का नतीजा यह

निकला कि में नौवीं क्लास में फेल हो गया।

मैंने इस मन्त्र का ज़िक्र शाह साहब से न किया और उनसे पूछा "तो आपने सात रंगों के फूलों पर यह मन्त्र पढ़ा।"

"जी हाँ...मैंने सात रंग के फूल इकट्ठे किये, उन पर यह मन्त्र पढ़ा और उस लड़की को टेलीफ़ोन किया कि मेरी दुकान में चैकोस्लोवाकिया से बहुत अच्छा माल आया है। मंगल को वह आ कर देख लें।"

मैंने शाह साहब से पूछा, "क्या वह आयी?"

"जी हाँ...वह आयी...उसने मुझे टेलीफ़ोन पर कह दिया था कि वह आयेगी। शाम को पाँच बजे के क़रीब। मैं उसका इन्तज़ार करता रहा। वह ठीक पाँच बज कर पाँच मिनट पर आयी और उसने चैकोस्लोवाकया के माल के बारे में खोजबीन की। बात यह है कि माल वाल का क़िस्सा बिलकुल फ्रॉड था...मैंने उससे कहा कि मुलाज़मों ने अभी तक पेटियाँ नहीं खोंली आप कल तशरीफ़ लाइएगा। वह बहुत लाल पीली हुई, मैं मन्त्र पढ़े फूलों की तरफ़ देख रहा था...संयोग की बात है कि उसने भी उन फूलों की तरफ़ देखा और मुझसे बोली यह फूल तुम्हारी मेज़ पर कहाँ से आ गये?...मैंने कहा यह मैंने आपके लिए ख़रीदे थे...अगर आपको पसन्द हों...मेरा मतलब है अगर आपको इन की ख़ुशबू पसन्द हो तो आप इन्हें कबूल फरमाएँ...उसने वे सातों फूल उठाए और उन्हें सूँघा।"

मैंने उनसे पूछा, "उस लड़की का बर्ताब कैसा था?"

शाह साहब ने बताया, "उसने नाक भौं सिकोड़ कर कहा...यह फूल है...इनमें तो खुशबू है न बदबू...बहरहाल उसने वे फूल सूँघे...कुछ सामान ख़रीदा और चली गयी।"

शाम को सरदार बलवन्त सिंह मजीठिया मेरी दुकान पर आया। उसने मुझसे पूछा, कहो वे फूल सूँघा दिये? मैंने उसने कहा सुँघा तो दिये हैं लेकिन इसका नतीजा क्या निकलेगा, यह मुझे मालूम नहीं।

सरदार बलवन्त सिंह हँसा। उसने बड़े ज़ोर से मेरा हाथ दबाया और कहा "दोस्त! अब तुम्हारा काम समझो कि पन्द्रह आने हो गया है।"

मुझे बड़ी हैरानी थी कि मन्त्र के जरिये ऐसा काम पन्द्रह आने कैसे हो सकता है, मगर सैयद साहब ने कहना शुरू किया "मंटो साहब आप यक़ीन कीजिए मेरा काम पन्द्रह आने पूरा हो गया...दूसरे दिन कोको जान का फ़ोन आया कि वह कुछ चीज़ें ख़रीदने आ रही है। मैंने उसका स्वागत किया...वह कोई चीज़ ख़रीदना नहीं चाहती थी। बहुत देर वह मेरी दुकान में इधर-उधर घूमती रही, फिर उसने मुझसे कहा, तुम से मैं कई बार कह चुकी हूँ कि मुझे घूरा न करो...और वो जो तुमने फूल सुँघाए थे उसका क्या मतलब था..."

मैंने कोकोजान से हकलाहट भरी आवाज़ में कहा "मैं...मैं...वो फूल जो थे... फूल थे...मैंने...मैंने...माल जो चैकोस्लोवाकिया से आया था, खुला हुआ नहीं था,

इसलिए वो फूल मैं आपकी ख़िदमत में पेश कर दिये...कोकोजान बुर्के में बेहद परेशान थी, उसने बेचैनी भरी आवाज़ में कहा "तुमने मुझे फूल क्यों सुँघाए?"... मैंने उससे बड़े भोलेपन से पूछा "क्या आप को उससे कोई तकलीफ़ हुई..." वह बहुत गर्म अन्दाज़ में बोली, "तकलीफ़...मैं सारी रात वो सात फूल देखती रही हूँ...फूल आते थे और जब मैं उन्हें पकड़ना चाहती थी तो वे मुझसे दूर हो जाते थे...ये कैसे फूल थे?" मैंने बताया कि मेरे वतन के थे...चूँकि मेरे वतन के थे इसलिए मैंने आपको भेंट किये लेकिन मैं हैरान हूँ कि वो रात भर आपको क्यों नज़र आते और सताते रहे।"

मैंने शाह साहब से पूछा, "यह फूल आपने कहाँ से मँगवाए थे?"

शाह साहब ने कहा, "जी मँगवाये कहाँ से थे, वहीं अफगानिस्तान के थे...निहायत वाहियात किस्म के फूल, जिनमें खुशबू नाम को भी नहीं थी...शाम को सरदार बलवंन्त सिंह और उधार लेने के लिए आया। उसने मुझसे उधार लेने से पहले पूछा, "कहिए शाह साहब, उस मुआमले का क्या हुआ।" मैंने उसको सारी बात बता दी...वह कर्ज़ लेना भूल गया। अपना बालों भरा हाथ मेरे कन्धे पर ज़ोर से मार कर चिल्लाया शाह जी आपका काम सोलह आने हो गया व्हिस्की की एक बोतल मँगाइए।"

शाह साहब ने मुझे बताया कि उन्होंने व्हिस्की की एक बोतल के इलावा एक डिब्बा सिगरेटों का भी मँगवाया जिसमें से सरदार बलवन्त सिंह मजीठिया सिगरेट पीने वालों के ख़ास अन्दाज़ में एक के बाद एक कई सिगरेट फूँकते रहे। जब जाने लगे तो उन्होंने शाह साहब से कहा कि देखो अभी थोड़ी सी कसर बाक़ी है। अगले मंगल को तुम और सात फूल लो और उन पर वही मन्त्र पढ़ कर उस लड़की को सुघाँ दो...बेड़ा पार हो जायेगा...

शाह साहब बहुत परेशान हुए। उनकी समझ में नहीं आता था कि इस बार कोकोजान को फूल कैसे सुँघा सकेंगे जब कि वह इस बारे में पहले से शक कर रही थी। लेकिन बात इश्क़ की थी इसलिए शाह साहब मौत के मुँह में भी जाने के लिए तैयार थे।

शाह साहब ने पेशावर से फूल मँगवाए...उनमें से सात फूल अलग से चुने और हर एक पर मन्त्र पढ़ा और अपनी मेज़ के गुलदस्ते में सजा दिये। इसके इलावा उन्होंने अपनी दुकान में कई जगहों पर गुलदस्ते रखवाए और उनमें फूल सजा दिये।

सोमवार को शाह साहब ने कोकोजान को फ़ोन किया और उससे फिर झूठ बोला कि चैकोस्लोवाकिया का माल खुल गया है। आप आइए और देख लीजिए। कोकोजान आयी मगर माल-वाल मौजूद नहीं था...शाह साहब थोड़ी देर के लिए बौखलाये, फिर ज़रा होश सँभाल कर अपने नौकरों को डाँटा-डंपटा कि तुमने अभी

तक माल क्यों नहीं खोला।

कोकोजान के साथ उसकी माँ बोबोजान थीं वो एक टॉयलट का सामान देखने में मगन थी। कोकोजान ने जब दुकान में जगह-जगह पर फूल देखे तो वह हैरान और परेशान हुई।

मेरी मेज़ पर वह ख़ास फूल पड़े थे, वह उनके पास आयी, गुलदस्ते में से उठा कर उसने उन्हें सूँघा और कहने लगी, "यह तो अफगानिस्तान के फूल नहीं।"

मैंने कहा, "जी हाँ...यह फूल मेरे वतन के हैं और मैंने ख़ास आपके लिए मँगवाए हैं। बोबोजान ख़रीद-फ़रोख़्त में लगी हुई थीं। इसी बीच मैंने कोकोजान से अपने बेपनाह प्यार का ज़िक्र किया वह बहुत नाराज़ हुई और अपनी माँ के साथ चली गयी...शाम को सरदार बलवन्तसिंह मजीठिया आया...उससे बातचीत हुई। मैंने उसे दस रुपये उधार दियें जब उसने रुपये अपने जेब में डाले तो मुझसे पूछा "आज मंगल है...वो फूल सुँघा दिये आपने...?" मैंने सारी घटना उसे बता दी...सरदार बलवन्त सिंह ने अपना बालों भरा हाथ मेरे हाथ पर ज़ोरों से मारा और कहा "अब काम सत्रह आने पूरा हो गया है...व्हिस्की की एक बोतल मँगाओ?"

सरदार बलवन्त सिंह मजीठिया ने आधी दुकान में पी और आधी अपने साथ ले गया। मैंने शाह साहब से पूछा, "दूसरी बार फूल सुँघाने का क्या नतीजा हुआ?"

शाह साहब ने जवाब दिया वह बहुत बेचैन हो गयी। उसे दिन रात इतने फूल नज़र आने लगे कि एक दिन वह सख़्त परेशानी की हालत में आयी। बुर्क़ा जो उसने कभी नहीं उतारा था, केले के छिलके की तरह उतार कर एक तरफ़ फेंका और मुझसे कहने लगी, "देखो शाह तुमने मुझ पर कोई जादू कर दिया है ...मैंने उसके चेहरे की तरफ़ देखा जो मुझे पहली बार नज़र आया...मंटो साहब! मैंने अपनी ज़िन्दगी में उस जैसी ख़ूबसूरत लड़की अब तक नहीं देखी...मैं उसको देखता रहा। उसने बड़ी तेज़ और तुर्श आवाज़ में कहा तुमने मुझे फूल क्यों सुँघाए थे...मैं पागल हुई जा रही हूँ...दिन हो या रात तुम्हारे वो फूल मुझे हर वक़्त दिखायी देते हैं, मुझे मालूम है कि तुम मुझसे प्यार करते हो। लेकिन तुम्हें जानना चाहिए एक शरीफ़ घराने की लड़की हूँ, मेरे माँ-बाप जल्दी ही मेरी शादी कर रहे हैं। तुमने मुझ पर यह क्या जादू फूँका है..." यह कह कर उसने मेरी मेज़ पर रखे गुलदस्ते से फूल निकाले और फ़र्श पर फेंक कर अपनी सैंडल से मसल दिये। लेकिन मुझे ऐसा लगा कि वह गुस्से होने के बावजूद नाराज़ नहीं थी, और चाहती थी कि मैं उससे बातें करूँ, लेकिन मुझे उसका यक़ीन नहीं था इसलिए मैं ख़ामोश रहा...वह कुछ देर गुस्से की हालत में खड़ी रही। उसके बाद उसने बुर्क़ा पहना और चली गयी।"

मैंने शाह साहब से पूछा, "सरदार बलवन्त सिंह मजीठिया का मन्त्र काम कर गया।"

"जी हाँ काम कर गया...उसको फूल ही फूल नज़र आते थे। मैंने कई बार सोचा कि यह सब बकवास है। मगर कोकोजान की बातों से मुझे यक़ीन हो गया कि मन्त्र अपना असर कर गया। हालाँकि जो मन्त्र आप सुन चुके हैं उनमें ऐसी कोई बात नहीं थी, जिससे आदमी को यह मालूम हो कि वह असर करेगा। लेकिन बात यह हुई कि जब फिर वो मेरी दुकान पर आयी तो बुर्क़ा उतार कर मुझसे लिपट गयी और रोना शुरू कर दिया...मैंने उसे कई बार चूमा, उसने मुझे रोका नहीं। थोड़ी देर बाद मेरी मेज़ पर रखे गुलदस्ते में जो फूल पड़े थे उसने निकाले और उन्हें नोच कर एक तरफ़ फेंक दिया।...उसके बाद वह बुर्क़ा पहन कर तेज़ी से बाहर निकल गयी।"

कहानी कुछ ज़्यादा ही लम्बी खिंच रही थी। मैंने शाह से कहा "यह बताइए कि आख़िर हुआ क्या...क्या वो लड़की आपको मिल गयी?"

शाह साहब ने एक आह भरी, "जी नहीं...उसकी शादी हो गयी, मगर सुहाग कक्ष में दाख़िल होते ही पता नहीं क्या हुआ कि वह गिरी और गिरते ही मर गयी...उसके हाथ में सात फूल थे अलग-अलग रंगों के।"

मैंने देखा कि शाह साहब की पंलगड़ी के साथ तिपायी पर पीतल के गुलदस्ते में सात अलग-अलग रंगों के फूल ठूँसे हुए थे।

दीवान सिंह मफ़तून

शब्द कोश में मफ़तून का मतलब आशिक बयान किया गया है। अब ज़रा इस आशिक-ए-ज़ार का हुलिया मुलाहिज़ा फ़रमाइए। नाटा क़द। भद्दा ज़िस्म। उभरी हुई तोंद। वज़नी सिर, जिस पर छिदरे, खिचड़ी बाल, जो केश कहलाने के हरगिज़ अधिकारी नहीं। इकट्ठे किये जायें तो बमुश्किल किसी कट्टर ब्राह्मण की चोटी बने। गहरा साँवला रंग। छोटी-सी घिसी-पिटी दाढ़ी, जो शायद किसी ज़माने में दाढ़ियों की लाज रखती हो। आँखें बड़ी न छोटी, मगर बला की तेज़ और बेचैन।

कुल मिला कर यह आशिक़े-ज़ार, सरदार दीवान सिंह 'मफ़तून' एडीटर हफ़्तावार "रियासत" देहली, किसी ज़माने में राजाओं, महाराजों और नवाबों का दुश्मन, उनके राज़ फ़ाश करने वाला मदारी, अख़बारनवीसी में एक नये, मगर बहुत ज़ोरदार लेखन-शैली का मालिक, दोस्तों का दोस्त बल्कि ख़ादिम और दुश्मनों का ज़ालिमतरीन दुश्मन मिचेलन टायर का इश्तहार मालूम होता है। फ़र्क़ सिर्फ़ इतना है कि इस इश्तहार में जो टायरों की बनी हुई इंसाननुमा शक्ल है, उसके जोड़ों में दर्द नहीं होता, मगर दीवान सिंह मफ़तून गठिया का मारा है। उसका बन्द-बन्द और जोड़-जोड़ दर्द करता है...आप उसके मेज़ पर क़लम-दवात के साथ हर वक़्त क्रुश्चेन सॉल्ट की बोतल देख सकते हैं। यह क़लमदान का ऐसा हिस्सा बन के रह गयी है कि कभी-कभार आपको ऐसा मालूम होगा कि दीवान सिंह अपना क़लम रोशनाई में डुबोने के बदले क्रुश्चेन सॉल्ट में डुबोता है और उसी से लिखता है।

जिस तरह दीवान सिंह मफ़तून की कोई कल सीधी नहीं, उसी तरह उसकी लेखनी का कोई जुमला सीधा नहीं होता...अदब का वह जाने कब से ख़ून कर रहा है, लेकिन पत्रकारिता में उसका वही रुतबा है, जो बॉम्बे सेण्टीनल के एडीटर आनजहानी बी.जी. हार्नीमैन का था। बल्कि मैं समझता हूँ उससे बालिश्त भर ऊँचा है।

हार्नीमैन सिर्फ़ पुलिस से टक्कर लेता रहा। दीवान सिंह ने अपनी पहलवानी के दम-ख़म कई अखाड़ों में दिखाए। बड़ी-बड़ी रियासतों से पंजा लड़ाया। अकालियों से टकराया। मास्टर तारा सिंह और सरदार खड़क सिंह से तलवारबाज़ी की।

मुस्लिम लीग से चौमुखी लड़ा। पुलिस को तिगनी का नाच नचाया। ख़्वाजा गेसू दराज़ हज़रत हसन निज़ामी से चुहलें की। तीस से कुछ ऊपर मुक़दमे चलवाए और हर बार सुर्ख़रू रहा। लाखों, बल्कि करोड़ों कमाए और उड़ा डाले। मुफ़लिसी के ज़माने में अगर कोई दोस्त आया तो चुटकियों में चार सौ बीस करके रुपया हासिल किया और उसकी तवाज़ों पर ख़र्च कर दिया। जेबें लबालब भरी होने पर मोटर की हेडलाइटों में नंगी औरतों का नाच देखा और अपने दोस्तों को दिखाया। आप कम पी, अपने यारों को जी भर के पिलाई।

दीवान सिंह मफ़तून इकाई नहीं, वह दहाई, सैंकड़ा, हज़ार है, दस हज़ार है, बल्कि लाख है। वह एक अजायबघर है, जिसमें सैकड़ों, बल्कि हज़ारों अनोखी दस्तावेज़ें ताले में बन्द पड़ी हैं। वह एक बैंक है, जिसके लेजरों में करोड़ों का हिसाब दर्ज है। वह स्कॉटलैण्ड यार्ड है, जिसमें लाखों जरायमपेशा इंसानों के ख़ुफ़िया हालात मौजूद हैं।

अगर वह अमरीका में होता तो वहाँ का सबसे बड़ा गैंगस्टर होता। कई अख़बार उसके अधीन होते। बड़े-बड़े यहूदी सरमायादार उसके एक इशारे पर नाचते। वह रॉबिनहुड का भी बाप होता। मुफ़लिसों के लिए उसकी तिजोरियाँ हर वक़्त खुली होतीं।

आप मफ़तून को देखिएगा तो उसे मामूली-सा पढ़ा-लिखा अधेड़ उम्र का सिक्ख समझेंगे, लेकिन वह बहुत पढ़ा-लिखा है। एक दिन मैंने उसे रियासत के ख़ूबसूरत प्याज़ी रंग के कार्डों पर दस्तख़त करते देखा। कार्डों की दो-तीन ढेरियाँ लगी थीं। मैंने एक कार्ड उठा कर टाइप की हुई इबारत पढ़ी... किसी विदेशी फ़र्म से सूचीपत्र भेजने की दरख़्वास्त की गयी थी। सब कार्ड इसी मज़मून के थे। मुझे बहुत हैरत हुई कि इतने सूची पत्र मँगा कर सरदार साहब क्या करेंगे। मैंने पूछा, "मफ़तून साहब, क्या आप कोई स्टोर खोलने वाले हैं?"

सिर को सिक्खों के ख़ास अन्दाज़ में एक तरफ़ झटका दे कर मफ़तून ख़ूब हँसा, "नहीं मंटो साहब। मैं ये फ़ेहरिस्तें मँगा रहा हूँ कि मुझे इनके अध्ययन का शौक़ है।"

मेरी हैरत में और इज़ाफ़ा हो गया, "आप अध्ययन करेंगे, यानी फेहरिस्तों का...हासिल क्या होगा?"

"मालूमात...मैं अपनी मालूमात में इसी तरह इज़ाफ़ा किया करता हूँ।"

"आपकी जो बात है, निराली है।"

"डनलप कम्पनी क्या बनाती है?" एकदम मुझसे सवाल किया गया।

मैंने झट से जवाब दिया, "टायर।"

इस पर मुझे बताया गया कि डनलप कम्पनी सिर्फ़ टायर-ट्यूब ही नहीं बनाती और हज़ारहा चीज़ें बनाती है। गौल्फ़ बॉल, रबड़ के गद्दे-गद्दियाँ। रबड़

स्प्रिंग, नलकियाँ, होज़ पाइप और ख़ुदा मालूम क्या-क्या।

जब सूचीपत्र आते हैं तो वह हर एक का ध्यान से अध्ययन करता है। इसीलिए मैंने कहा है कि सरदार दीवान सिंह मफ़तून बहुत पढ़ा-लिखा आदमी है। वह तमाम फ़ेहरिस्तें पढ़ता है। जब बेकार हो जाती हैं तो मुहल्ले के बच्चों में बाँट देता है कि वे तस्वीरें देखें और ख़ुश हों...बच्चों से उसे बहुत प्यार है।

विदेशी कारख़ानों की फ़ेहरिस्तें पढ़-पढ़ कर अपने पर्चे के ज़ोरदार सम्पादकीय लिखता है। "नाक़ाबिल-ए-फ़रामोश" का नाक़ाबिल-ए-फ़रामोश कॉलम लिखता है। सवालों के टचन जवाब देता है और सहजता और सुन्दरता का हर जगह ख़ून करता है।

बहुत बुरी लिखावट लिखता है। जिस तरह वह आप टेढ़ा-मेढ़ा है, उसी तरह उसके क़लम से निकले हुए अक्षर टेढ़-मेढ़े होते हैं। मुझे हैरत है, कातिब उसका लिखा हुआ कैसे पढ़ता है। मुझे जब भी उसका ख़त आया मैंने अन्दाज़न उसका मतलब निकाला। दूसरी मरतबा ग़ौर से डिसाइफ़र करने की कोशिश की तो मालूम हुआ कि मैंने पहली नज़र में जो मतलब लगाया था, बिलकुल ग़लत था। तीसरी दफ़ा पढ़ा तो अक्षर अपनी सही शक्ल इख़्तियार करने लगे। चौथे मरहले पर आख़िरकार इबारत मुकम्मल तौर पर रौशन हुई। दीवान सिंह मफ़तून बहुत चौकस आदमी है। मुहावरा है, दूध का जला छाछ फूँक-फूँक कर पीता है। छाछ के अलावा वह पानी भी फूँक-फूँक कर पीता है। कातिब को हिदायत है कि जब उसकी लिखी हुई स्लिपें पहले काग़ज़ पर उतार ली जायें तो फ़ौरन वापस कर दी जायें। किताबतशुदा पंक्तियों में ग़लतियाँ लगाने के बाद वह मेज़ पर पड़ी हुई काली सन्दूकची खोलेगा और उसमें तमाम स्लिपें डाल कर उसको ताला लगा देगा और जब पर्चा छप कर आ जायेगा तो अपने लिखे हुए को नष्ट कर देगा। मालूम नहीं यह एहतियात क्यों बरती जाती है।

उसकी सारी डाक एक थैले में तालाबन्द आती है। इसे खोल कर वह एक-एक ख़त, एक-एक अख़बार बाहर निकालेगा और तरतीब से मेज़ पर रखता जायेगा। लिफ़ाफ़ा खोल कर ख़त निकालने के बाद वह लिफ़ाफ़ा रद्दी की टोकरी में नहीं फेंकता, बल्कि ख़त के साथ पिन लगा कर नत्थी कर देता है। इसी तरह वह रिसालों और अख़बारों के 'रैपर' भी ज़ाया नहीं करता। मैंने काम करने की इस शैली के बारे में पूछा तो जवाब मिला, "एहतियात हर हालत में अच्छी होती है। हो सकता है, मैं किसी अख़बार या रिसाले के ख़िलाफ़ मुक़दमा करना चाहूँ। अब कानून यह है कि अगर लाहौर के किसी अख़बार ने मेरे ख़िलाफ़ लिखा है और 'रैपर' जिस पर मेरा नाम और पता मौजूद है, मैं पेश नहीं कर सकता तो मुक़दमा सिर्फ़ लाहौर ही में चल सकता है। दूसरी सूरत में यह रैपर इस बात का सुबूत होगा कि मेरी बेइज़्ज़ती यहाँ दिल्ली में हुई है, जहाँ मुझे यह परचा भेजा गया है,

इसलिए मैं यहाँ दिल्ली की अदालत में दावा दायर कर सकता हूँ।"

दीवान सिंह मफ़तून पर जो आख़िरी मुक़दमा (ग़ालिबन बतीसवाँ) चला, बहुत ख़तरनाक था। वह और एक बंगाली ब्लॉक मेकर जाली नोट बनाने के इलज़ाम में गिरफ़्तार थे। मैं उन दिनों बम्बई में था। एक दिन मुझे "मुसव्विर वीकली" की मार्फ़त एक टाइप किया हुआ ख़त मिला, जिस पर कोई दस्तख़त नहीं थे। टाइप में 'दीवान सिंह मफ़तून' लिखा था। मुझसे दरख़्वास्त की गयी थी कि मैं गवाह के तौर पर पेश हूँ।

अर्सा हुआ, मैं दिल्ली गया था और उनकी ख़िदमत में हाज़िर हुआ था। मैं दफ़्तर पहुँचा तो वहाँ कोई भी नहीं था। मैं एक कुर्सी पर बैठ गया और कमरे का जायज़ा लेने लेगा। बहुत बड़ी मेज़ थी, जिसके दोनों तरफ़ रेडियो पड़े थे। क़लमदान के पास क्रुश्चेने सॉल्ट की दो बोतलें थीं। एक कोने में पर्दे के पीछे सोफ़ानुमा चीज़ थी, जिस पर ग़ालिबन दीवान साहब आराम फ़रमाते होंगे। सब अल्मारियाँ खुली थीं।

मैंने यह और दूसरी तफ़सीलात "मुसव्विर" में एक मज़मून की सूरत में शाया की थीं और कहा था कि अगर इस कमरे में छोटा-सा कम्पार्टमेंण्ट बना दिया जाता, जिसमें कमोड होता तो यह कमरा किसी रेल का बहुत बड़ा डिब्बा दिखायी देता।

दीवान साहब ने यह मज़मून सँभाल के रखा हुआ था। जब पुलिस ने छापा मार कर उस कमरे की अलमारी से एक किताब में रखे हुए सौ-सौ के छह (ग़ालिबन) नोट निकाले और सरदार साहब की गिरफ़्तारी अमल में आयी तो उन्होंने मुझे सफ़ाई के गवाहों में रख लिया। इस मज़मून से और मेरी गवाही से उद्देश्य यह साबित करना था कि उसके दफ़्तर में कोई भी शख़्स बे-रोक-टोक आ-जा सकता था।

मेरा ख़याल है मैं दिल्ली में दीवान साहब से अपनी इस मुलाक़ात के बारे में कुछ लिख दूँ कि यह ख़ासी दिलचस्प थी।

देर तक इन्तज़ार करने के बाद जब वे न आये तो मैं चला गया। शाम को आया तो वे दफ़्तर में मौजूद थे मिचेलन टायर का इश्तहार कुर्सी में बैठा था। सिर पर छोटी-सी सफ़ेद पगड़ी। क़लम उँगलियों में दबाये कुछ लिख रहे थे। चश्मे में शीशों के पीछे आँख सें एक अजीब अन्दाज़ में ऊपर करके मुझे देखा और यूँ उछले जैसे रबड़ की ठोस गेंद उछलती है। मुझसे घुट-घुट जफ़्फ़ियाँ पायीं यानी बड़ी गर्मजोशी से बग़लगीर हुए और कहा, "मुझे मालूम हुआ था कि आप आये थे। मैं एक ज़रूरी काम से बाहर गया हुआ था।"

मुझे बैठने को कहा। बम्बई के हालात पूछे। इधर-उधर की बातें शुरू कीं, मगर मैं महसूस कर रहा था कि वे मुझसे मुतवज्जा तो ज़रूर हैं लेकिन उनका दिमाग़ कुछ और सोच रहा है। बातें करते-करते उन्होंने टेलीफ़ोन का रिसीवर

उठाया और नम्बर मिला कर दूसरे सिरे वाले से कहा, "मैं सुन्दर लाल बोल रहा हूँ...नयी दिल्ली से लाला...हैं?...कहाँ गये हैं?...अच्छा।"

आपका दफ़्तर पुरानी दिल्ली में था और यह भी ज़ाहिर है कि सुन्दर लाल नहीं बोल रहा था। दीवान सिंह मफ़तून बोल रहा था। बातचीत के दौरान में आपने कई मरतबा इसी तरह अलग-अलग नम्बर मिलाये और जाली नामों से लाला...के बारे में पूछा कि वह कहाँ है...मालूम नहीं, क्या चार सौ बीसी थी। लेकिन मुझे इतना यक़ीन था कि उस लाले की शामत आ गयी है या अनक़रीब आने वाली है।

टेलीफ़ोन के ज़रिये से जब कुछ पता चला या न चला तो उन्होंने सोलहवीं मरतबा मुझे बियर की दावत देने के बाद अपने ख़ास आदमी (ग़ालिबन सरदार वरयाम सिंह) को आवाज़ दे कर बुलाया। उसके कान में हौले से कुछ कहा और रुख़सत कर दिया। फिर मुझसे मुख़ातिब हुए, "हाँ मंटो साहब, तो बियर मँगवाऊँ आपके लिए?"

मैंने झुँझला कर कहा, "सरदार साहब ज़बानी जमा ख़र्च आपने आख़िर सीख ही लिया दिल्ली वालों से...मँगवाइए। मँगवाते क्यों नहीं।"

यह सुन कर दीवान साहब, ख़ूब खुल कर हँसे। यू.पी. वालों को बेभाव की सुनाने लगे। इंसानों की इस क़िस्म से उनको ख़ुदावास्ते का बैर है। चुनांचे कभी उन्हें अपने दफ़्तर में किसी मुलाज़िम की ज़रूरत होती है तो इश्तहार में यह बात ख़ास तौर पर लिखी होती है कि सिर्फ़ पंजाबी दरख़्वास्त भेजें—लेकिन अजीब बात है कि आप एहसान भैया को अपना बेहतरीन दोस्त मानते हैं। उनके दिल में यू.पी. के इस बाशिन्दे का बहुत सम्मान है।

एक मरतबा दीवान साहब को अपनी मोटर एक तंग बाज़ार से गुज़ारनी थी। मैं उनके साथ था। मोटर मुड़ी तो सड़क के ऐन बीच कई चारपाइयाँ बिछी दिखायी दीं। आप आग-बगूला हो गये। लगे दिल्ली वालों और उनकी हश्त-पुश्त को गालियाँ देने—"कमबख़्तों...तुम्हारे पुरखों, तुम्हारे बाबा-दादा ने भी इसी तरह चारपाइयों पर दिन-रात सो-सो कर अपनी सल्तनत का बेड़ा ग़र्क किया था...अब तुम्हारे पास क्या रह गया है, जिसका बेड़ा-ग़र्क करोगे। ख़ुदा तुम्हारा बेड़ा ग़र्क़ करे।"

एक लड़के ने चारपायी उठाने की कोशिया की, मगर उससे न उठी। दीवान साहब मोटर से बाहर निकले और चारपायी को उठा कर फेंक दिया, "बर्ख़ुरदार तुमसे न उठती...अपनी कमरिया देखो...तुम्हारे वालिद बुज़ुर्गवार यक़ीनन तुमसे भी कहीं ज़्यादा नाज़ुक होंगे। उनसे तो पाख़ाने जाते वक़्त लोटा भी न उठाया जाता होगा।"

इस पर बहुत-से लोग जमा हो गये। उन्होंने करख़नदारों की ज़बान में

वाही-तबाही बकना शुरू किया, मगर दीवान साहब ने जैसे कुछ सुना ही नहीं। मोटर में आराम से बैठे और चलाना शुरू कर दी।

सरदार सहब को पंजाबी बहुत पसन्द हैं, शायद इसलिए कि वे एक ज़माने से दिल्ली में रह रहे हैं वरना यह हक़ीक़त उनकी नज़रों से ओझल नहीं कि सिर्फ़ पंजाबी होना अच्छे इंसान की दलील नहीं। वे सीने पर हाथ रख कर यह कभी नहीं कह सकते कि अपने दफ़्तर की मुलाज़मत के सिलसिले में पंजाबी की क़ैद लगा कर उन्होंने हमेशा फ़ायदा उठाया। क्योंकि मैं अच्छी तरह जानता हूँ कि जितना नुक़सान उनको पंजाबियों ने पहुँचाया है, उसका दसवाँ हिस्सा भी यू.पी. के रहने वालों ने नहीं पहुँचाया।

अब मैं उनके आख़िरी और ख़तरनाक मुक़दमे की तरफ़ लौटता हूँ। मैं दिल्ली गया। सरदार साहब ज़मानत पर रिहा थे। मालूम हुआ कि उनको तंग करने के लिए उनके मुक़दमे की सुनवाई दिल्ली से बहुत दूर गुड़गाँव की एक आदालत में हो रही है। हम वहाँ मोटर में गये। वकील ने मुझे समझा दिया था कि मुझे क्या कहना है चुनांचे मेरी गवाही दस मिनट के अन्दर-अन्दर ख़त्म हो गयी।

सरदार साहब को अपना लिखित बयान पेश करना था। जब हवालात में थे तो आपने उसके नोट ले लिये थे। अब यह छोटे टाइप में ग़ालिबन चालीस-पचास सफ़हात पर फैला हुआ था। मैंने इसे कहीं-कहीं से देखा और मेरा ज़ेहान फ्रांस के मशहूर लेखक एमील ज़ोला के विश्व प्रसिद्ध मज़मून 'आयी एक्यूज़' की तरफ़ चला गया।

दीवान सिंह मफ़तून का यह बयान मुलज़िम की सफ़ाई का बयान नहीं था, बल्कि आरोप पत्र था हुकूमत और उसके कारिन्दों के ख़िलाफ़। आख़िर में उन्होंने अपने मुक़द्दमों की फेहरिस्त लगा रखी थी। हर सफ़हे पर मुख़्तलिफ़ ख़ाने बना कर यह बताया गया था कि कौन-सा मुक़दमा कब चला किसके इशारे पर चला, किसकी अदालत में पेश हुआ और उसका क्या फ़ैसला हुआ।

ग़ालबन बत्तीस मुक़दमे थे। उनमें से इकतीस में वे बाइज़्ज़त तौर पर बरी हुए थे। सिर्फ़ एक मुक़दमा था...बहुत बड़ा और बहुत मशहूर मुक़दमा (जो नवाब भोपाल ने उन पर चलाया था) जिसमें उनको शायद सिर्फ़ उस अर्से की क़ैद की सज़ा दी गयी थी, जो उन्होंने हवालात में गुज़ारा था।

सरदार साहब ने जज के यह अल्फ़ाज़ ख़ास तौर पर अपने बयान में दर्ज किये हुए थे—"मैं सरदार दीवान सिंह मफ़तून, एडीटर 'रियासत' दिल्ली, की हिम्मत की दाद देता हूँ जो अपने सीमित साधनों के बावजूद लम्बे अर्से तक एक शहज़ादे का तनदही के साथ मुक़ाबला करता रहा।"

नवाब भोपाल से सरदार दीवान सिंह मफ़तून वाक़ई बहुत दिलेरी और साबित क़दमी से लड़ा, लेकिन उस जंग में उनका दीवाला पिट गया। जो जमा-पूँजी थी,

सब पानी की तरह बह गयी। कोई और होता तो उसकी कमर हमेशा-हमेशा के लिए टूट जाती, मगर 'मफ़तून' ने हौसला न हारा और ज्यों-त्यों अपना प्यारा पर्चा 'रियासत' छापता रहा।

उसने बड़े-बड़े आदमियों से मुक़ाबला किया और फ़तह हासिल की। लेकिन अपनी ज़िन्दगी में एक आदमी से शिकस्त भी खायी। किससे?...ख़्वाजा हसन निज़ामी से।

सरदार साहब ने एक दिन ज़िच-बिच हो कर मुझसे कहा, "मैंने बड़ी-बड़ी कुतुब साहब की लाटों को झुका दिया। मगर यह कमबख़्त हसन निज़ामी मुझसे नहीं झुकाया जा सका। मंटो साहब, मैंने उस शख़्स के ख़िलाफ़ इतना लिखा है, इतना लिखा है कि अगर रियासत के वे तमाम पर्चे जिनमें ये लेख छपते रहे हैं, उस पर रख दिये जायें तो उनके वज़न ही से उसका कचूमर निकल जाय...लेकिन उल्टा मेरा कचूमर निकल गया है...मैंने उसके ख़िलाफ़ इस क़दर ज़्यादा इसलिए लिखा कि मैं चाहता था वह भन्ना कर कानून को पुकारे...खुली अदालत में मुक़दमा पेश हो और मैं वहाँ उसका ढोल का पोल खोल के रख दूँ...मगर वह बड़ा काइयाँ है। उसने मुझे कभी ऐसा मौक़ा नहीं दिया और न देगा।"

यह अजीब बात है कि किसी ज़माने में सरदार दीवान सिंह मफ़तून और ख़्वाजा हसन निज़ामी में गाढ़ी छनती थी। मालूम नहीं किस बात पर वे एक-दूसरे से अलग हुए।

मैं फिर मुक़दमे की तरफ़ आता हूँ। गुड़गाँवाँ की अदालत में उनको ग़ालिबन दो धाराओं के मातहत बारह-बारह बरस क़ैद बा-मशक्क़त की दो सज़ाएँ दीं। सरदार साहब ने गुड़गाँवाँ ही में मुझसे कह दिया था कि यहाँ का मजिस्ट्रेट मुझे कड़ी-से-कड़ी सज़ा देगा, चुनांचे ऐसा ही हुआ। लेकिन उन्होंने मुझे तसल्ली दी थी कि चिन्तित होने की कोई ज़रूरत नहीं। हाईकोर्ट में साफ़ बरी हो जाऊँगा। यह भी सही साबित हुआ।

हाईकोर्ट ने उन्हें बाइज़्ज़त तौर पर बरी कर दिया।

सरदार साहब ने मुझसे गुड़गाँवाँ में कहा था कि वे अर्सा पहले शिमले में थे। वहाँ एक पार्टी थी, जिसमें सर यंग डगलस (उस ज़माने के चीफ़ जस्टिस) भी थे। वे उनके ख़िलाफ़ बहुत कुछ लिख चुके थे। सरदार साहब को हैरत हुई जब सर डगलस ने उनसे मिलने की ख़्वाहिश ज़ाहिर की। बहरहाल उन दोनों की मुलाक़ात हुई और चीफ़ जस्टिस ने उनके क़लम की शक्ति की बहुत तारीफ़ की और कहा, "मैं ऐसे आदमियों का दोस्त हूँ। अगर मैं कभी तुम्हारे काम आ सका तो यक़ीन मानना कि मैं तुम्हारी ज़रूर मदद करूँगा।"

जहाँ तक मैं समझता हूँ सर डगलस यंग के उस वादे का सरदार दीवान सिंह के बरी होने में काफ़ी दख़ल होना चाहिए।

मुक़दमा देर तक चलता रहा। दीवान साहब जेल में थे। उस मुक़दमे की रूदाद बड़ी दिलचस्प थी। इस्तेग़ासे की तरफ़ से यह कहानी पेश की गयी थी कि दीवान सिंह ने कुछ जाली नोट, चलाने की ख़ातिर, अपने दोस्त जीवन लाल मट्टू को एक लिफ़ाफ़े में लाहौर भेजे थे, जो रास्ते ही में पुलिस ने अपने क़ब्ज़े में ले लिया। लिफ़ाफ़े में एक टाइप किया हुआ ख़त भी था। यह साबित करने के लिए कि यह ख़त दीवान साहब ने अपने दफ़्तर के टाइप राइटर पर तैयार किया था, अदालत में उसे भी पेश किया गया।

ख़त में हर्फ़ 'ओ' और 'बी' के पेट बहुत ज़्यादा इस्तेमाल करने से मर गये थे।

हाई कोर्ट में जब पेश किये गये टाइप राइटर की छपायी का नमूना लिया गया तो "ओ" और "बी" के पेट बिलकुल साफ़ थे। इसके अलावा जब सफ़ाई की तरफ़ से यह पूछ-ताछ की गयी कि लिफ़ाफ़ा, जो कि बक़ौल इस्तेग़ासा दीवान सिंह मफ़्तून ने जीवन लाल मट्टू को भेजा उस पर दिल्ली के डाकख़ाने की मुहर ग्यारह जनवरी की तारीख़ बताती है और लाहौर के डाकख़ाने की मुहर ज़ाहिर करती है कि यह लिफ़ाफ़ा पाने वाले को ज़्यादा-से-ज़्यादा तेरह तारीख़ की सुबह को मिल जाना चाहिए था। (तारीखें ग़लत हैं, असल तारीखें मुझे याद नहीं रहीं।) तीन दिन यह लिफ़ाफ़ा कहाँ भटकता रहा।

यह सवाल उठना था कि एक हंगामा बरपा हो गया। इस्तेग़ासा इसका कोई माकूल जवाब न दे सका और आयें-बायें-शायें करता रहा। यह नुक़्ता मुलज़िम को शक़ का फ़ायदा, बख़्शने के लिए काफ़ी था चुनांचे दिल्ली में (उन दिनों मैं ऑल इंडिया रेडियों मे मुलाज़िम था) अख़बारों में यह ख़बर देखी कि सरदार दीवान सिंह मफ़्तून एडीटर रियासत दिल्ली, जाली नोट बनाने के मुक़दमे में साफ़ बरी कर दिये गये हैं।

दूसरे दिन सुबह आठ-नौ बजे के क़रीब हसन बिल्डिंग निकलसन रोड के फ़्लैट नम्बर नौ (मैं जहाँ रहता था) के दरवाज़े पर दस्तक हुई। मेरी बीवी ने दरवाज़ा खोला। मालूम हुआ कि दीवान साहब हैं। मैंने दौड़कर उनका स्वागत किया। उन्होंने मुझे बाज़ुओं में ले लिया और घुट-घुट जफ़्फ़ियाँ पायीं।

इससे पहले कि मैं उन्हें मुबारकबाद देता, उन्होंने मुझसे कहा..."सुबहानअल्लाह ...लुत्फ़ आ गया।"

मैंने उनसे पूछा, "किस बात का?"

आपने जवाब दिया, "मैंने जेल में आपकी किताब 'मंटो के अफ़साने' पढ़ी। उसका समर्पण ख़ूब था...अख़बार दीन दुनिया के नाम जिसमें मेरे ख़िलाफ़ सब से ज़्यादा गालियाँ छपीं...मैं आज सुबह दिल्ली आया हूँ। मैंने सोचा सब से पहले चल कर मंटो साहब को दाद देनी चाहिए।"

इससे मुझ पर साबित हुआ कि शय लतीफ़ उनमें पूरे तौर पर मौजूद है।

टाइप राइटर में "ओ" और "बी" की 'कीज़' कैसे तबदील हुई? लिफ़ाफ़ा इतनी देर के बाद क्यों डिलिवर हुआ? यह एक राज़ है, जो सदा राज़ रहेगा। जब मैंने उनसे इस बारे में पूछा तो वे यह कह कर टाल गये, "मंटो साहब, यह हाथ की सफ़ाई है।"

हाथ की सफ़ाई हो या पाँव की। इस्तेग़ासे की तबीयत यक़ीनन साफ़ हो गयी थी।

दीवान साहब को मुझसे प्यार है। मौलाना चिराग़ हसन 'हसरत' का वे सम्मान करते हैं। हम दोनों दिल्ली में थे। उनको जब भी फ़ुर्सत होती हमें ढूँढ निकालते और किसी दूर दराज़ ख़ामोश मुक़ाम पर ले जाते। वहाँ हम सब बैठ के पीते, गप्पें लड़ाते फिर वह हम दोनों को घर छोड़ जाते। ऐसी बैठकों में कोई सियासी या अदबी बात नहीं होती थी।

एक लतीफ़ा सुनिए, जो उन्होंने ख़ुद मुझे सुनाया। इन्तिहाई मुफ़लिसी के दिन थे कि उनका एक दोस्त आ उपस्थित हुआ। पहले तो वे बहुत सटपटाए कि जेब में एक अधेला भी नहीं था, लेकिन फ़ौरन उनको एक तरकीब सूझी। बारह लेमन की बोतलें मँगवाईं। दो दोस्त को पिलाईं, दो ख़ुद पीं। बाक़ी आठ गुसलख़ाने में ख़ाली कर दीं और नौकर से कहा ये बारह ख़ाली बोतलें बेच आओ। जंग का ज़माना था। गोली वाली बोतलें अच्छे दाम ले आयीं, चुनांचे दोस्त को रात का खाना खिलाने का मसला हल हो गया। दूसरे-तीसरे रोज़ उन्होंने दुकानदार को बारह बोतलों की कीमत अदा कर दी।

एक ज़माना आया कि वे ऑल इंडिया रेडियो के जानी दुश्मन हो गये। बस, फिर क्या था, हर प्रोग्राम सुनते। एक रजिस्टर था, जिसमें कई ख़ाने बने थे। उसमें दर्ज था कि रेडियो के किस अफ़सर का किस गाने वाली से टाँका (यह लफ़्ज उनकी ख़ासुलख़ास ईजाद है) है।

अगर कोई गाने वाली किसी वजह से प्रोग्राम में शरीक न हो सकती और उसकी जगह किसी और को गवाया जाता तो उनको फ़ौरन मालूम हो जाता किस अफ़सर की मेहरबानी हुई है।

बहुत देर तक वे जुल्फ़िकार बुखारी के ख़िलाफ़ लिखते रहे। आख़िर जुगल किशोर (हाल अहमद सलमान डिप्टी डायरेक्टर जनरल रेडियो पाकिस्तान) पर पिल पड़े। जुगल किशोर पहले कलकते में थे। दिल्ली तब्दील हो कर आये तो उनको वहाँ की एक बंगालन ने मुहब्बत नामे भेजने शुरू किये। जुगल को हैरत थी कि यह ख़त मेरे पास नहीं पहुँचते, मफ़तून को मिलते हैं। यह भी ग़ालिबन हाथ की सफ़ाई थी। बहरहाल मैंने मिन्नत-ख़ुशामद करके जुगल साहब का पीछा छुड़वाया और उनसे दरख़्वास्त की कि बंगालन के ख़त दे दीजिए। आपने मुस्करा कर कहा, "मैं इतना बेवकूफ़ नहीं। अगर आपका दोस्त ये ख़त पढ़ना चाहता है तो मैं नक़ल

करा के उसको भिजवा दूँगा।"

मैंने ज़्यादा ज़ोर देना मुनासिब न समझा।

दिल्ली में एक शख़्स जो अमृतसर का यानी मेरा हम शहर था, सख़्त परेशानी के आलम में मेरे पास आया। उसका छोटा भाई एक लड़की को भगा कर दिल्ली ले आया था। उसके ख़िलाफ़ गिरफ़्तारी के वारण्ट जारी हो चुके थे। वह इस मामले को सुलझाने के लिए मेरी मदद चाहता था। मैं उसे दीवान साहब के पास ले गया। उन्होंने सारा माजरा सुन कर हुक्म दिया भगाने वाले और भगाई जाने वाली को मेरे पास लाओ।

दूसरे दिन दीवान साहब से मुलाक़ात हुई तो उन्होंने मुझसे कहा, "वे लोग आ गये थे...मैंने सब ठीक कर दिया है।" सब ठीक कर दिया होगा, वरना वह शख़्स मेरे पास दोबारा ज़रूर आता।

दीवान सिंह की मालूमात के ज़रिये बहुत व्यापक हैं। पाकिस्तान में किसी के फ़रिश्ते को भी मालूम नहीं था कि कायद-ए-आज़म ज़ियारत में ख़तरनाक तौर पर बीमार हैं, लेकिन 'रियासत' में इस मज़मून का एक नोट, गो बहुत ही दिल दुखाने वाला, दो हफ़्ते पहले शाया हो चुका था, जिसमें दीवान साहब ने अपने मख़सूस ज़ालिमाना अन्दाज़ में लिखा था कि क़ायद-ए-आज़म मुहम्मद अली जिन्नाह बिस्तर-ए-मर्ग पर हैं, लेकिन मेरी दुआ है कि ज़िन्दा रहें और पाकिस्तान को...

अब रियासतें नहीं रहीं। राजे हैं, न महाराजे, जो उसके दिल पसन्द खिलौने थे, मगर सरदार दीवान सिंह मफ़तून ने यक़ीनन और खिलौने चुन लिए होंगे। राजा नहीं होगा, कोई वज़ीर होगा। महारानी नहीं होगी तो किसी बहुत बड़े सरमायादार की खुल-खेलने वाली धर्म-पत्नी होगी। मफ़तून का जुनून कैसे फ़ारिग़ बैठ सकता है।

लोग उसे ब्लैकमेलर, दग़ाबाज़, चोर-उचक्का कहते हैं। मगर वह अपने पहलू में मानवता-प्रेमी दिल रखता है। पिछले फ़सादों में उसने जितने मुसलमानों को खूँखार सिक्खों और हिन्दुओं से बचाया, मुसलमान औरतों और उनके बच्चों को पनाह दी, उनके दिल से उसके लिए जो दुआयें निकली होंगी, मेरा ख़याल है कि वह उसके मोक्ष के लिए काफ़ी हैं।

पिछले दिनों मैं सख़्त बीमार था। मेयो हस्पताल के ए वार्ड में मुझ पर नीम बेहोशी और बेहोशी दस-पन्द्रह रोज़ तक तारी रही। मेरी बीवी और बहन ने मुझे बताया कि इस आलम में मैं बार-बार सरदार दीवान सिंह मफ़तून को याद करता था। मैं यह समझता था कि दिल्ली में हूँ। 'रियासत' का दफ़्तर कुछ दूर है, मगर वहाँ टेलीफ़ोन किया जा सकता है। मैं उनसे कहता, जाओ टेलीफ़ोन करो और दीवान साहब से कहो कि मंटो बुला रहा है आप को। बहुत ज़रूरी काम है।

वे समझाते थे कि तुम लाहौर में हो, लेकिन मैं ब-ज़िद था कि नहीं मैं दिल्ली

में हूँ। तुम जाओ और दीवान साहब को टेलीफ़ोन करो। वे फ़ौरन आ जायेंगे।

गो उन दिनों आलम-ए-बरज़ख[1] में था। होने-न-होने के दरमियान लटका हुआ था। मेरा दिमाग़ धुन्ध में लिपटा हुआ था, मगर मुझे अच्छी तरह याद है कि जहाँ मेरा बिस्तर था, उससे कुछ दूर फ़ासले पर एक दरवाज़ा था। उसके आगे एक बहुत बड़ा हॉल, जिसमैं दो यूरोपी बच्चे पिंग-पांग खेलते रहते थे। उसको पार कर जाइए तो बाहर प्लाज़ा सिनेमा (दिल्ली) का गेट आ जाता। मगर अफ़सोस कि यह हर वक़्त बन्द रहता था। यही वजह है कि मैं बार-बार लोगों से दरख़्वास्त करता कि वे टेलीफ़ोन करके सरदार दीवान सिंह मफ़तून को बुलायें। मुझे कौन-सा ज़रूरी काम था, इसके बारे में मुझे कुछ मालूम नहीं। यह अजीब बात है कि मेरे क़रीब-क़रीब बिगड़े हुए दिमाग़ में सिर्फ़ दीवान साहब की याद कैसे बाक़ी रही।

1. वह आलम जहाँ मरने के बाद रूह जा कर उस वक़्त तक रहती है जब तक कि क़यामत न आये और लोग उठकर अपने फ़ैसले सुनने के लिए ख़ुदा के हुज़ूर में पेश न हों।

मेरा साहब

यह सन सैंतीस का ज़िक्र है। मुस्लिम लीग रू-ब-शबाब थी। मैं ख़ुद शबाब की इब्तिदाई मंज़िलों में था। जब ख्वामख़्वाह कुछ करने को जी चाहता है। इस के अलावा सेहतमन्द था, ताक़तवर था और जी में हर वक़्त यही ख़्वाहिश तड़पती थी कि सामने जो कुव्वत आये उससे भिड़ जाऊँ। अगर कोई कुव्वत सामने न आये तो उसे ख़ुद पैदा करूँ और मद्ध-ए-मुक़ाबिल बना कर उससे गुँथ जाऊँ। यह वह वक़्त होता है जब आदमी हर वक़्त कुछ करने के लिए बेताब रहता है। कुछ करने से मेरा मतलब है कोई बड़ा काम। कोई बहुत बड़ा कारनामा सर अंजाम न हो, तो सर ज़द ही हो जाय...मगर कुछ हो ज़रूर।

इस मुख़्तसर तमहीद के बाद अब मैं फिर उस ज़माने की तरफ़ लौटता हूँ जब 'ग़ालिब' जवान था। मालूम नहीं उसने अपनी जवानी के दिनों में किसी सियासी तहरीक में हिस्सा लिया था या नहीं। मगर ख़ाकसार मुस्लिम लीग का एक सरगर्म कारकुन था। गाज़ियाबाद कौर मुझ ऐसे कई नौजवानों की एक जमात थी। जिसका एक मुखलिस मेम्बर था। अपने एख़लास का ज़िक्र मैंने इसलिए बड़े वसूक़ से किया है...कि उन दिनों मेरे पास सिवाय इसके और कुछ था ही नहीं।

यह उसी ज़माने का ज़िक्र है कि मुहम्मद अली जिन्नाह दिल्ली तशरीफ़ लाये और मुसलमानों ने उनका शानदार जुलूस निकाला। जैसा कि ज़ाहिर है ग़ाज़ियाबाद कौर ने उस जुलूस को पुर रौनक़ और पुर जोश बनाने में पूरा हिस्सा लिया। हमारी जमात के सालार अनवर कुरैशी साहब थे। बड़े तनो मन्द जवान जो अब शायर-ए-पाकिस्तान के लक़ब से मशहूर हैं। हमारी कौर के जवानों के होंटों पर उन्हीं का तसनीफ़ क़र्दा क़ौमी तराना था। मालूम नहीं हम सुर ताल में थे या नहीं। लेकिन इतना याद है कि जो कुछ भी हमारे हलक़ से बाहर निकलता था उसको सुर ताल की पाबन्दियों में जकड़ने का होश किसी को भी नहीं था।

फ़रियाद की कोई लय नहीं है
नाला पाबन्द-ए-नय नहीं है

यह तारीख़ी जुलूस तारीख़ी शहर दिल्ली की तारीख़ी जामा मस्जिद से शुरू

हुआ और पुरजोश नारे बिखेरता, चाँदनी चौक, लाल कुँआ, हौज़ काज़ी और चावड़ी बाज़ार से होता हुआ अपनी मंज़िल यानी मुस्लिम लीग के आफ़िस पहुँच कर ख़त्म हो गया।

इजतमायी तौर पर उस तारीख़ी जुलूस में मुहम्मद अली जिन्नाह साहब को क़ायद-ए-आज़म के ग़ैर फ़ानी खिताब से नारा जन किया गया। उनकी सवारी के लिए छह घोड़ों की फ़िटन का इन्तज़ाम था। जुलूस में मुस्लिम लीग के तमाम सरक़र्दा अराकीन थे। मोटरों, मोटर साइकिलों, बाइसकिलों और ऊँटों का एक हुजूम था। मगर बहुत ही मुनज़्ज़म। उस नज़्म को देख कर क़ायद-ए-आज़म जो तबअन बहुत ही नज़्म पसन्द थे। बहुत मसरूर नज़र आते थे।

मैंने उस जुलूस में उनकी कई झलकियाँ देखीं। उनकी पहली झलक देख कर मेरा रद्द-ए-अमल मालूम नहीं किया था। अब सोचता हूँ और तजज़िया करता हूँ तो सिर्फ़ इस नतीजे पर पहुँचता हूँ कि खुलूस चूँकि बेरंग होता है। इसलिए वह रद्द-ए-अमल भी यक़ीनन बेरंग था।...उस वक़्त अगर किसी भी आदमी की तरफ़ इशारा करके मुझसे कहा जाता कि वह देखो तुम्हारा क़ायद-ए-आज़म है। तो मेरी अक़ीदत उसे क़बूल कर लेती और अपने सर-आँखों पर जगह देती...लेकिन जब मैंने जुलूस के मुख़्तलिफ़ मोड़ों और पेचों में उनको कई मर्तबा देखा तो मेरी तनोमन्दी को धक्का सा लगा। मेरा क़ायद और इस क़दर दुबला...इस क़दर नहीफ़!

'ग़ालिब' ने कहा था—

वह आयें घर में हमारे ख़ुदा की कुदरत है
कभी हम उनको कभी अपने घर को देखते हैं

वह हमारे घर आये थे। यह उनकी मेहरबानी और ख़ुदा की कुदरत थी। ख़ुदा की क़सम मैं कभी उनको देखता था। उनके नहीफ़-ओ-नज़ार जिस्म को। उस मुश्त-ए-इसतख़्वान को और कभी अपने हटे-कट्टे डील डौल को। जी में आती कि या तो मैं सिकुड़ जाऊँ या वह फैल जायें। लेकिन मैंने दिल-ही-दिल में उनके उन्हीं नातवाँ दस्त-ओ-बाज़ू को नज़र-ए-बद के महफ़ूज़ रखने के लिए दुआयें भी माँगी। दुश्मनों पर उनके लगाये हुए ज़ख़्मों का चर्चा आम था।

हालात पलटा खाते ही रहते हैं। मालूम नहीं पलटों का नाम हालात है या हालात का नाम पलटे। बहरहाल कुछ ऐसी सूरत हुई कि दिमाग़ में आर्ट का कीड़ा जो कुछ देर से सो रहा था जागा और आहिस्ता-आहिस्ता रेंगने लगा। तबीयत में यह उकसाहट पैदा हुई कि बम्बई चलकर उस मैदान में क़िस्मत आज़मायी की जाय। ड्रामे की तरफ़ बचपन ही से मायल था। सोचा कि शायद वहाँ चलकर अपने जौहर दिखाने का मौक़ा मिल जाय...कहाँ ख़िदमत-ए-क़ौम-ओ-मिल्लत का जज़्बा और कहाँ अदाकारी का खुब्त...इन्सान भी अजीब मजमूआ-ए-अज़दाद है।

बम्बई पहुँचा। उन दिनों इम्पीरियल फ़िल्म कम्पनी अपने जोबन पर थी। यहाँ

रिसाई गो बहुत ही मुश्किल थी। मगर किसी-न-किसी हीले से दाख़िल हो ही गया। आठ आने रोज़ पर एक्सट्रा के तौर पर काम करता था और यह ख़्वाब देखता था कि एक रोज़ आसमान-ए-फ़िल्म का दरख़शन्दा सितारा बन जाऊँगा।

अल्लाह के फ़ज़ल से बातूनी बहुत हूँ। खुश गुफ़्तार न सही तो कुछ ऐसा बद गुफ़्तार भी नहीं। उर्दू मादरी ज़बान है जिससे इम्पीरियल फ़िल्म कम्पनी के तमाम सितारे ना आशना थे। उसने मेरी मदद दिल्ली के बजाय बम्बई में की। वह यूँ कि वहाँ के क़रीब-क़रीब तमाम सितारों ने अपनी गर्दिशों का हाल मुझसे लिखवाया और पढ़वाया करते थे। उर्दू में कोई ख़त आता तो मैं उन्हें पढ़ के सुनाता। उस का मतलब बताता। उसका जवाब लिखता। मगर उस मुंशी गीरी और खुतून-नवीसी से कोई ख़ातिर ख़्वाह फ़ायदा न हुआ। एक्सट्रा था एक्सट्रा ही रहा।

उस दौरान में इम्पीरियल फ़िल्म कम्पनी के मालिक सेठ आरडीशर ईरानी के ख़ासुल-ख़ास मोटर ड्राइवर बुद्धन से मेरी दोस्ती हो गयी और उसने उसका हक़ यूँ अदा किया कि फ़ुर्सत के अवक़ात में मुझे मोटर चलाना सिखा दी। मगर चूँकि यह अवक़ात निहायत ही मुख़्तसर होते थे और बुद्धन को हर वक़्त यही धड़का लगा रहता था कि सेठ को उसकी चोरी का इल्म न हो जाये। इसलिए मैं अपनी तमाम ज़ेहानत के बावस्फ़ मोटर चलाने के फ़न पर पूरी तरह हावी न हो सका। हावी होना तो बहुत बड़ी बात है। बस यूँ समझिए कि मुझे बुद्धन की मदद के बग़ैर अलिफ जैसी सीधी सड़क पर सेठ आरडीशर की ब्यूक चलाना आ गयी थी। उसके कल पुर्ज़ों के मुताल्लिक़ मेरा इल्म सिफ़र था।

अदाकारी की धुन सिर पर बहुत बुरी तरह सवार थी। मगर यह सिर का मामला था। दिल में मुस्लिम लीग और उसके रूह-ओ-रवाँ क़ायद-ए-आज़म मुहम्मद अली जिन्नाह बदस्तूर बसे हुए थे। इम्पीरियल फ़िल्म कम्पनी में, केनेडी ब्रिज पर भिण्डी बाज़ार और मुहम्मद अली रोड में और पिले हाउस पर अक्सर मुसलमानों की अकलिय्यत के साथ कांग्रेस के सुलूक का तज़करा होता था। इम्पीरियल में सब जानते थे कि मुस्लिम लीगी हूँ और क़ायद-ए-आज़म मुहम्मद अली जिन्नाह का नाम लेवा। लेकिन यह वह ज़माना था जब हिन्दू किसी के मुँह से क़ायद-ए-आज़म का नाम सुन कर उसके जान लेवा नहीं हो जाते थे। कयाम-ए-पाकिस्तान का मुतालबा अभी मंजर-ए-आम पर नहीं आया था। मेरा ख़्याल है इम्पीरियल कम्पनी के लोग जब मुझसे क़ायद-ए-आज़म का तारीफ़ी ज़िक्र सुनते तो यह समझते थे कि वह भी कोई हीरो है जिसका मैं परसतार हूँ। यही वजह है कि एक दिन उस ज़माने के सब से बड़े फ़िल्मी हीरो डी बिलेमोरिया ने टाइम्स ऑफ इंडिया का परचा मेरी तरफ़ बढ़ाते हुए कहा, "यह तुम्हारे जिन्नाह साहब हैं।"

मैं समझा उनकी कोई तस्वीर छपी है। परचा बिलमोरिया के हाथ से ले लिया। उलट-पलट कर के देखा मगर उनकी शबीह नज़र न आयी। मैंने उससे

पूछा, "क्यों भैया कहाँ है उनका फोटो।"

बिलमोरिया की जन गलबर्ट स्टाइल की बारीक-बारीक मूँछे मुस्कराहट के बायस उसके होंट पर कुछ फैल सी गयीं। "फोटो-वोटो नहीं है...उनका इश्तहार छपा है।"

मैंने पूछा..."इश्तिहार? कैसा...इश्तिहार!"

बिलमोरिया ने परचा लिया और एक लम्बा कॉलम दिखा कर कहा..."मिस्टर जिन्नाह को एक मोटर मैकेनिक की ज़रूरत है। जो उनके गैरेज का सारा काम सँभाल सके।"

मैंने अख़बार में वह जगह देखी जहाँ बिलमोरिया ने उँगली रखी हुई थी और यूँ "ओह" किया। जैसे मैंने एक ही नज़र में उस इश्तहार का सारा मज़मून पढ़ लिया है। हालाँकि वाक़ा यह है कि ख़ाकसार को अंग्रेज़ी उतनी ही आती थी जितनी डी बिलमोरिया को उर्दू।

जैसा कि मैं अर्ज कर चुका हूँ मेरी मोटर ड्राइवरी सिर्फ़ अलिफ़ ऐसी सीधी सड़क तक महदूद थी। मोटर की मेक्निज़्म क्या होती है उसके मुताल्लिक़ हराम है जो मुझे कुछ इल्म हो। सेल्फ़ दबाने पर इंजन क्यों स्टार्ट होता है, उस वक़्त अगर मुझसे कोई यह सवाल करता तो मैं यक़ीनन यह ज़वाब देता कि यह क़ानून-ए-मोटर है। सेल्फ़ दबाने पर बाज़ अवक़ात इंजन क्यों स्टार्ट नहीं होता... इस सवाल का भी जवाब यह होता कि यह भी क़ानून-ए-मोटर है जिसमें इंसानी अक़ल को कोई दख़ल नहीं।

आपको हैरत होगी कि मैंने बिलमोरिया से जिन्नाह साहब के बंगले का पता वग़ैरह नोट कर लिया और दूसरे रोज़ सुबह उनके पास जाने का इरादा कर लिया। असल में मुझे मुलाज़मत हासिल करने का ख़याल था न उसकी तवक़्क़ो थी। बस यूँ ही उनको उनकी रिहाइशगाह में क़रीब से देखने का शौक़ था। चुनांचे अपने खुलूस को डिप्लोमा के तौर पर हाथ लिए मैं माउण्ट प्लेजेंट रोड वाक़ा मालाबार हिल पर उनकी खुशनुमा कोठी पर पहुँच गया। बाहर पठान पहरेदार था। कई थानों की सफ़ेद शलवार सिर पर रेशमी लुंगी, बहुत ही साफ़-सुथरा और बा रो'बे ग्रांडील और ताक़तवर। उसको देख कर मेरी तबीयत खुश हो गयी। दिल-हो-दिल में कई मर्तबा मैंने उसके और अपने डण्ड की पैमाइश की और यह महसूस कर के मुझे बड़ी अजीब-सी तसकीन हुई कि फ़र्क़ बहुत मामूली है। यही कोई एक-आध इंच का।

मुझसे पहले और कई उम्मीदवार जमा थे। सब के सब अपनी असनाद के पुलन्दे बग़ल में दाबे खड़े थे। मैं भी उनमें शामिल हो गया। बड़े मज़े की बात है कि असनाद तो एक तरफ़ रही, मेरे पास ड्राइविंग का मामूली लाइसेंस तक नहीं था। उस वक़्त दिल सिर्फ़ इस ख़याल से धड़क रहा था कि बस अब चन्द लम्हों में क़ायद-ए-आज़म का दीदार होने वाला है।

मैं अभी अपने दिल के धड़कन के मुताल्लिक़ सोच ही रहा था कि क़ायद-ए-आज़म पोर्च में नमूदार हुए। सब अटेंशन हो गये। मैं एक तरफ़ सिमट गया। उनके साथ उनकी दराज़ क़द और दुबली-पतली हमशीरा थीं। जिनकी मुतअद्दद तस्वीर मैं अख़बारों और रिसालों में देख चुका था। एक तरफ़ हटकर उनके बा अदब सिकतर मतलूब साहब थे।

जिन्नाह साहब ने अपनी यक चश्मी ऐनक आँख पर जमाई और तमाम उम्मीदावारों को बड़े ग़ौर से देखा। जब उनकी मुसल्लह आँख का रुख़ मेरी तरफ़ हुआ, तो मैं और ज़्यादा सिमट गया। फ़ौरन ही उनकी खब जाने वाली आवाज़ बुलन्द हुई। मुझे सिर्फ़ इतना सुनाई दिया। "यू...?"

इतनी अंग्रेज़ी मैं जानता था। उनका मतलब था "तुम"। मगर वह "तुम" कौन था जिससे वह मुख़ातिब हुए थे? मैं समझा कि मेरे साथ वाला है। चुनांचे मैंने उसे कोहनी से टहोका दिया और कहा, "बोलो, तुम्हें बुला रहे हैं।"

मेरे साथी ने लुकनत भरे लहजे में पूछा, "साहब मैं?"

क़ायद-ए-आज़म की आवाज़ फिर बुलन्द हुई, "नो...टुम।"

उनकी बारीक मगर लोहे जैसी सख़्त उँगली मेरी तरफ़ थी। मेरा तन-बदन काँप उठा। "जी-जी...मैं?"

"यस!" यह थ्री नाट थ्री की गोली तो मेरे दिल-ओ-दिमाग़ के पार हो गयी। मेरा हलक़...क़ायद-ए-आज़म के नारे बुलन्द करने वाला हलक़ बिलकुल सूख गया...मैं कुछ न कह सका...मगर जब उन्होंने अपना मोनोकल आँख से उतार कर "आल राइट" कहा तो मैंने महसूस किया कि शायद मैंने कुछ कहा था, जो उन्होंने सुन लिया था या वह मेरी कैफ़िय्यत भाँप गये थे और मेरे नुष्क को मज़ीद अज़ीय्यत से बचाने के लिए उन्होने "आल राइट" कह दिया था।

पलट कर उन्होंने अपने हसीन-ओ-जमील और सेहतमन्द सेक्रेट्री की तरफ़ देखा और उससे कहा। इसके बाद वह अपनी हमशीरा के साथ अन्दर तशरीफ़ ले गये। मैं अपने दिल-ओ-दिमाग़ की गड़बड़ जल्दी समेट कर वहाँ से चलने ही वाला था कि मतलूब साहब ने मुझे पुकारा और कहा कि साहब ने तुम्हें कल दस बजे यहाँ हाज़िर होने के लिए कहा है।

मैं मतलूब साहब से यह सवाल न कर सका कि साहब ने मुझे क्यों बुलाया है। उनको यह भी न बता सका कि मैं बुलाये जाने के हर्गिज़-हर्गिज़ क़ाबिल नहीं हूँ। इसलिए कि मैं इस मुलाज़मत का बिलकुल अहल नहीं जिसके लिए क़ायद-ए-आज़म ने इश्तहार दिया है। वह भी अन्दर चले गये और मैं घर लौट आया।

दूसरे दिन सुबह दस बजे फिर दर-ए-दौलत पर हाज़िर हुआ। जब इत्तिला कराई तो उनके खुश पोश हसीन-ओ-जमील और सेहतमन्द सेक्रेट्री तशरीफ़ लाये और मुझे यह हैरत अंगेज़ मिसदा सुनाया कि साहब ने मुझे पसन्द किया है।

इसलिए मैं फ़ौरन गराज का चार्ज ले लूँ।

यह सुन कर जी में आया कि उन पर अपनी क़ाबलियत का सारा पोल खोल दूँ और साफ़-साफ़ कह दूँ कि हज़रत क़ायद-ए-आज़म का इस ख़ाकसार के मुताल्लिक़ ग़लतफ़हमी हुई है। मैं तो महज़ तफ़रीहत यहाँ चला आया था। यह आप गराज का बोझ इस ना अहल के कान्धों पर क्यों धर रहे हैं। मगर जाने क्यों मैं कुछ न बोला। उसका नतीजा यह हुआ कि आनन-फ़ानन गराज का प्रधान बना दिया गया। चाबियाँ मेरे हवाले कर दी गयीं। चार कारें थीं मुख़्तलिफ़ मेक की और मुझे सिर्फ़ सेठ अर्दशेर ईरानी की ब्यूक चलाना आती थी और वह भी अलिफ़ जैसी सीधी सड़क पर। मालाबार हिल तक पहुँचने में कई मोड़ थे। कई ख़म और मोटर में 'आज़ाद' को सिर्फ़ अपनी अकेली जान नहीं ले जाना थी। उसे ख़ुदा मालूम किन-किन अहम कामों पर उस रहनुमा को लिए-लिए फिरना था, जिसकी ज़िन्दगी के साथ लाखों मुसलमानों की जान बाबस्ता थी।

मैंने सोचा "चाबियाँ वगैरा सब छोड़ छाड़ के भाग जाऊँ। भाग के सीधा घर पहुँचूं। वहाँ से अपना असबाब उठाऊँ और टिकट कटा के देहली का रुख़ करूँ। मगर फिर सोचता यह दुरुस्त नहीं। बेहतर यही है कि बिला कम-ओ-कास्त जिन्नाह साहब को सारे हक़ायक़ से बाख़बर कर दूँ और माफी माँग कर इंसानों की तरह वापस उस जगह चला जाऊँ जो कि मेरा असल मक़ाम था। मगर आप यक़ीन मानिए कि मुझे पूरे छह महीने तक इसका मौक़ा न मिला।"

मैंने पूछा..."वह कैसे?"

मुहम्मद हनीफ़ आज़ाद ने जवाब दिया..."आप सुन लीजिए...दूसरे रोज़ हुक्म हुआ कि आज़ाद मोटर लाये। वह जो ऐसे मौकों पर ख़ता हुआ करता है, ख़ता होते-होते रह गया। मैंने इरादा कर लिया कि जूँही साहब सामने आयेंगे सलाम करके गराज की चाबियाँ उनके हवाले कर दूँगा और उनके क़दमों में गिर पड़ूँगा। लेकिन ऐसा न हो सका...वह पोर्च में तशरीफ़ लाये तो इस बन्दा-ए-नाबकार के मुँह से रो'ब के मारे एक लफ़्ज़ भी निकल न सका। इसके अलावा उनके साथ फ़ात्मा साहिबा थीं। औरत के सामने किसी के क़दमों में गिरना, मंटो साहब, कुछ बहुत वह था..."

मैंने 'आज़ाद' की मोटी-मोटी आँखों में शर्म के लाल-लाल डोरे देखे और मुस्करा दिया, "ख़ैर...फिर क्या हुआ।"

"हुआ यह मंटो साहब कि ख़ाकसार को मोटर स्टार्ट करनी ही पड़ी। नयी पेकार्ड थी। अल्लाह का नाम ले कर अटकल पच्चू स्टार्ट तो कर दी और बड़ी सफ़ाई से कोठी के बाहर भी ले गया पर जब मालाबार हिल से नीचे उतरते वक़्त लाल बती के मोड़ के पास पहुँचा, जानते हैं न लाल बत्ती?"

मैंने असबात में सिर हिलाया, "हाँ-हाँ!"

"बस साहब, वहाँ मुश्किल पैदा हो गयी। उस्ताद बुद्धन ने कहा था कि ब्रेक दबाकर मामला ठीक कर लिया करो। अफ़रा-तफरी के आलम में कुछ ऐसे अनाड़ी पन से ब्रेक दबाई कि गाड़ी एक धक्के के साथ रुकी। क़ायद-ए-आज़म के हाथ से उनका सिगार गिर पड़ा...फ़ात्मा जिन्नाह साहिबा उछल कर दो बालिश्त आगे...लगीं मुझे गालियाँ देने...काटो तो लहू नहीं मेरे बदन में। हाथ काँपने लगे। दिमाग़ चकराने लगा। क़ायद-ए-आज़म ने सिगार उठाया ओर अंग्रेज़ी में कुछ कहा। जिसका ग़ालबन यह मतलब था कि वापस ले चलो...मैंने हुक्म की तामील की तो उन्होंने नयी गाड़ी और नया ड्राइवर तलब फ़रमाया और जहाँ जाना था चले गये...उस वाक़ा के बाद छह महीने तक मुझे उनकी ख़िदमत का मौक़ा न मिला।"

मैंने मुस्करा कर पूछा..."ऐसी ही ख़िदमत का?"

आज़ाद भी मुस्कराया, "जी हाँ...बस यूँ समझो कि साहब ने मुझे उसका मौक़ा न दिया। दूसरे ड्राइवर थे वह उनकी वर्दी में रहते थे। मतलब साहब रात को बता देते थे कि कौन ड्राइवर कब और किस गाड़ी के लिए चाहिए। मैं अगर उनसे अपने मुताल्लिक़ कुछ दरियाफ़्त क़रता तो वह कोई ख़ातिर ख़्वाह जवाब न दे सकते। यह मुझे बाद में मालूम हुआ साहब के दिल में क्या है। उसके मुताल्लिक़ कोई भी वसूक से कुछ नहीं कह सकता था और न उनसे कोई किसी अम्र के बारे में इसतफ़सार ही कर सकता था। वह सिर्फ़ मतलब की बात करते थे और मतलब की बात ही सुनते थे। यही वजह है कि मैं उनसे इतना क़रीब होते हुए भी यह मालूम न कर सका कि अपने गराज का क़ायद बना कर एक बेकार पुर्ज़े की तरह उन्होंने मुझे क्यों एक तरफ़ फेंक रखा है।" मैंने आज़ाद से कहा, "हो सकता है वह तुम्हें क़तअन भूल ही गये हों।"

आज़ाद के हलक़ से वज़नी क़हक़हा बुलन्द हुआ, "नहीं जनाब नहीं...साहब भूले से भी कभी नहीं भूलते थे। उनको अच्छी तरह मालूम था कि आज़ाद छह महीने से गराज में पड़ा रोटियाँ तोड़ रहा है और मंटो साहब जब 'आज़ाद' रोटियाँ तोड़े तो वह मामूली रोटियाँ नहीं होतीं। यह तन-ओ-तोश मुलाहज़ा फ़रमा लीजिए।"

मगर मैंने आज़ाद की तरफ़ देखा। सन सैंतीस अड़तीस में जाने उसका क्या तन-ओ-तोश था। मगर मेरे सामने एक काफ़ी मज़बूत और तनो मन्द आदमी बैठा था। जिसको आप ऐक्टर की हैसियत में यक़ीनन जानते होंगे। तक़सीम से पहले वह बम्बई के फ़िल्मों में काम करता था और आजकल यहाँ लाहौर में अपने दूसरे ऐक्टर भाइयों के साथ फ़िल्मी सनअज की ज़बोहाली का शिकार किसी-न-किसी हीले गुज़र अवक़ात कर रहा है।

मुझे पिछले बरस एक दोस्त से मालूम हुआ था कि यह मोटी-मोटी आँखों, स्याह रंग और कसरती बदन वाला ऐक्टर एक मुद्दत तक क़ायद-ए-आज़म मुहम्मद अली जिन्नाह का मोटर ड्राइवर रह चुका है। चुनांचे उसी वक़्त से मेरी

निगाह उस पर थी। जब कभी उससे मुलाक़ात होती मैं उसके आक़ा का ज़िक्र छेड़ देता और उससे बातें सुन-सुन कर अपने हाफ़िज़े में जमा करता रहता।

कल जब मैंने यह मज़मून लिखने के लिए उससे कई बातें दोबारा सुनीं तो मुझे क़ायद-ए-आज़म की ज़िन्दगी के एक बहुत ही दिलचस्प पहलू की झलक नज़र आयी। मुहम्मद हनीफ़ आज़ाद के ज़ेहन पर उस बात ने ख़ास तौर पर असर किया था कि उसका आक़ा ताक़त पसन्द था। जिस तरह अलामा इक़बाल को बुलन्द कामत चीज़ें पसन्द थीं, उसी तरह क़ायद-ए-आज़म को तनोमन्द चीज़ें मरगूब थीं। यही वजह है कि अपने लिए मुलाजिमों का इन्तख़ाब करते वक़्त वह जिस्मानी सेहत और ताक़त सब से पहले देखते थे।

उस ज़माने में जिसका ज़िक्र मुहम्मद हनीफ़ आज़ाद करता है। क़ायद-ए-आज़म का सेक्रेट्री मतलूब बड़ा वजीह आदमी था। जितने ड्राइवर थे, सबके सब जिस्मानी सेहत का बेहतरीन नमूना थे। कोठी के पासबान भी उसी नुक्ता-ए-नज़र से चुने जाते थे। उसका नफ़सियाती पस मंज़र इसके सिवा और क्या हो सकता है कि जिन्नाह मरहूम ख़ुद बहुत ही लाग़र और नहीफ़ थे। मगर तबियत चूँकि बेहद मज़बूत और कसरती थी। इसलिए किसी ज़यीफ़ और नहीफ़ शय को ख़ुद से मंसूब होना पसन्द नहीं करते थे।

वह चीज़ जो इंसान को मरगूब और प्यारी हो उसके बनाओ-शृंगार का वह ख़ास एहतमाम करता है। चुनांचे क़ायद-ए-आज़म को अपने सेहतमन्द और ताक़तवर मुलाज़िमों की पोशिश का बहुत ख़याल रहता था। पठान चौकीदार को हुकम था कि वह हमेशा अपना क़ौमी लिबास पहना करे। आज़ाद पंजाबी नहीं था। लेकिन कभी-कभी इरशाद होता था कि वह पगड़ी पहने। सिर का यह लिबास बड़ा तरहदार है। चूँकि उससे क़द-ओ-क़ामत में खुशगवार इज़ाफा होता है इसलिए वह उसके सिर पर पगड़ी बँधवा कर बहुत खुश होते थे और उस खुशी में उस को इनाम दिया करते थे।

अगर ग़ौर किया जाय तो जिस्म की लाग़री का यह एहसास ही उनकी मज़बूत और पुर वजाहत ज़िन्दगी की सब से बड़ी कुव्वत थी। उनके चलने-फिरने, उठने-बैठने, खाने-पीने और बोलने-सोचने में कुव्वत हर वक़्त कार फ़रमा रहती।

मुहम्मद हनीफ़ आज़ाद ने मुझे बताया कि कायद-ए-आज़म की खोराक बहुत ही क़लील थी। वह इतना कम खाते थे कि मुझे बाज़ अवक़ात ताज्जुब होता था कि वह जीते किस तरह हैं। अगर मुझे उस खोराक पर रखा जाता तो यक़ीनन दूसरे ही रोज़ मेरी चर्बी पिघलने लगती। लेकिन उसके बरअक्स हर रोज़ चार-पाँच मुर्गियाँ बावर्चीख़ाना में जबह होती थीं। उनमें से सिर्फ़ एक चूज़े की यख़नी और वह भी बमुश्किल एक छोटी प्याली उनकी ख़ौराक का जुज़्ब बनती थी। फ़्रूट हर रोज़ आता था। मगर यह सब मुलाज़िमों के पेट में जाता था।

हर रोज़ रात के खाने के बाद साहब काग़ज़ पर अशिया खुरदनी की फेहरिस्त पर निशान लगा देते थे और एक सौ का नोट मेरे हवाले कर देते थे। यह दूसरे रोज़ के तआम के अखराजात के लिए होता था।

मैंने आज़ाद से पूछा..."हर रोज़ सौ रुपये?"

"जी हाँ, पूरे सौ रुपये और क़ायद-ए-आज़म कभी हिसाब तलब नहीं फरमाते थे। जो बाकी बचता था वह सब मुलाज़िमों में तक़सीम हो जाता था। कभी तीस बच जाते थे, कभी चालीस और कभी-कभी साठ-सत्तर। उनको यक़ीनन इस बात का इल्म था कि हम रोज़ बहुत से रुपये गोल करते हैं। मगर उसका ज़िक्र उन्होंने कभी न किया। अलबता मिस जिन्नाह बहुत तेज़ थीं। अक्सर बिगड़ जाती थीं कि हम सब चोर हैं। एक आने की चीज़ का एक रुपया लगाते हैं। मगर साहब का सुलूक कुछ ऐसा था कि हम सब उनके माल को अपना माल समझने लगे थे। चुनांचे उनकी झिड़कियाँ और घुड़कियाँ सुन कर अपने कान समेट लेते थे...साहब ऐसे मौक़ों पर अपनी हमशीरा से "इट इज़ आल राइट, इट इज़ आल राइट" कहते और मामला रफ़ा-दफा हो जाता।"

मगर एक दफ़ा "इट इज़ आल राइट" कहने से मामला रफ़ा न हुआ और मोहतरमा मिस जिन्नाह ने बावर्ची को निकाल दिया। एक बावर्ची को नहीं दोनों बावर्चियों को। क्योंकि कायद-ए-आज़म वयक वक़्त बावर्चीख़ाना के लिए दो मुलाज़िम रखते थे। एक वह जो हिन्दोस्तानी खाने पकाना जानता हो। दूसरा वह जो अंग्रेज़ी तर्ज़ के खाने पकाने की महारत रखता हो। आम तौर पर हिन्दोस्तान बावर्ची बेकार पड़ा रहता था। लेकिन कभी-कभी अवकात महीनों के बाद उसकी बारी आती थी और उसको हुक्म मिलता था कि वह हिन्दोस्तानी खाने तैयार करे। मगर क़ायद-ए-आज़म को उनसे दिली रग़बत नहीं थी।

आज़ाद ने बताया..."जब दोनों बावर्ची निकाल बाहर किये गये तो साहब ने कुछ न कहा। वह अपनी हमशीरा के मामलों में दख़ल नहीं दिया करते थे। चुनांचे कई दिन दोनों वक़्त का खाना ताज़ होटल में तनावुल फ़रमाते रहे। उस दौरान में हम लोगों ने ख़ूब ऐश किये। घर से मोटर ले कर नये बावर्चियों की तलाश में निकल जाते थे और घण्टों इधर-उधर घूम-घाम कर वापस आ जाते थे कि काम का कोई आदमी नहीं मिला। आख़िर में मिस जिन्नाह के कहने पर पुराने बावर्ची वापस बुला लिये गये।"

जो शख़्स बहुत कम ख़ोर हो वह दूसरों को बहुत खाते देख कर या तो जलता भुनता है या बहुत खुश होता है। क़ायद-ए-आज़म दूसरी क़बील के कमख़ोरों में थे। वह दूसरों को खिला कर दिली मसर्रत महसूस करते थे। यही वजह है कि हर रोज सौ रुपये दे कर वह हिसाब-किताब से बिलकुल ग़ाफ़िल हो जाते थे। मगर इसका यह मतलब नहीं कि वह असराफ़-पसन्द थे। मुहम्मद हनीफ़ आज़ाद एक

दिलचस्प वाक़ायान करता है।

वह सन उनतालीस का ज़िक्र है। शाम के वक़्त वर्ली की सैर हो रही थी। मैं उनकी सफ़ेद पेकार्ड आहिस्ता आहिस्ता चला रहा था। समुन्दर की मौज़ें हौले-हौले साहिल से टकरा रही थीं। मौसम में गुलाबी खुंकी थी। साहब का मूड बहुत अच्छा था। मैंने मौक़ा पा कर ईद का ज़िक्र छेड़ा। इससे जो मतलब था वह ज़ाहिर है साहब फ़ौरन ताड़ गये। मैंने बैक व्यू मिरर में देखा। उनके पतले होंट मुस्कराए। न जुदा होने वाला सिगार मुँह से निकाल कर उन्होंने कहा... "ओह...वल-वल... अभी डम एकदम मुसलमान हो गया है...थोड़ा हिन्दू बनो।"

उससे चार रोज़ पहले क़ायद-ए-आज़म आज़ाद को मुसलमान बना चुके थे। यानी इनाम के तौर पर उसे दो सौ रुपये दे चुके थे। यही वजह है कि उन्होंने उसको थोड़ा-सा हिन्दू बनने की तलक़ीन की...मगर आज़ाद पर उसका कोई असर हुआ। उस ईद पर वह सय्यद मुर्तुज़ा जीलानी फ़िल्म प्रोड्यूसर के पास अपनी मुसलमानी मुसतहकम करने की ग़रज़ से आया था कि उससे मेरी मुलाक़ात हुई और मैंने यह मज़मून तैयार करने के लिए उससे मज़ीद मालूमात हासिल की।

क़ायद-ए-आज़म की घरेलू ज़िन्दगी का सही नक़्शा मसतूर है और हमेशा मसतूर रहेगा...आम तौर पर यही कहा जाता है, लेकिन जहाँ तक मैं समझा हूँ उनकी घरेलू ज़िन्दगी, उनकी सियासी ज़िन्दगी में कुछ इस तरह मुदग़म हो गयी थी कि उसका वजूद होने न होने के बराबर रह गया था। बीवी थी, वह मुद्दत हुई उनसे जुदा हो चुकी थी। लड़की थी उसने उनकी मर्ज़ी के ख़िलाफ़ एक पारसी लड़के से शादी कर ली थी।

मुहम्मद हनीफ़ आज़ाद ने मुझे बताया, "साहब को उसका सख़्त सदमा पहुँचा था। उनकी ख़्वाहिश थी कि वह किसी मुसलमान से शादी करे। ख़्वाह वह किसी भी रंग-ओ-नस्ल का हो। लेकिन उनकी लड़की यह जवाज़ पेश करती थी कि "जब साहब को अपनी शरीक-ए-ज़िन्दगी मुन्तख़ब करने में आज़ादी हासिल थी तो वह यह आज़ादी उसे क्यों नहीं बख्शते।"

क़ायद-ए-आज़म ने बम्बई के एक बहुत बड़े पारसी की लड़की से शादी की थी। यह तो सब को मालूम है, लेकिन यह बात बहुत कम आदमियों को मालूम है कि पारसी उस रिश्ते से बहुत नाखुश थे। उनकी यह कोशिश और ख़्वाहिश थी कि जिन्नाह साहब से बदला लें। चुनांचे बाज़ दकीका रस असहाब का यह कहना है कि क़ायद-ए-आज़म की लड़की का पारसी लड़के से शादी करना एक मुनज़्ज़म साज़िश का नतीजा है। मैंने जब इसका ज़िक्र आज़ाद से किया तो उसने कहा... "अल्लाह बेहतर जानता है लेकिन मुझे सिर्फ़ इस क़दर मालूम है कि साहब की ज़िन्दगी में अपनी बीवी की मौत के बाद यह दूसरा बड़ा सदमा था। जब उनको मालूम हुआ कि उनकी साहबज़ादी ने एक पारसी से शादी कर ली है तो वह बेहद

मुतासिर हुए। उनका चेहरा इस क़दर लतीफ़ था कि मामूली से मामूली वाक़ा भी उस पर उतार-चढ़ाव पैदा कर देता था। जो दूसरों को फ़ौरन नज़र आ जाता था। माथे पर हल्की-सी शिकन एक ख़ौफ़नाक ख़त की सूरत इख़्तियार कर जाती थी—उनके दिल-ओ-दिमाग़ पर उस हादसे से क्या गुज़री इसके मुताल्लिक़ मरहूम ही कुछ कह सकते थे। हमें सिर्फ़ ख़ारजी ज़रियों से जो कुछ मालूम हुआ उसकी बिना पर यह कह सकते हैं। कि वह बहुत मुज़तरिब रहे। पन्द्रह रोज़ तक वह किसी से न मिले। उस दौरान में उन्होंने सैकड़ों सिगार फूँक डाले होंगे और सैकड़ों मील अपने कमरे में इधर-उधर चक्कर लगाकर तय किये होंगे।"

सोच-विचार के आलम में उनको इधर-उधर टहलने की आदत थी। रात के सन्नाटे में वह अक्सर पुख़्ता और बेदाग़ फ़र्श पर एक अर्से तक टहलते रहते थे। नपे-तुले क़दम इधर से उधर एक फ़ासला, ख़ामोश फ़ज़ा, जब वह चलते तो उनके सफ़ेद और काले या सफ़ेद और ब्राउन शूज़ एक अजीब क़िस्म की यह आहंग टिक-टिक पैदा करते, जैसे क्लाक मुअय्यन वक़्फ़ों के बाद अपनी ज़िन्दगी की ख़बर दे रहा है। क़ायद-ए-आज़म को अपने जूतों से प्यार था। इसलिए कि वह उन के क़दमों में होते थे और हर वक़्त उनके इशारों पर चलते थे।

पन्द्रह दिन मुसलसल ज़हनी और रूहानी तौर पर मुज़तरिब रहने के बाद एक रोज़ एकाएकी वह नमूदार हुए। उनके चेहरे पर अब उस सदमे का कोई असर बाक़ी नहीं था। उनकी गर्दन जिसमें फ़र्त-ए-ग़म के बायस ख़फीफ़-सा ख़म पैदा हो गया था, फिर उसी तरह सीधी और अकड़ी हुई थी। लेकिन उसका यह मतलब नहीं कि वह सदमे को बिलकुल भूल गये थे।

जब आज़ाद ने क़ायद-ए-आज़म की ज़िन्दगी के उस सदमे का ज़िक्र दोबारा छेड़ा तो मैंने उससे पूछा..."वह उस सदमे को नहीं भूले थे, यह तुम्हें कैसे मालूम हुआ?"

आज़ाद ने जवाब दिया...'मुलाज़िमों से क्या बात छुपी रहती है। कभी-कभी वह बड़ा सन्दूक खुलवाने का हुक्म देते थे। जस्त के उस जहाज़ी सन्दूक में बेशुमार कपड़े थे, उनकी मरहूम बीवी और नाफ़रमांबरदार लड़की के। जब वह छोटी-सी बच्ची थी। यह कपड़े बाहर निकाले जाते तो साहब बड़ी संगीन ख़ामोशी से उनको देखते रहते। एकदम उनके दुबले-पतले और शफ़्फ़ाफ़ चेहरे पर ग़म-ओ-अन्दोह की लकीरों का एक जाल-सा बिखर जाता। इट इज़ आल राइट.. .इट इज़ आल राइट कह कर वह अपनी आँख से मोनोकल उतारते और उसे पोंछते हुए एक तरफ़ चल देते।"

मुहम्मद हनीफ़ आज़ाद के बयान के मुताबिक़ क़ायद-ए-आज़म की तीन बहनें हैं। फ़ातमा जिन्नाह रहमत जिन्नाह तीसरी का नाम मुझे याद नहीं। वह डोंगरी में रहती थीं। चौपाटी कार्नर निज़्द चनाई मोटर वर्क्स पर रहमत जिन्नाह मुक़ीम थीं। उनके शौहर कहीं मुलाज़िम थे। आमदन क़लील थी। साहब हर महीने

मुझे एक बन्द लिफ़ाफ़ा देते थे, जिसमें कुछ करेन्सी नोट होते थे। इसके अलावा कभी-कभी एक पार्सल-सा भी देते थे, जिसमें ग़ालबन कपड़े वग़ैरा होते थे। यह चीज़ें मुझे रहमत जिन्नाह के यहाँ पहुँचाना होती थीं। यहाँ मिस फातमा जिन्नाह और ख़ुद साहब भी कभी-कभी जाया करते थे। वह बहन जो डोंगरी में रहती थी शादी-शुदा थीं। उनके मुताल्लिक़ मुझे सिर्फ़ इतना मालूम है कि आसूदा हाल थीं और किसी इमदाद की मोहताज़ नहीं थीं। एक भाई था उसकी मदद वह बाक़ायदा करते थे। मगर उसको घर में आने की इजाज़त नहीं थीं।"

कायद-ए-आज़म के उस भाई को मैंने बम्बई में देखा है, सेवाए बार में एक शाम को मैंने देखा कि क़ायद-ए-आज़म की शक्ल-ओ-सूरत का एक आदमी आधा रम का ऑर्डर दे रहा है। वैसा ही नाक-नक़्श वैसे ही उल्टे कंघी किए हुए बाल। क़रीब-क़रीब 'वैसी ही सफ़ेद लट। मैंने किसी से उसके बारे में इसतफ़सार किया तो मालूम हुआ कि वह मिस्टर मुहम्मद अली जिन्नाह का भाई अहमद अली है। मैं बहुत देर उसको देखता रहा। रम का आधा पेग उस ने बड़ी शान से आहिस्ता-आहिस्ता लबों के ज़रिये से चूस-चूस कर ख़त्म किया। बिल जो एक रुपये से कम था यूँ अदा किया जैसे एक बहुत बड़ी रकम है और उसकी नशिस्त से मालूम होता था कि वह बम्बई की एक घटिया बार के बजाय ताज महल होटल के शराबख़ाने में बैठा है।

गाँधी जिन्नाह की तारीख़ी मुलाक़ात से कुछ देर पहले बम्बई में मुसलमानों का एक तारीख़ी इजतिमा हुआ। मेरे एक दोस्त उस जलसे में मोजूद थे। उन्होंने मुझे बताया कि प्लेटफ़ार्म पर क़ायद-ए-आज़म अपने मख़सूस अन्दाज़ में तक़रीर कर रहे थे और बहुत दूर उनका भाई अहमद अली आँख पर मोनोकल लगाये कुछ इस अन्दाज़ से खड़ा था जैसे वह अपने भाई के अल्फ़ाज़ दाँतों तले चबा रहा है।

अन्दरून-ए-ख़ाना खेलों में कायद-ए-आज़म को सिर्फ़ ब्लेयर्ड से दिलचस्पी थी। "कभी-कभी जब उनको उस खेल से शग़ल फ़रमाने की ख़्वाहिश होती तो वह ब्लेयर्ड-रूम खुलवाने का हुक्म देते। सफ़ाई यूँ तो हर कमरे में रोज़ होती थी, मगर जब वह किसी ख़ास कमरे में जाने का इरादा फ़रमाते तो मुलाज़मीन उनके दाख़िले से पहले अपना अच्छी तरह इत्मीनान कर लेते कि हर चीज़ साफ़-सुथरी और ठीक-ठाक है। ब्लेयर्ड-रूम में मुझे जाने की इजाज़त थी। इसलिए कि मुझे भी उस खेल से थोड़ा-बहुत शग़फ है। बारह गेंदे उनकी ख़िदमत में पेश कर दी जातीं। उनमें से वह इन्तख़ाब करते और खेल शुरू हो जाता। मोहतरमा फ़ातमा जिन्नाह पास होतीं। साहब सिगार सुलगा कर होंटों में दबा लेते और उस गेंद की पोज़ीशन को अच्छी तरह जाँचते, जिसके ठोकर लगाना होती थी। उस जाँच-पड़ताल में वह कई मिनट सर्फ़ करते। कमी एक जाविये से देखते, कभी दूसरे जाविये से। हाथ में क्यू को तोलते। अपनी पतली-पतली उँगलियों पर उसे सारंगी के गज़ की तरह

फेरते। ज़ेर-ए-लब कुछ कहते। शिस्त बाँधते, मगर कोई दूसरा मुनासिब-ओ-मौज़ूँ ज़ाविया उनके ज़ेहन में आ जाता और वह अपनी ज़र्ब रोक लेते। हर तरफ़ से अपना पूरा इत्मिनान करने पर जब क्यू गेंद के साथ टकराते और नतीजा उनके हिसाब के मुताबिक़ ठीक निकलता तो अपनी बहन की तरफ़ फ़ातहमाना अन्दाज़ में देख कर मुस्करा देते।"

सियासत के खेल में भी क़ायद-ए-आज़म उसी तरह मोहतात थे। वह एकदम कोई फ़ैसला नहीं करते थे। हर मसले को वह ब्लेयर्ड के मेज़ पर पड़ी हुई गेंद की तरह हर ज़ाविये से बग़ौर देखते थे और सिर्फ़ उसी वक़्त अपने क्यू को हरकत में ला कर ज़र्ब लगाते थे, जब उनको उसके कारगर होने का पूरा वसूक होता था। वार करने से पहले शिकार को अपनी निगाहों में अच्छी तरह तोल लेते थे। उसकी नशिस्त के तमाम पहलुओं पर ग़ौर कर लेते थे, फिर उसकी जसामत के मुताबिक हथियार मुन्तख़िब करते थे। वह ऐसे निशानची नहीं थे कि पिस्तौल उठाया और दाग़ दिया, इस यक़ीन के साथ कि निशाना ख़ता नहीं जायेगा। निशानची की हर मुमकिन ख़ता शिस्त बाँधने से पहले उनके पेश-ए-नज़र रहती थी।

आज़ाद के बयान के मुताबिक़ क़ायद-ए-आज़म आम मुलाक़ातियों से परहेज़ करते थे। दूर अज़कार बातों से उन्हें सख़्त नफ़रत थी। सिर्फ़ मतलब की बात और वह भी इन्तिहाई इख़्तसार के साथ सुनने और करने की आदत थी। यही वजह है कि उनके ख़ास कमरे में जहाँ बहुत कम लोगों को दाख़िले की इजाज़त थी। सिर्फ़ एक सोफ़ा था उस सोफ़े के साथ एक छोटी सी तिपायी थी। उसमें साहब अपने सिगार की राख फेंकते थे। सोफ़े के बिल मुक़ाबिल दो शो केस थे। उनमें वह कुरआन मजीद रखे रहते थे, जो उनके अक़ीदत मंदों ने उनको तोहफ़े के तौर पर दिये थे। उस कमरे में उनके जाती काग़ज़ात भी महफ़ूज़ थे। आम तौर पर वह अपना ज़्यादा वक़्त उसी कमरे में गुज़ारते थे। उसमें कोई मेज़ नहीं था। मतलूब या कोई और शख़्स जब भी उस में बुलाया जाता, तो उसे दरवाज़े में खड़ा रहना पड़ता। यही वह साहब के एहकाम सुनता और उल्टे पाँव चला जाता...साफ़े के ख़ाली हिस्से पर उनके ज़ेर-ए-मुताला काग़ज़ात बिखरे रहते थे। कोई ख़त लिखवाना होता तो मतलूब को या स्टेनो को बुलवाते और ख़त या बयान की इबारत बोल देते। उनके लहजे में एक क़िस्म की करख़्तगी थी। मैं अंग्रेज़ी ज़बान के मिज़ाज से वाक़िफ़ नहीं हूँ। लेकिन जब वह बोलते थे तो ऐसा महसूस होता था कि वह ज़ोर न देने वाले अल्फ़ाज़ पर भी ज़ोर दे रहे हैं।

आज़ाद के मुख़्तलिफ़ बयानात से यही मालूम होता है कि क़ायद-ए-आज़म की जिस्मानी कमज़ोरी का ग़ैर शऊरी या तहतुल्श्शरी एहसास ही उन करख़्त मज़ाहिर का बायस था। उनकी ज़िन्दगी हबाब बर आब थी। मगर वह एक बहुत बड़ा भँवर बन के रहते थे। बाज़ असहाब का तो यह कहना है कि वह इतने दिन सिर्फ़ उसी कुव्वत

के बल पर जिए...जिस्मानी कमज़ोरी के उस एहसास की कुव्वत पर।

मुहम्मद हनीफ़ आज़ाद के बयान के मुताबिक़ बहादुर यार जंग मरहूम क़ायद-ए-आज़म के बेहतरीन दोस्तों में से थे। सिर्फ़ उन्हीं से उनके मरासिम बे-तकल्लुफ़ाना थे। वह जब भी उसके यहाँ कयाम करते तो यह दोनों शख़्सियतें ठेठ दोस्ताना अन्दाज़ में क़ौमी और सियासी मसायल पर ग़ौर करती थीं। उस वक़्त क़ायद-ए-आज़म अपनी आमरिय्यत कुछ अर्से के लिए अपनी शख़्सियत से जुदा कर देते थे। मैंने सिर्फ़ यही एक शख़्स देखा, जिससे साहब हमजोली की तरह बातें करते तो कई मर्तबा क़ैद-ओ-बन्द से आज़ाद कहकहों की आवाज़ सुनाई देती—बहादुर यार जंग के अलावा मुस्लिम लीग के दूसरे सरबर आवुर्दा अराकीन मिसाल के तौर पर राजा महमूदा बाद, आयी.आयी. चन्द रेगर, मौलाना ज़ाहिद हुसैन, नवाब ज़ादा लियाक़त अली खाँ, नवाब इस्माईल और अली इमाम साहब अक्सर तशरीफ़ लाते थे। लेकिन साहब, उनसे बिलकुल दफ़्तरी अन्दाज़ में पेश आते थे। वह बे-तकल्लुफी कहाँ जो बहादुर यार जंग के लिए मखसूस थी।

मैंने आज़ाद से पूछा—"ख़ान लियाकत अली खाँ तो अक्सर आते होंगे?"

आजाद ने जवाब दिया—"जी हाँ, साहब उनसे इस तरह पेश आते थे जैसे वह उनके सबसे होनहार शागिर्द हैं और ख़ान साहब भी बड़े अदब और बड़ी सआदत मन्दी से उनका हर हुक्म सुनते और बजा लाते थे। जब उनकी तलबी होती तो वह मुझसे कभी-कभी पूछ लिया करते थे, कहो आजाद साहब का मूड कैसा है। उनका जैसा मूड होता मैं बता दिया करता था। जब उसमें कोई ख़राबी बाक़ा हो जाती तो कोठी के तमाम दर-ओ-दीवार को फ़ौरन ही पता चल जाता था।"

क़ायद-ए-आज़म अपने मुलाज़मीन के किरदार-ओ-अवतार का बहुत ख़याल रखते थे। जिस तरह उनको तन के मैल में नफ़रत थी उसी तरह वह मन के मैल से मुतनफ़्फ़र थे। मतलूब उनको बहुत पसन्द था। मगर जब उनको मालूम हुआ कि वह एक रज़ाकार लड़की से मुहब्बत की पैगें बढ़ा रहा है, तो उनको बहुत कोफ़्त हुई। मगर वह इस क़िस्म की कोफ़्त ज़्यादा देर तक बर्दाश्त नहीं करते थे। उसकी तलबी हुई और फ़ौरन मुलाज़मत से अलाहिदा कर दिया गया। मगर उसको रुख़सत करने के बाद वह उससे इस तरह पेश आये जिस तरह दोस्तों से आते हैं।

आज़ाद बयान करता है—"एक बार मैं रात के दो बजे सैर-ओ-तफ़रीह से फ़ारिग हो कर कोठी आया। वह दिन ऐसे थे, जब रगों में जवानी के ख़ून खौलाने में एक अजीब क़िस्म की लज़्ज़त महसूस हुआ करती थी। मेरा ख़याल था कि साहब को मेरे देर से आने का इल्म तक न होगा। मगर उनको किसी न किसी तरह पता चल गया। दूसरे रोज़ ही मुझे तलब फ़रमाया और अंग्रेज़ी में कहा कि तुम अपना कैरेक्टर ख़राब कर रहे हो। फिर टूटी-फूटी उर्दू में इरशाद हुआ। "वेल, अब तुम्हारा शाड़ी बनाएगा"—चुनांचे चार माह बाद जब वह बम्बई से देहली

अजलास में शिरकत के लिए तशरीफ़ ले गये, तो उनकी हिदायत के मुताबिक़ मेरी शादी हो गयी और मेरी खुशक़िस्मती है कि महज़ उनकी वजह से मेरा रिश्ता सादात ख़ानदान में हुआ, वरना मैं तो शेख़ था। लड़की वालों ने मुझे इसलिए कुबूल किया कि आजाद क़ायद-ए-आज़म का गुलाम है।"

मैंने 'आज़ाद' से दफ़अतन एक सवाल किया, "क्या तुमने कभी क़ायद-ए-आज़म के मुँह से आयी एम सारी सुना था?"

आज़ाद ने अपनी मोटी तनो मन्द गर्दन ज़ोर से नफ़ी में हिलाई। "नहीं—कभी नहीं"—फिर वह मुस्कराया। "अगर इत्तफ़ाक़ से कभी आयी एम सारी उन के मुँह से निकल जाता तो मुझे यक़ीन है कि डिक्शनरी में से वह यह अल्फ़ाज़ हमेशा-हमेशा के लिए मिटा देते।"

मेरा ख़याल है आज़ाद के उस बे साख़्ता जुमले में क़ायद-ए-आज़म मुहम्मद अली जिन्नाह का पूरा पूरा किरदार आ जाता है।

मुहम्मद हनीफ़ आज़ाद जिन्दा है, उस पाकिस्तान में जो उसके कायद-ए-आजम ने उसे अता किया है और जो अब उसके होनहार शागिर्द खान लियाकत अली खाँ की क़यादत में दुनिया के नक़्शे पर ज़िन्दा रहने की जद्द-ओ-जहद कर रहा है। उस आज़ाद ख़ता-ए-ज़मीन पर आज़ाद, पंजाब आर्ट पिक्चर्ज़ के दरवाज़े के बाहर पान वाले की दुकान के पास टूटी हुई खाट पर बैठा अक्सर अपने आका का मुन्तज़ार रहता है उस अच्छे वक़्त के लिए दस्त ब दुआ रहता है जब वक़्त पर उसकी तनख़्वाह मिल जाया करे। अब वह क़ायद-ए-आज़म की तलक़ीन के मुताबिक हिन्दू बनने के लिए भी तैयार है बशर्ते यह कि उसको उसका मौक़ा दिया जाय।

वह बेहद मुतफ़िक्कर था, जब मैंने उससे क़ायद-ए-आज़म की ज़िन्दगी के बारे में उसके तासुरात के मुतालिक़ इस्तफ़सार किया। उसके पास पान के लिए भी पैसे नहीं थे। मैंने जब उसके तफ़क्कुरात इधर-उधर की बातों से किसी क़दर दूर किये तो उसने एक आह भर कर कहा—"साहब इन्तक़ाल फ़रमा गये हैं—काश उनके उस सफ़र में मैं भी शरीक होता। उनकी सफ़ेद ओपन पेकार्ड होती। उसका व्हील मेरे हाथों में होता और मैं आहिस्ता-आहिस्ता उनको मंज़िल-ए-मक़सूद तक ले जाता। उनकी नाज़ुक तबीयत धचकों को बर्दाश्त नहीं कर सकती थी। मैंने सुना है वल्लाह आलम दुरुस्त है या ग़लत। जब उनका जहाज़ कराची एरोड्रोम पर पहुँचा तो उनको गवर्मेंट हाउस तक पहुँचाने के लिए जो एम्बुलेंस थी उसका इंजन दुरुस्त हालत में नहीं था। वह कुछ दूर चलकर रुक गयी थी। उस वक़्त मेरे साहब को किस क़दर कोफ़्त हुई होगी।"

आज़ाद की मोटी-मोटी आँखों में आँसू थे।

□□